APR   2012

Pasión secreta

TERCIOPELO

Pasión secreta

Samantha James

Traducción de Diana Delgado

TERCIOPELO

Título original: *The Secret Pasion of Simon Blackwell*
Copyright © 2007 by Sandra Kleinschmit

«By arrangement with Maria Carvainis Agency,Inc. and Julio F. Yañez,
Agencia Literaria. Translated from the English THE SECRET PASSION
OF SIMON BLACKWELL. First published in the United States by Avon Books,
an imprint of HarperCollins Publishers, New York.»

Primera edición: julio de 2010

© de la traducción: Diana Delgado
© de esta edición: Libros del Atril, S.L.
Marquès de l'Argentera, 17. Pral.
08003 Barcelona
correo@terciopelo.net
www.terciopelo.net

Impreso por Brosmac, S.L.
Carretera de Villaviciosa - Móstoles, km 1
Villaviciosa de Odón (Madrid)

ISBN: 978-84-92617-53-1
Depósito legal: M. 27.194-2010

Diario de Simon Blackwell

Agosto de 1843

El médico me visitó hoy. Está contento de que mi dolor haya empezado a remitir. Pero el dolor del que él habla es de otro tipo. «Has tenido suerte», vuelve a decirme. Suerte porque he sobrevivido.

A mí estas palabras me entristecen, porque él no es consciente de la desesperación que carcome mi alma. Del silencio que invade mis noches y de la infinita oscuridad.

Nadie puede serlo.

Y quizá deba ser así. Quizás es más justo así.

Quizá me lo merezco.

Cada noche me pregunto si con el tiempo dejaré de escribir en este diario. Pero sé que no será así. Al menos no por ahora. Porque es todo lo que me queda de aquellos a los que amé tan profundamente.

Esto y mis recuerdos.

Quizás un día pensaré en ellos sin dolor. Quizás un día todo será más fácil.

Pero ¿cuándo?, me pregunto. Dios mío, ¿cuándo?

Capítulo uno

Al parecer tía Leticia requiere mi presencia en la celebración de su septuagésimo cumpleaños. Ella y yo somos los únicos que quedamos de la familia de mi madre. Aunque detesto Londres en verano —en realidad, lo detesto en cualquier época del año—, me siento obligado a complacerla. Partiré por la mañana.

Simon Blackwell

Londres, 1848

*L*ady Annabel McBride aminoró el paso. Acompañada de su prima Caroline y de los dos hijos pequeños de ésta, cruzaban a pie Hyde Park en dirección oeste.

—Señor, debo dar miedo —se lamentó Caro—. El calor se hace verdaderamente insoportable en julio, ¿no crees, Annie?

Anne miró a Caro por debajo del ala de su sombrero. En el cielo, el sol deslumbraba con sus rayos. No era ni mediodía. Aun así, Anne podía sentir las gotas de sudor cayéndole por la espalda. El vestido de seda a rayas era el adecuado para un día de paseo, el corpiño ajustado y atado con cintas y lazos. Por supuesto, mamá se había ocupado de esto.

Pero debajo, las numerosas capas de volantes y faldas sujetas con el corsé, le hacían sentir como un paquete listo para ser lanzado a un barco y transportado por mar al lugar más lejano.

Caro, por el contrario, y a pesar de sus protestas, parecía fresca como una rosa en la que era, sin duda, la mañana más calurosa del verano.

El que Caro conservase su esbelta figura después de dos partos seguidos era un misterio que provocaba tantas envidias como comentarios entre las damas de la alta sociedad. Al fin y al cabo, tener una cintura diminuta era una de las cosas más codiciadas esos días.

Anne, por supuesto, sabía que tenía mucho que ver con Isabella y el pequeño John, de tres y dos años respectivamente, quienes ni siquiera se llevaban un año de diferencia. Los dos se parecían a Caro, con su pelo dorado, sus ojos azul oscuro y los mismos hoyuelos en las mejillas. La familia llamaba Izzie y Jack a esta pareja a la que adjetivos como vivaces e impetuosos se quedaban cortos para describir su temperamento. Si a esto se añade una tendencia marcadamente traviesa —así como la necesidad propia de la edad de explorar cada rincón y cada grieta del mundo circundante— puede entenderse el que Caro no pudiese parar quieta ni un momento estando con ellos. La mayoría de las veces sus travesuras obligaban a Anne a morderse los labios para no reír, ya que de otra forma los pequeños se hubiesen sentido inclinados a repetir lo que tanta gracia había hecho a los mayores.

—¡Ay, prima! —anunció Anne con una mueca en los labios y una mirada de soslayo hacia su compañera—. Estás divina y lo sabes. —Anne recordó la miríada de horquillas que le atravesaban el pelo. Podía sentir ya cómo le caía el peinado, denso y pesado, por la coronilla. Si hubiese estado en su casa de Escocia, habría prescindido del sombrero, se habría quitado las enaguas (en la privacidad de su habitación, desde luego) y se habría arreglado el pelo peinándoselo con un sencillo lazo en la nuca antes de aventurarse al exterior. Pero esto era Londres, y tenía que admitir que el calor era mucho más soportable con las trenzas subidas y apartadas de la cara y el cuello. Ah, ojalá estuviese ya de vuelta en Gleneden, de vuelta al clima escocés, con la fresca brisa que traía el lago.

Un carruaje traqueteó no muy de lejos de allí mientras avanzaban por el sendero. El bochorno de la mañana no había dejado a los londinenses encerrados en sus casas.

Izzie y Jack corretearon por la hierba y se refugiaron bajo la sombra de un árbol. Jack empezó a perseguir a Izzie rodeando una y otra vez la base del tronco del árbol. Izzie chillaba entusiasmada. Caro se dejó caer en un banco cercano, cubriéndose con la sombrilla y dándose aire enérgicamente a las mejillas con un abanico.

De repente, cerró el abanico de un manotazo.

—¡Isabella! —gritó Caro con dureza—. ¡No te alejes de aquí! Ven ahora mismo. ¡Ven con mamá!

Anne vio que Izzie empezaba a dar saltos en dirección al río Serpentine. Izzie dirigió a su madre una sonrisa angelical por encima del hombro y después salió corriendo al ver que Caro se ponía de pie.

—¡Ven a cogerme, mamá! —canturreó la niña.

Anne rio al ver como Izzie emitía un grito agudo y lograba escapar de su madre. Caro, por supuesto, se vio impedida por el volumen de su falda. Anne volvió entonces los ojos hacia Jack.

Pero Jack ya no estaba allí.

Su sonrisa se desvaneció. Anne bajó la sombrilla y se levantó al instante.

—¿Jack? —Recorrió ansiosa con la mirada el recinto de hierba que se extendía ante ella. ¡Qué pilluelo! ¿Dónde diablos se había metido ese renacuajo?

Entonces lo vio. Había tomado ejemplo de su hermana y corría con todas sus fuerzas en dirección contraria a ella. Anne le llamó por su nombre, pero el pequeño se movía con determinación; corría tan rápido como se lo permitían sus regordetas piernas.

—¡Jack, para!

Él se volvió para mirarla, y la carrera se convirtió en un juego para él. Anne trató de correr para cogerle. Pero demonios, la combinación se le metió entre las piernas y a punto estuvo de caerse de bruces. Una vez más volvió a maldecir la difícil carga que tenían que soportar las mujeres con la ropa. Recobrando el equilibrio, miró nerviosa hacia el lugar en el que había visto por última vez a Jack.

Una vez más había desaparecido. Entonces vio que estaba casi junto al amplio camino de tierra de Rotten Row.

Un caballo y su jinete pasaban por ese mismo camino con rapidez.

El pánico la invadió. Haciendo caso omiso de que alguien pudiera verla, se agarró la falda con las manos y se la levantó para poder ir más deprisa.

Todo pareció suceder en un abrir y cerrar de ojos. Alguien gritó. El jinete tiró de las riendas hacia atrás. El caballo relinchó, encabritándose. Unos cascos poderosos golpearon el aire. El terror dejó a Anne sin respiración: ¡Jack estaba casi debajo del caballo!

El horror le cerró el estómago. Dios mío. ¡Dios mío! El pequeño Jack no sabía el peligro que corría. Y ella no llegaría a tiempo. No podría rescatarle.

Anne sabía muy bien lo que la fuerza de unos cascos podía hacer en un hombre. Podía mutilarle, lisiarle. Podía incluso matarle.

Un niño no tendría ninguna oportunidad de sobrevivir.

A lo lejos, oyó un grito ahogado: el suyo, descubrió débilmente.

Y Jack… el niño se había detenido por fin. Se había dado la vuelta hacia Anne, y en su rostro vio una expresión perpleja.

Pero había algo más. Alguien más. Anne no tuvo conciencia de quién o dónde o ni siquiera cuándo había aparecido. Pero el movimiento duró apenas una décima de segundo. Una figura se abalanzó hacia delante; el pequeño fue levantado por el aire justo cuando las patas delanteras del animal caían implacables a sólo unos centímetros de su cabeza. Anne estaba tan cerca de ellos que pudo sentir el temblor de la tierra.

El jinete se disculpó.

—Nadie se ha hecho daño, ¿verdad?

Anne apenas lo oyó. Corrió hacia el hombre y el niño. El corazón aún le latía a mil por hora. Temblaba de la cabeza a los pies, por dentro y por fuera, conmocionada en lo más profundo por lo que acababa de ocurrir.

Levantó los ojos hacia el hombre que sostenía a Jack en un brazo y le acariciaba la espalda con la otra mano en un gesto protector. Los labios de Anne se abrieron para intentar mostrar lo mejor de sí misma. Pero antes de que pudiera decir una palabra…

—Por Dios, señora, ¿dónde está su sentido común? —Unos ojos del color de la tormenta le hicieron un repaso de arriba abajo—. ¿Qué es lo que le pasa? Una buena madre nunca hubiese consentido que su hijo corriese un peligro semejante. ¿Por qué demonios no estuvo atenta a los movimientos de su hijo?

Anne se quedó sin respiración, y una nueva sensación de angustia vino a unirse a la que acababa de sufrir hacía un momento con el altercado de Jack. Pero no era la falta de aire lo que le sujetaba la lengua. Era la conmoción. Una conmoción pura y profunda.

Desde luego que no podía hablar. Ese caballero se había dirigido a ella hecho una furia. Boquiabierta, no podía dejar de mirarle, conmocionada por la fuerza de su ira, inmovilizada por su brusquedad. ¡Menudo bruto! No lo entendía, no podía dar crédito a sus ojos. Ese hombre había dejado los modales en su casa.

Anne apretó los labios. Había heredado el generoso pelo castaño de su madre, su piel de marfil, su calidez y su generosidad. Pero como sabían muy bien los otros miembros de su familia, de Escocia le venían su naturaleza impetuosa y su genio, heredados de su difunto padre.

Ah, cómo hubiese deseado dar un bofetón a este hombre; o incluso un puñetazo. Pero ése era un comportamiento que no podía permitirse una señorita, porque con ello no haría sino dar la razón al caballero —un calificativo bastante generoso de su parte, teniendo en cuenta el tono que había utilizado con ella—. Sus modales, desde luego, no podían considerarse los de un caballero.

Entornó los ojos.

—Espere un momento... —empezó.

—No, señora, ¡espere usted! El niño podía haber muerto porque su madre no lo llevaba agarrado de la mano, algo que cualquier buena madre hubiese hecho. ¡Es evidente que el papel de madre le queda excepcionalmente grande!

Y, pensó Anne, él era excepcionalmente cruel. Excepcionalmente estúpido. Y un tirano… sin duda, tan malo como cualquiera de ellos, si la delgadez de sus labios y el rictus alterado de su cara podían servir de indicación. Jesús, si la insultaba otra vez, tendría que pegarle. Tenía que haberle pegado ya. Y Jack (ah, ¡el pequeño era un traidor de la peor calaña!) se divertía de lo lindo jugando con los botones dorados de la chaqueta del hombre. Jack solía ser bastante exigente con los extraños, pero con éste parecía estar de lo más contento, algo que la enfureció aún más.

—No soy —Anne tensó los labios— su madre.

El hombre hizo un gesto de disgusto.

—Su niñera, entonces. Por Dios, deberían despedirte.

Anne contuvo la respiración. ¡Cómo se atrevía a hablarle así!

—¡Mi niño! ¡Por favor, deje que lo coja! ¡Por favor!

Era Caro, que llegaba sin respiración corriendo por el césped. Arrojó a Izzie en brazos de Anne.

—¿Cariño, estás bien? —Con un grito, casi arrancó a Jack de los brazos del hombre.

—Está bien, Caro —dijo Anne rápidamente—. Ni un rasguño, gracias al… caballero. —Era todo lo que podía hacer para que la palabra «caballero» saliese de sus labios.

Caro apretó al niño contra su pecho.

—John Ellis Sykes, le has dado un susto de muerte a mamá. —Hundió la mejilla en el cuello del pequeño y cerró los ojos llenos de lágrimas.

El hombre se fijó en Caro. Y su enfado empezó a remitir. A Anne no le sorprendió en absoluto. La fragilidad de Caro, la belleza de sus hoyuelos, siempre habían tenido ese efecto en los hombres. Pero Anne estaba aún echando pestes de la grosería del hombre. Aunque se viese que era un caballero —su ropa y sus maneras así lo indicaban— Anne no estaba dispuesta a llamarle así. Cuando se inclinó al suelo a recoger su sombrero de copa y entresacó su bien formado trasero, Anne solo pudo pensar en una cosa. Sí, cómo le gustaría darle una buena patada en el…

Sorbiéndose la nariz, Caro levantó la cabeza y dedicó al bruto la más sincera de las sonrisas.

—Señor, estoy en deuda con usted —extendió la mano—. Soy la señora Caroline Sykes. ¿Y usted es…?

—Simon Blackwell. —Con un movimiento furtivo, besó los dedos enguantados de Caro—. Un placer, señora.

Caro sonrió ligeramente.

—Veo que ya ha conocido usted a mi prima, lady Annabel McBride.

Anne no le ofreció la mano; el rescatador de Jack tampoco parecía esperarlo. Inclinó la cabeza, y la buena educación que le había inculcado su madre inglesa le dijo que tenía que devolver el saludo. Así lo hizo, aunque sin el mayor entusiasmo.

En ese mismo instante, se encontró tragándose otras cosas que no había previsto. Su altura, por ejemplo. Era alto, más alto de lo que ella había pensado, tan alto como sus hermanos. Y a pesar de su tamaño, sus reflejos eran sorprendentemente ágiles. Tenía el pelo como las horas más oscuras de la noche, y el mismo negro espeso coloreaba sus cejas. El ala de su sombrero mantenía en sombras las facciones angulosas y cuadradas de su cara. Pero entonces él giró la cabeza apenas un poco y ella pudo verle los ojos. Eran de un color gris pálido bastante perturbador, de una tonalidad más oscura que el cristal. Le inquietó, de una forma que no podía definir bien, de una forma que nada tenía que ver con la reprimenda de antes.

De repente, sintió unas ganas inauditas de salir corriendo. En ese mismo instante. No le gustaba Simon Blackwell. No deseaba tener que fingir ser amable. Cuanto antes saliesen de allí Caro y ella, tanto mejor.

Pero, al parecer, Caro pensaba de otra manera.

—Me gustaría tener la oportunidad de agradecerle como es debido lo que ha hecho por mi hijo, señor. De hecho —Caro hablaba con esa brillante sonrisa que su marido John decía que le dejaba sin aliento—, consideraría un honor que se uniese a nosotros para cenar. A tía Viv no le importará, ¿verdad, Annie? Adoro a tía Vivian, y no tiene nada que ver con el hecho de que siempre diga que soy su sobrina favorita. Tía Viv trajo un poco del decoro y la elegancia inglesas a la familia, mi padre siempre lo decía. Mi padre y el padre de Annie eran hermanos, ¿sabe?, dos escoceses corpulentos y musculosos. Y Alec sin duda se unirá a nosotros en la cena. Annie y Alec son mis primos, como seguramente ha deducido ya, así como su hermano Aidan, que está fuera, con su regimiento en la India. Ahora que su padre ha muerto, Alec es el cabeza de familia, pero mantiene su domicilio en otro sitio. Y tía Viv ha sido lo bastante generosa como para dejar que yo y mi marido John nos quedemos con ella mientras restauran nuestra casa de la ciudad.

Que Anne consiguiese sostener la mandíbula sin que se le cayese por completo era un milagro. Hubiese podido estrangular a Caro. Era verdad que a su madre no le importaría tener un invitado. Pero ¿por qué diablos había tenido Caro que obsequiar a ese extraño con un pedazo tan generoso de la historia familiar?

Su expresión debió de reflejar el curso de sus pensamientos porque de repente Caro se detuvo.

—¿Annie? ¿Hay algo que quieras agregar?

Anne quería gruñir. En vez de eso, dijo educadamente:

—Caro, no has dejado tiempo al caballero para que acepte o rechace la invitación. De hecho, se lo has puesto bastante difícil para que diga algo.

—Ay, pérdoneme. —Caro se rio con esa risa suya tan encantadora—. Me estoy aturrullando, ¿verdad? Lo siento, aún estoy algo nerviosa. Annie, deberías haberme detenido: —Y una vez más, no dejó tiempo para que hablara. Se dirigió a Simon Blackwell—. ¿Se unirá a nosotros esta noche, señor?

Simon Blackwell sacudió la cabeza.

—Es una oferta muy generosa de su parte, pero le aseguro que no es necesario. No desearía inmiscuirme en su velada.

Así que el hombre no era un completo maleducado después de todo, admitió Anne a regañadientes. Se colocó a Izzie en la otra cadera. Pero su educada negativa no desalentó a Caro.

—¡Ah, pero es necesario! —aseguró—. No podría perdonarme nunca si John y yo no le mostrásemos nuestra gratitud. Si algo le hubiese ocurrido a nuestro angelito, bien sabe Dios que yo… ¡no hubiese podido soportarlo! —Se abrazó a Jack con fuerza, conteniendo las lágrimas.

Parecía que Simon Blackwell no era ajeno a ellas.

—Odiaría ser una imposición —dijo lentamente.

—¡Pero no lo será! —gritó Caro. Su brillante sonrisa reapareció al citar la dirección, justo a la salida de la plaza Grosvenor—. Solemos cenar a las ocho. Es bastante informal, solo la familia. Y si se obstina en no aparecer, señor, bien, en ese caso tendremos que enviar a los sabuesos a buscarle. Después de todo, ahora sabemos su nombre. Y con esto, señor, hasta la noche. Le deseo un buen día. ¿Nos vamos, Annie?

Anne, que no solía quedarse sin palabras, miró boquiabierta a su prima mientras dejaban atrás a Simon Blackwell.

—Caro —dijo, una vez estaban lejos de su alcance—, ¿qué has hecho?

—Sólo he invitado a cenar al salvador de mi hijo —fue la respuesta alegre de su prima.

—Pero… ¡no le conocemos de nada! —Anne se sentía aún bastante horrorizada—. Quiero decir, ¿qué es lo que sabemos de él?

—¡Sabemos todo lo que necesitamos saber! No es muy propio de ti mostrarte tan desconfiada, Annie. Es obvio que Simon Blackwell es un caballero de lo más agradable. Conozco a un hombre de buen carácter en cuanto lo veo.

Un caballero sí, accedió Anne mientras cruzaban la calle, pero desde luego no era ni mucho menos agradable.

—Ah, sí, un caballero de lo más agradable —reflexionó Caro mientras seguían caminando en dirección norte, hacia la casa de su madre.

Anne frunció la boca.

—Caro, si no supiese que estás locamente enamorada de John, casi podría creer que estabas coqueteando con ese hombre.

—No es cierto. Estaba siendo educada, algo que no parece ser tu caso, querida. Y su aspecto es bastante elegante, por si no te has dado cuenta.

Anne estaba enfadada.

—Pues claro que sí. Pero…

Caro sonrió.

—Me alegro. —Casi soltó una carcajada—. ¡Me alegro mucho!

Anne levantó una ceja.

—¿Y por qué, si puede saberse?

—Ah, vamos, Annie, no necesitas hacerte la remilgada conmigo. Te conozco mejor que nadie. Ya has tenido tu buen puñado de admiradores en el pasado. De hecho, creo que Lillith Kimball sigue sin perdonarte que le robases a Charles Goodwin.

Anne arrugó el ceño.

—Sabes muy bien que yo no se lo robé.

—Bien, no puedes negar que tenías cierta predilección por él.

Y sí, era cierto. En su primera y única temporada activa —debido a la posterior enfermedad de su padre—, Anne había estado bastante enamorada de Charles Goodwin, un hombre cuya apariencia dorada había tenido a todas las señoritas, Anne incluida, compitiendo por su atención.

Y fue en Anne en quien Charles se fijó en la última mitad de la temporada, mientras Lillith Kimball había sido su preferida en la primera mitad.

Pero una sola noche en la ópera había curado a Anne de su debilidad.

Charles había conseguido sentarse en la butaca del reservado junto a la de ella, Caro y John. Se había dedicado a fanfarronear de sus vastos dominios en Inglaterra, su apartamento en París y del hecho de que heredaría el título de conde de su padre. Anne nunca había conocido a un hombre tan orgulloso de sí mismo como Charles Goodwin. Como él mismo les relató, la lista de sus logros, y su opinión sobre sí mismo, era infinita. Anne apenas pudo disfrutar de la obra por la manera en la que Charles cotorreaba de sí mismo, y sólo de él. Anne apenas necesitó unos minutos para reconocer su error y aprender que había otras facetas más importantes en un hombre que una cara bonita.

Después, en un intermedio en el que Caro y John salieron en busca de un refrigerio, ¡él había incluso tratado de besarla! Fue el momento más extraño de su vida, cuando tuvo que apartarle la cara y ponerse en pie de un respingo, murmurando una excusa sobre tener que encontrar a Caro y John. Por si esto fuera poco, Charles había ido a buscarla a casa unos días después. Fue Alec quien tuvo que informarle con bastante brusquedad de que no tenía sentido seguir haciéndolo.

Anne la miró contrariada.

—Ah, vamos —dijo, bastante molesta—, desde luego que no fui yo quien le robé a Charles. Para serte sincera, después de aquella horrible noche en la ópera, ¡hubiese deseado poder irme lejos yo misma!

—Está bien —dijo Caro con una risita—, sospecho que nunca convencerás a Lillith Kimball de eso. Creo que ella aún le pretende. Todavía no se ha casado, ¿sabes? Ni Charles tampoco.

—No creo que eso sea culpa mía —dijo Anne fríamente.

—Sí, ya lo sé, cariño —prosiguió Caro, sin darle importancia—, lo que nos lleva de nuevo al señor Simon Blackwell.

¿Tengo que recordarte que no tienes ningún otro pretendiente por el momento? Después de todo, ésta es tu primera visita a Londres en casi dos años.

—No consigo entender qué tiene esto que ver con nada —declaró Anne.

—Ah, pero tiene que ver con todo. Estoy segura de que Jack e Izzie adorarían tener un primo pequeño con el que poder jugar.

Anne parpadeó, demasiado asombrada como para decir nada.

—¡Por el amor de Dios, Caro! —exclamó por fin—. ¿Te estás escuchando?

Empezaron a subir juntas las escaleras de la puerta principal, negra y reluciente. Caro le dirigió una mirada de soslayo.

—¿Qué es lo que te ocurre, Annie? Actúas como si tuvieras... ah, no sé, como si tuvieras miedo de algo.

—¿Miedo? ¡Ni lo más mínimo! —Pero a pesar de ese aire de valentía, el recuerdo de los ojos grisáceos de Simon Blackwell la hicieron estremecerse.

—Quien se pica... —dijo Caro—. Venga, mujer, ¿dónde está tu valor? —Caro cruzó la puerta que un mayordomo había abierto y le entregó los pequeños a la criada—. Tú siempre has sido la atrevida, la aventurera, la que no tenía miedo de nada ni de nadie. Nunca olvidaré la forma en la que me convenciste una vez de que debíamos escondernos detrás del biombo de la habitación de Alec cuando metió a Verónica Brooks en ella.

Anne se mordió el labio. Aunque Caro era un año mayor, era Anne quien siempre había llevado las riendas de sus escapadas.

—Ni Alec tampoco —admitió.

Caro se rio.

—Eso fue muy malvado, ¿no crees?

—Y bastante revelador. Ah, pero al final fue Verónica la descubierta, ¿verdad?

—¡Vamos, no me vendas esos angelicales ojos azules que tienes, amor! ¡Los que te conocemos sabemos que eres tan luchadora como la que más!

—¿Cómo puedes decir eso? —A Anne le resultó difícil suprimir una sonrisa y no lo logró del todo—. He cambiado. De verdad. Y te recordaré, que no soy yo la que ha invitado a ese hombre a cenar. ¡Tu héroe me parece bastante bruto, Caro!

—John es mi único héroe, amor. Y aunque digas que has cambiado —dijo Caro alegremente— te conozco, Annie. Siempre serás la misma por dentro. Eres enérgica y ferviente, y por eso te quiero. Todo lo que haces lo haces con pasión. Alec nunca será tan secretamente diabólico como tú, y Aidan, estoy segura, nunca será un hombre aventurero.

Tenía razón, pensó Anne en silencio.

—Ahora, volvamos al señor Simon Blackwell, querida. —Los ojos de Caro se iluminaban, divertidos—. Por favor, no olvides su nombre cuando venga a cenar.

La sonrisa nostálgica de Anne terminó en un bufido poco femenino.

—Si es que aparece. Y si lo hace, bueno, entonces a John tal vez le guste saber que estuviste flirteando con ese... ¡con ese hombre, Caro!

Caro se rio.

—John me adora tanto como yo le adoro a él —pronunció con alegría—. Pero tienes razón. No sería apropiado comportarse de esa manera tan vergonzosa. Por consiguiente, te dejo con gusto el flirteo a ti, querida. —Con estas palabras, Caro le lanzó un beso.

Anne desapareció por las escaleras con un gemido. Su plan era divino, pensó con pesimismo.

Al parecer, no le iba a quedar otro remedio que cenar con el tirano.

Capítulo dos

La luz de mi vida se ha apagado. Me temo que seguiré en la oscuridad para siempre.

SIMON BLACKWELL

*E*xactamente a las ocho en punto, la aldaba de la puerta principal sonó con fuerza.

La casa era un auténtico alboroto. Izzie y Jack acababan de salir del baño, pero habían escapado de las garras de la niñera y correteaban escaleras abajo. Desde la puerta del salón, Caro suspiró y levantó el dedo índice a Izzie.

En el momento en el que la criada abría la puerta principal, Anne vio a Jack en la escalera, donde parecía concentrado en saltar desde el último escalón como había hecho su hermana con tanta maña. Anne lo cogió en brazos y disfrutó del contacto de su pequeño cuerpo. Recién bañado, sus mejillas regordetas estaban aún brillantes y sonrojadas, más adorables que nunca.

Y fue entonces cuando vio entrar a Simon Blackwell.

Caro le dedicó una de sus luminosas sonrisas.

—¡Señor Blackwell! Qué alegría volver a verle… y justo a tiempo.

—Soy un hombre de palabra —murmuró Simon con un ligero movimiento de cejas—. Sería de mala educación llegar tarde.

¿Tan difícil le resultaba al hombre sonreír? «Sería de mala educación llegar tarde», se burló Anne mentalmente. Era como si todo en él le molestase.

No le gustaba mucho la idea de ver que Caro había acertado en lo referente a que aparecería para la cena. Y ahora que estaba allí, sería demasiado desagradable fingir que se sentía mal, se dijo para sí, sobre todo cuando acababa de verla en plena forma. En fin, era evidente que tendría que soportar más tarde las burlas de Caro.

Él advirtió la presencia de Anne con una ligera inclinación de cabeza.

—Milady —murmuró. Su rostro seguía serio; su tono, evasivo.

Anne lo miró a hurtadillas. Recordó la arrogancia de la que había hecho gala antes en el parque y no pudo mirarlo con buenos ojos. Aun así, estaba dispuesta a mostrar la educación y la simpatía de las que él carecía.

Izzie, que era la que más cerca estaba de la puerta —y de él—, se comportó con timidez, de repente. Cuando la niña se metió bajo la falda de su madre, a Anne le dieron ganas de sonreír con malicia. «Sí, preciosa, tú también te has dado cuenta de que es un tirano, ¿verdad?»

—Isabella, ¡no seas tan tímida, patito! ¿No te acuerdas? Conocimos al señor Blackwell esta mañana en el parque.

Isabella lo miró con suspicacia. Mientras tanto, Jack había pegado la cara en el hombro de Anne, para levantarla sólo un instante después. Con los ojos llenos de vida, extendió sus manitas regordetas hacia Simon acercándose a él.

El gesto era inconfundible.

Pero el señor Blackwell no quería cogerle. Justo antes de que cogiera al pequeño, Anne observó la expresión de su cara, e hizo que se sintiera mal. No fue desagrado lo que vio, tampoco lo consideraría desgana...

De repente se sintió indignada. ¿Qué demonios?, se preguntó. No había tenido tantos reparos en coger a Jack cuando lo salvó por la mañana; por la forma de hacerlo, le pareció por la tarde que estaba familiarizado con los niños. Quizá por eso le resultó tan extraño que ahora, solo unas horas después, pareciese que no quisiera cogerlo.

Lo hubiese entendido, tal vez, si el pequeño estuviese sucio u oliese mal. Pero no era así. Su cuerpo era suave y de un olor dulce. Anne se sintió ofendida en lo más profundo.

Abrió la boca para hablar. Lo pondría en su sitio, desde luego que lo haría.

—Vaya, parece que Jack vuelve a ponerse pesado.

Era John, el marido de Caro, rubio y de mejillas sonrosadas, siempre sonriente.

Simon se volvió hacia él

—¿Jack? —repitió—. Ése no es su nombre... ¿no era John?

Anne miró a Simon con suspicacia.

—Así es —dijo Caro con una sonrisa—. Pero mi marido John, que es él —ofreció la mejilla para que su marido se la besara— lleva llamándole Jack desde el día que nació. Y a pesar de mis airadas objeciones, casi todo el mundo de esta familia llama a nuestro hijo Jack, incluida yo —dijo con una carcajada.

—¡Papá! —chilló entusiasmado Jack.

—Deme, ya lo cojo yo —dijo John con naturalidad. John cogió en brazos a su hijo y revolvió el pelo del pequeño antes de dárselo de nuevo a la niñera.

Vivian McBride, que había estado durmiendo la siesta esa tarde, descendió por las escaleras y se unió al grupo. Caro hizo las presentaciones, y después Alec entró en escena: acarició juguetón la mejilla de Anne y después se volvió hacia su madre.

—Madre —murmuró, inclinándose para darle un beso en la mejilla arrugada—, estás verdaderamente guapa esta noche.

Y así era, pensó Anne con alegría. Aunque claro, Vivian McBride parecería exquisita incluso con un saco de harina puesto. Su figura era menuda; sus facciones, delicadas como la porcelana. Llevaba un vestido de seda color lavanda claro; acababa de salir del luto. La agresiva enfermedad de su marido había sido larga y difícil, pero durante todo ese tiempo, Vivian se había mostrado positiva y fuerte... apenas se había alejado de su lecho en esos días.

Pero después de dar su adiós definitivo al hombre al que había amado treinta años y con el que había tenido seis hijos (aunque solo Alec, Aidan y Anne habían sobrevivido), la mujer se derrumbó. Sólo después de su muerte se permitió la duquesa cerrar los ojos y llorar; y sólo ante la mirada de sus hijos. Aun así, cuando el duque había descansado en paz, Vivian se ocupó de todo como había hecho hasta entonces, con la mayor dignidad y compostura.

—Alec —dijo la duquesa—, te presento al señor Simon Blackwell, nuestro invitado para la cena. Tengo entendido que el señor Blackwell ha salvado con gran valentía a nuestro pequeño Jack hoy en Hyde Park. Señor Blackwell, mi hijo, Alec McBride, duque de Gleneden.

Los dos hombres se dieron la mano.

—Vaya —comentó Alec como si arrastrara las palabras—, así que Jack ha estado otra vez haciendo de las suyas, ¿eh? No sé por qué no me sorprende.

Anne apenas estaba escuchando. Seguía analizando el momento en el que había aparecido John y había llamado Jack a su hijo. No estaba segura de lo que había ocurrido, pero «algo» había pasado.

¿Qué había querido decir Simon Blackwell? «Pensé que su nombre era John.» Su voz había sonado tan rara al decir el nombre de Jack. Bastante ronca y... en fin, bastante extraña. Su expresión también había sido rara. Había sido como si, por un instante minúsculo, todo... incluida la capacidad de respirar, se hubiese congelado. Caro no parecía haberse dado cuenta, tampoco los demás. ¿Se estaba confundiendo? Anne lo miró de soslayo.

Parecía completamente repuesto.

Vivian sonrió a Simon.

—Señor Blackwell, ¿sería tan amable de acompañarme a la mesa?

—Será un honor, excelencia.

Nadie podría decir de Simon Blackwell que era un hombre desenfadado y alegre. Desde el sitio que le habían asignado justo al lado de él (¡ah, y tenía el presentimiento de que Caro había tenido mucho que ver con esto!), Anne se dedicó a observarlo discretamente. Su mandíbula era cuadrada y angular, su afeitado perfecto. Estaba bastante bronceado, por lo que dedujo que no debía de pasar todo su tiempo en busca de tareas placenteras. Había en su pose una energía tan fuerte que podía notar una especie de sacudida, una corriente subterránea que era de lo más elemental y sobrecogedora.

Era evidente que era un hombre educado. No sólo se veía en su ropa. Ni su postura, ni sus modales indicaban que se sintiese incómodo ni en su casa ni en su presencia.

Había cambiado la chaqueta matinal por otro atuendo. El

cuello de su camisa era alto, le rozaba casi las mejillas, y llevaba el nudo de la corbata pulcramente hecho. Excepto por la camisa, vestía completamente de negro. El corte de su chaqueta era de unas cuantas temporadas atrás, diseñada con sencillez, y confeccionada con el más exquisito paño. Aun así, el corte era oscuro y severo, un poco como el hombre que lo llevaba, pensó Anne con un requiebro irónico.

Pero lo que más nerviosa le ponía era su estatura. La tela de su chaqueta se le ajustaba al cuerpo, lo que hacía que sus hombros parecieran inmensos. El diámetro de sus muñecas era de un tamaño proporcional, y sus largos dedos se cerraban alrededor de la frágil copa de vino, fuertes y delgados. La cara exterior de sus manos mostraba una mata de vello tan oscuro como el pelo de su cabeza. La combinación era de lo más inquietante.

No podía decirse que Anne fuera una mujer menuda. De pequeña, era delgaducha y desgarbada como un gato sin pelo. Como le gustaba bromear a su padre, pronto había dejado de serlo. Aun así, el hombre que se sentaba a su lado le hacía sentirse bastante pequeña y vulnerable, un sentimiento al que Anne no estaba acostumbrada.

No parecía un hombre mayor, y sin embargo… Trató de averiguar su edad, extrañamente interesada, de repente. Las sienes las tenía plateadas. Observó a los tres hombres que se sentaban a la mesa. Alec tenía siete años más que ella, y John la misma edad, pero ninguno de los dos tenía todavía canas.

Con lo mucho que le desagradaba, nunca hubiese creído posible que le pareciera tan —¡le costaba decirlo!— guapo. Y no solo guapo, sino exquisitamente guapo. ¡Diantres! ¿Por qué había tenido Caro que hacérselo notar? ¿Y por qué lo notaba ella?, se preguntó angustiada.

Era de lo más desesperante. No podía respirar. ¿Le habría apretado Agnes demasiado el corsé? Eso debía de ser. Sin embargo…

—¡Diablos! —murmuró, retorciendo la servilleta en su regazo.

Su madre la miró con esos ojos grandes tan azules que tenía.

—¿Anne? ¿Decías algo, querida?

Anne tragó saliva.

—Nada, madre.

Vivian volvió a mirar a su invitado.

—¿Es Londres su primera residencia, señor Blackwell? —preguntó.

—No, excelencia —se detuvo—. En realidad, apenas visito Londres. Paso la mayor parte del tiempo en el campo. En el norte, para ser más precisos.

Anne cogió el vino.

—¿En el campo? ¿Cómo, señor, es usted un excéntrico? —La pregunta había salido de su boca antes de que Anne se diera cuenta.

Vivian sólo tuvo que levantar ligeramente las cejas y cogerse las manos sobre el regazo para mostrar su disgusto. Y ahora Alec la miraba también de esa forma censuradora que se gastaba a veces, comprobó con preocupación. Era su hermano mayor, y era el duque, ¡pero de ninguna manera iba a acobardarse ante él por eso!

Anne no podía negar que había metido la pata. Tampoco estaba segura de qué era lo que le pasaba. En cualquier otro momento, no hubiese sido tan imprudente. Pero esta noche... ¿Qué?, quería gritar, ¿esta noche qué?

No le ayudó sentir sobre ella la mirada escudriñadora de su invitado. Sus ojos se encontraron. Una extraña tensión parecía flotar entre ellos.

—¿Qué le hace pensar eso? —preguntó él educadamente.

Anne levantó la barbilla. Dio un sorbo de vino antes de mirarle.

—Bueno, señor —señaló—, usted dijo que casi nunca visitaba Londres. Tal vez sea porque vive recluido en el campo.

Alec intervino.

—Debe perdonar el atrevimiento de mi hermana —dijo con voz suave—. Nuestra única excusa es que provenimos de las tierras salvajes de Escocia, donde los modales se suelen dejar a un lado.

Anne hubiese querido gruñir como un hombretón. Pero su madre también fue al rescate de Alec.

—Londres puede ser bastante aburrido, ¿verdad? Siempre me alegra volver a nuestra casa de Gleneden.

—Me lo imagino, excelencia. Pero lo cierto es que la suposición de lady Anne es correcta. Seguramente no hubiese venido a Londres de no ser porque mi tía Leticia celebra su septuagésimo cumpleaños.

Vivian dejó el tenedor suspendido en el aire.

—Leticia —repitió—, ¿Leticia Hamilton? ¿La viuda condesa de Hopewell?

—La misma, excelencia.

Vivian hizo un sonido de placer.

—Vaya, ella fue mi benefactora en mi presentación en sociedad hace años. De hecho, su cumpleaños es pasado mañana… en casa de lady Creswell.

—Precisamente por eso estoy aquí, excelencia.

Ah, pero tenía que haberlo imaginado. Lo que había empezado como un día bastante agradable iba de mal en peor. Desde luego, Anne estaba al corriente de la amistad que unía a su madre y a la condesa. Siempre se visitaban cuando coincidían en Londres y se escribían regularmente.

Apretando los dientes, Anne ocultó su enfado.

No sólo era Caro. Ahora parecía que Simon Blackwell se había ganado también el corazón de su madre… ¡y sin apenas esfuerzo alguno!

Precisamente, fue Caro la que dijo sin ningún pudor.

—Perdone mi atrevimiento, ¿pero irá acompañado de su esposa, señor Blackwell?

Anne no sabía dónde meterse. Junto a ella, hubiese jurado que Simon Blackwell se revolvía también incómodo en la silla.

Caro estaba prácticamente arrullando. Anne quería desaparecer bajo la mesa.

—No —contestó—. Vivo solo.

Al parecer, John también le había estado observando. Echó la cabeza a un lado.

—¿Nos conocemos de antes, señor Blackwell?

—También yo estaba pensando eso mismo —dijo Alec—. Me resulta usted familiar. Y su nombre también. Pensé que tal vez nos hubiesen presentado antes, pero no lo creo.

—Yo tampoco, excelencia…

Alec agitó la mano.

—No necesita seguir guardando las formas, hombre. Llámeme Alec.

—De acuerdo, Alec. Creo que lo recordaría si nos hubiésemos conocido antes.

—Tal vez no nos conozcamos. Pero estudió en Cambridge, ¿verdad? —dijo Alec.

Simon levantó las cejas.

—Así es.

—Por Dios, eras remero, ¿verdad? El año en el que se eligieron los colores.

Se refería, por supuesto, a la carrera de remos anual de Cambridge y Oxford, y a los colores del equipo. Oxford llevaba azul oscuro, Cambridge un tono más claro. A John y Alec les entusiasmaba la carrera, que se había convertido ya en todo un acontecimiento; para los dos era obligado estar en Londres cada año para el evento desde que dejaron Cambridge.

—Fue mi segundo año en Cambridge. Siempre quise ir en el Bote Azul, pero me dijeron que no tenía técnica —dijo Alec.

—Eso, caballeros, fue hace siglos —había una inflexión como de diversión en la voz de Blackwell—. Aunque creo que Cambridge siempre tendrá ventaja.

—Sí, señor. —John levantó su vaso—. Que así sea.

Anne hizo un sonido casi imperceptible. Los tres hombres la miraron.

—A mi hermana —dijo Alec con sequedad—, no le gusta remar. Ella y Caro se quedaron una vez durante horas atrapadas en medio del lago de Gleneden, nuestro hogar en Escocia.

Anne levantó las cejas en dirección a Caro, pero Caro se mordía el labio, tratando de contener la carcajada.

—No creo haber oído nunca esa historia —señaló John.

—Las encontramos ya de anochecida —añadió la duquesa—. Tuvieron que soportar una gran tormenta que les caló hasta los huesos. Recuerdo que las pobres tuvieron fiebre durante varios días después.

Los ojos de Alec brillaron al mirar a Anne.

—Ahora nos reímos, pero mi madre y Caro lo pasaron muy mal.

—Me lo imagino.

—Por supuesto, se podía haber evitado en parte si hubiesen dicho adónde iban.

—Cierto —accedió Caro—, pero imagino que tampoco Annie tenía intención de perder los remos. —La prima de Anne no pudo contenerse por más tiempo. Lágrimas de risa le caían por las mejillas—. Nunca olvidaré la expresión de tu cara, Annie, cuando trataste de rescatar el primer remo y escuchaste el chapoteo en el agua del segundo. Aunque hiciste un esfuerzo heroico por recuperarlo —rectificó Caro al ver la expresión malhumorada de Anne.

—Siempre una aventurera intrépida, nuestra Annie —sonrió Alec.

—Y una vez más, otra McBride sin técnica —observó John.

Anne estaba visiblemente enfadada. ¡Eran todos unos traidores!, decidió.

—Bueno —dijo irónicamente—, parece que os estáis divirtiendo bastante. —Echó hacia atrás la silla—. Madre, quizá sea el momento de que pasemos al salón de música.

Vivian se puso en pie con elegancia.

—Una idea excelente, Anne. Señor Blackwell, nos acompañará, ¿verdad?

Unos minutos después, Vivian recorría con sus hábiles dedos las teclas del piano. Pero Anne aprovechó la oportunidad que el momento le brindaba. Antes de que su madre pudiese empezar una melodía, antes de que el resto se hubiese incluso sentado, ella dio un paso atrás.

—Ay, querida —dijo con una sonrisa forzada—. Me temo que debo pedir que me excusen. De repente ha empezado a dolerme la cabeza.

Vivian levantó los ojos en silencio, interrogándola. No era muy habitual en ella sentirse enferma… nunca. Y la boca de Caro formó una «o» llena de sorpresa. Los ojos azul helado de Alec se entrecerraron, e incluso John frunció el ceño. En cuanto a Simon Blackwell… bien, supo el instante en el que puso los ojos en ella; los sintió con cada poro de su piel. Era de lo más molesto, pensó, y se preguntó qué demonios era lo que le pasaba. Con razón se sentía como un insecto al que estuvieran observando en una botella de cristal. Mantuvo la mirada fija en su madre… y lejos de la de él.

Vivian inclinó la cabeza.

—Desde luego, Anne —dijo—. Espero que te mejores pronto, querida.

Con esto, Anne hizo una reverencia de despedida y, en cuanto estuvo fuera de la vista de todos, echó a correr para meterse en su habitación.

Una hora después, Anne se encontraba apartando el cobertor de la cama cuando oyó un pequeño grito abajo, en la entrada. Se detuvo, con una rodilla apoyada en la cama. Oyó el ruido de unos pasos que subían y vio la sombra que se colaba por debajo de la puerta al pasar. Más tranquila ya, cogió el libro de la mesilla y se dispuso a leer un poco. Apenas un minuto después, escuchó un ligero toque en la puerta de su cuarto.

Era Caro.

—¿Annie?

—Entra, Caro. —Anne puso a un lado el libro—. ¿Jack? —preguntó.

—Izzie. John la ha llevado a su cama. —Caro entró en la habitación y cerró la puerta—. ¿Te encuentras mejor?

Anne cogió la otra almohada y se la puso contra el pecho.

—Mucho mejor, Caro. Creo que tal vez ha sido el calor. —No se atrevió a decir que fue la compañía…

Caro la miró con suspicacia.

—No fue nuestra intención reírnos de ti, ¿eh?

—Lo sé.

Y era cierto. No fueron sus bromas. Desde luego que no.

Fue él.

Simon Blackwell.

Pero había sido muy cobarde al escapar de esa manera. Estaba arrepentida. Pero ya no había nada que hacer y…

—No quise preocupar a nadie —dio una palmadita en la cama—. Siéntate aquí, cariño.

Caro se sentó junto a ella.

—El señor Blackwell se fue pronto también. Nos dejó apenas media hora después de que tú te marcharas.

—¿No me digas? —Fue más una afirmación que una pregunta.

—Vamos, Annie, ¡no me mires así! Sé que no te importa.

—Así es. No me importa. En realidad, me parece que es… un tipo poco convencional.

Caro pestañeó.

—¿Poco convencional? Vaya, ¿ahora has decidido templar tu opinión sobre él?

—¿Qué? —preguntó Anne, aunque sabía muy bien qué era lo que quería decir Caro.

—¡Vamos, Annie, le llamaste excéntrico en la cara! Y sólo porque prefiere no frecuentar Londres. ¡Pero si tú misma prefieres el campo a Londres! ¿Cómo se te ocurre menospreciarle de ese modo?

—Yo no le he menospreciado. Y no le llamé excéntrico. Sólo le hice una pregunta inocente.

—¿Inocente? ¡Annie, a todos les resultó bastante obvio que el hombre te parecía un ogro!

Anne sonrió en secreto, satisfecha. Simon Blackwell era... vaya, exactamente lo que había imaginado.

—¡Annabel McBride! No me mires de esa manera. ¡Es del todo imposible que sea una bestia! Me reafirmo en la primera impresión que tuve de él.

—Y yo también. Creo que es el hombre más estirado que he tenido la mala suerte de conocer nunca.

—¡Anne! —le reprochó Caro—, me parece increíble que estemos hablando del mismo hombre.

—¡Y a mí me parece increíble que tuvieses la desfachatez de preguntarle por su situación sentimental!

—No le pregunté. Simplemente descubrí que nuestro señor Blackwell está soltero.

—Él no es «nuestro» señor Blackwell. —Anne quería llevarse las manos a la cabeza.

Caro la miraba con los ojos muy abiertos, como si nunca hubiese roto un plato.

—Ah, pérdoneme usted. «Tu» señor Blackwell.

—¡Caroline Sykes! De una vez por todas, Simon Blackwell y yo nunca nos entenderemos.

—Eso no lo sabes.

—Ah, claro que sí. —Anne fue tajante. La idea de ella y Simon Blackwell... Vaya, era ridícula. Mucho más que ridícula. ¿En qué estaba pensando Caro?

—¿Por qué le encuentras tan desagradable?

—¡Caro! —Anne la obsequió con lo que esperaba fuera

una mirada implacable—. Además, ni siquiera merece la pena discutir sobre ello.

—Ah, vamos. Nosotras nunca discutimos —sonrió Caro—. Bueno, casi nunca. —Lo que era cierto. Anne recordó tiempos mejores. A menudo, Caro y ella no tenían que decirse ni una palabra para saber qué era lo que estaban pensando.

Aunque Caro la miraba con curiosidad, parecía como si estuviesen pensando lo mismo.

—Annie —dijo con suavidad—, ¿te acuerdas cuando solíamos quedarnos despiertas casi toda la noche? Cuando abríamos la ventana y nos quedábamos mirando a las estrellas para pedirles deseos. —Sonrió con nostalgia—. No hay ningún sitio en el mundo con tantas estrellas como en Gleneden, ¿verdad?

Anne asintió en silencio.

—Hablábamos y hablábamos, ¿te acuerdas?

—Sí —dijo Anne hoscamente—, eso es lo que recuerdo sobre todo. —Se detuvo—. La última vez fue la noche anterior a tu boda con John. —Hizo una mueca—. ¡Caro, nunca he visto a una novia tan excitada!

—Nunca había estado tan excitada. ¡Tanto que no podía pensar en dormir!

Anne arqueó una ceja.

—¿Qué Annie, tú no?

—Bueno, sí, claro que sí. Pero ahora las dos somos mayores y...

—Sé lo que vas a decir, Annie. Que tengo un marido e hijos. Pero sí, es diferente, aunque ahora que estoy aquí sentada contigo... me siento igual que antes. Porque siempre ha sido así. Y... Annie, ¡tengo un secreto que contarte!

Anne se inclinó hacia ella.

—¿Qué? —susurró.

Caro también susurró.

—Annie, creo que... —Se puso la mano en la barriga.

Anne abrió los ojos.

—¿Cómo, otra vez? —Apenas pudo enmendar su reacción—. ¡Ay, Caro, no quería decir...!

—Lo sé, cariño. ¡Claro que lo sé! Pero... —se mordió el labio—, ¡ay Señor, aún no se lo he dicho a John! Tendré que hacerlo esta noche.

—Sí, imagino que querrá saberlo —objetó Anne con sequedad. Luego sonrió—. Le hará mucha ilusión, ya verás.

—Lo sé —admitió Caro—. Y es otra niña, lo sé.

—¿Lo sabes ya?

—Sí —insistió Caro. Se detuvo, después cogió la mano de Anne y suspiró—. Ay, Annie, si pudiéramos pedir deseos a las estrellas, ¿sabes lo que pediría yo? Desearía que fueras tan feliz como yo.

Anne movió la cabeza, con una leve sonrisa en la boca.

—Pero, cariño, yo soy feliz.

—Ah, sí, sí, lo sé, pero… ah, tienes aún que buscar un poco pero, Annie, ¿no te gustaría… tener una niña también? ¿Y que algún día las dos… se quedasen despiertas toda la noche como hacíamos nosotras?

—Como hermanas —dijo Anne suavemente—. Como nosotras.

Y de repente, una imagen muy real pasó por la mente de Anne: la imagen de dos pequeñas susurrando y andando de puntillas mientras se morían de la risa al ver que la niñera abría la puerta y las reñía, mandándolas a la cama. Las veía hundiéndose bajo las mantas, sólo hasta que la puerta volvía a cerrarse…

De repente, a Anne se le hizo un nudo enorme en la garganta. Ah, ¡cuánto quería a Caro! Se abrazaron, las dos con una sonrisa involuntaria y sentimental en la cara, sin importarles parecer unas niñas de nuevo.

—Bueno, querida, supongo que tendré que encontrar un marido antes. —La risa de Anne sonó con una calidad impresionante.

Caro seguía agarrándole la mano. Le estrujó los dedos.

—Sobre todo, quiero que tengas lo que yo tengo —dijo suavemente.

—Algún día lo tendré —dijo Anne.

Y en ese momento, no le cabía ninguna duda de ello.

Capítulo tres

Su nombre es Jack. Dios mío, el chico se llama Jack.

SIMON BLACKWELL

Simon supo, desde el momento en el que entró en la residencia de los McBride, que no tendría que haber ido. Lo supo tan pronto como hubo cruzado el rellano.

Los McBride eran una familia unida. Le gustaban. Le gustaban mucho.

Todos salvo la chica. Todos menos Anne. Y no era que no le gustase ella.

Era que a ella no le gustaba él. Podía notar su disgusto hacia él.

Aun así, ella ocupó sus pensamientos durante todo el camino de vuelta a casa.

¿Qué era lo que hacía que le afectase con tanta fuerza su presencia? ¿Era su espíritu? Su hermano la había llamado «aventurera». Sí, podía ver ese rasgo en ella. Lo había intuido aquella mañana.

De repente, los recuerdos de Simon fueron algo más lejos de lo que él hubiese deseado. En su mente, vio cada detalle. Tenía unas cejas finas y negras. Sus ojos eran del color profundo del zafiro y se oscurecían como la medianoche cuando algo no le agradaba. Su cabello era del color de la miel mezclado con mechones castaños, y muy fino.

Y —que Dios le perdonase—, pero no pudo evitarlo. Cuando ella se volvió hacia él tuvo un instante para ver la suave redondez de sus pechos que sobresalían bajo el escote de festón de su vestido.

Había una calidad luminosa, casi nacarada, en la blancura de su piel. Parecía flexible, firme. Había tenido que cerrar los ojos para que no siguieran fijos en los altibajos de su delantera.

¿Qué es lo que era?, pensó. ¿El olor de una mujer cálida y vibrante? ¿El leve perfume de rosas? ¿El olor que desprendía? Pensó en la manera en la que se movía, en su forma de andar… con un paso que denotaba confianza, pero sin vanidad.

¿Por qué no habían podido sentarle cerca de su prima, la casada?, se preguntó incómodo. Claro, si hubiese rechazado la invitación desde el principio, no hubiese habido ningún problema. Poco le hubiese importado quedar como un maleducado. ¿Qué le importaba a él? Nada en absoluto.

Entrando en sus aposentos, caminó derecho a la mesilla, donde se sirvió una porción generosa de whisky en un vaso. Se lo bebió de un trago, agradeciendo el quemazón que le bajaba por la garganta, el entumecimiento que empezaba a experimentar su mente.

No le ayudó mucho a acallar las preguntas que le perseguían. De hecho, las hizo más insistentes.

Desplazándose a la cómoda, se deshizo el nudo de la corbata y la dejó caer al suelo. Dios mío, ¿qué era lo que le pasaba? Aun antes de que la pregunta se colase en su mente, ya sabía la respuesta.

Una noche le había cambiado para siempre. Aquella noche. Fue entonces cuando se había convertido en un ermitaño. Fue entonces cuando se había quitado de en medio. «Para esconderte», le dijo una voz en su cabeza. Pero en el fondo sabía que más que para esconderse, se había quitado de en medio porque el dolor que soportaba era demasiado grande como para mostrarlo… a nadie.

Si al menos pudiera dormir... Estos cinco años de viudedad le habían cambiado. Le habían hecho distante. Quizás hasta duro. Dios, pensó con disgusto. Con razón a Anne le había parecido tan repulsivo.

Siempre se había visto a sí mismo como el más astuto observador de la naturaleza humana. Siempre había sido sensible a los estados de ánimo y a los sentimientos de aquellos que le rodeaban.

Pero ya no era el hombre que solía ser.

Ausente, se frotó el hombro derecho. Bajo la tela de su camisa tenía la piel tensa, arrugada y demacrada. Había aprendido a vivir con ese dolor casi constante, lo había aceptado como si fuera parte de él, tanto como sus recuerdos. Sin embargo, si tenía que ser sincero consigo mismo, y normalmente lo era, el dolor de su corazón era mil veces peor.

Y esa noche la puerta del pasado se había abierto de par en par.

—¿Hay algo que pueda hacer por usted, señor?

Era Duffy, cuyo reumatismo había empezado a ralentizar su forma de andar. Simon miró al hombre encorvado que le había servido desde que era un niño. El anciano había entrado y abierto la cama, y él ni siquiera se había dado cuenta.

—Duffy —dijo—, ¿crees que soy difícil?

Duffy se frotó la cabeza sin pelo.

—Señor... —empezó.

—Por el amor de Dios, no necesitas morderte la lengua —le dijo con un gruñido—. Sabes demasiado bien que no voy a despedirte por eso. Vamos, suéltalo.

Duffy carraspeó.

—Lo que creo, señor, es que ya ha sufrido demasiado. Y me pregunto cuánto tiempo seguirá obligándose a sufrir.

Valientes palabras. Y muy ciertas. Bien, se dijo Simon con un movimiento de cabeza, eso le pasaba por preguntar.

—¿Es todo, señor?

Simon inclinó la cabeza. Era Duffy el que se ocupaba de que se vistiese y comiera. Si no hubiese sido por el anciano, se preguntó con un deje de cinismo, ¿qué hubiese sido de él?

—Muy bien, entonces —con una rapidez que no se correspondía con su edad, Duffy caminó hacia atrás— me pondré a ordenar esto un poco antes de irme —dijo alegremente. Hizo un ademán para coger la botella de whisky.

—No —dijo Simon—. Déjala.

Duffy le dedicó una mirada sombría y escudriñadora.

Casi desafiándole, Simon rodeó el cuello de la botella con sus largos dedos.

—Buenas noches, Duffy —dijo.

Una vez solo, Simon se acercó al escritorio que había junto a la ventana.

Lentamente cogió el vaso, y después su diario. Ojearlo, supuso, se había convertido en un hábito. Pero razonó que in-

NEW ROCHELLE PUBLIC
LIBRARY
CHECK-OUT RECEIPT

Date due: 1/2/2015,23:59
Title: Pasión secreta
Item ID: 31019155415758

Total checkouts for session:
1
Total checkouts:1

THANK YOU
For Renewals
Call 914-632-7878 x1700
or visit us online @
www.nrpl.org

cluso en el desorden de su mente, debía de haber algún sentido para ello.

Y de repente, su rabia por Dios, su rabia por el mundo en su totalidad afloró a la superficie. Una rabia desgarradora que le partía en dos. Una rabia que no había sentido en semanas. En meses. Justo cuando había pensado que el dolor había empezado a remitir…

Una vez más, sangraba por dentro. Le quemaban los pulmones. Lo había tenido todo, todo lo que un hombre podía desear, y después, en un instante, lo había perdido todo. Todo. ¿Cómo podía ser cierto?

Quería gritar. Llorar. Pensó en Rosewood. En Ellie. En Joshua y el pequeño Jack, siempre con los ojos echando chispas, el muy travieso. El de las mejillas sonrosadas y la sonrisa adornada de hoyuelos. Y por unos minutos, largos y agónicos, se sintió encerrado en su propio tormento. Encerrado en el tiempo, arrojado de vuelta a su peor pesadilla.

Había dejado que se murieran. Él les había hecho morir. Sus vidas se habían ido para siempre.

Y la suya se envolvía de oscuridad desde entonces.

Se hundió en la silla.

¡Dios mío!

Todo por esa condenada muchacha, pensó amargamente. Anne. Al diablo con ella. ¡Al diablo con ella! Ella había visto su reacción. Fue casi como si lo supiera…

Al diablo con ella por habérselo recordado.

Ojalá no volviese a verla de nuevo. Ojalá no quisiese que así ocurriera.

Ojalá no ocurriese.

Una y otra vez inclinó el cuello de la botella en el vaso. Una y otra vez se lo llevó a los labios.

Las páginas de su diario se abrieron. Después cogió la pluma y se puso a garabatear en el papel. Cuando terminó, leyó lo que había escrito. Su letra, su nombre, era tan limpia y precisa, tan diferente al desastre que era su vida…

Se quedó mirándolo hasta que los ojos le quemaron, secos, hasta que la vista se le nubló, sin saber muy bien si era por las lágrimas o por el alcohol. No podía olvidar.

«Se llama Jack.»

Υ

Anne tenía la costumbre de dar un paseo todos los días. Incluso en Gleneden, desafiaba a los vientos escoceses y sólo las peores tormentas podían mantenerla en casa. Si no salía a caminar, montaba a caballo. Aunque no quería admitirlo, la idea de cruzarse con Simon Blackwell pasó una vez más por su mente mientras se dirigía a Hyde Park. Pero era una estupidez. No iba a dejar que nadie la privase de sus distracciones, y mucho menos él.

El día no era tan caluroso como el anterior, pero aun así hacía calor. Anne se puso la sombrilla sobre el hombro, contenta de poder disfrutar del paseo. Pasó por delante de un hombre que pescaba en el Serpentine… y entonces lo vio.

Ah, no. No podía ser cierto. Sencillamente no podía estar ocurriendo. Y encima no se podía hacer nada por evitarlo.

—Vaya, vaya, milady, ya veo su dilema. No está segura de si debe saludarme o ignorarme.

Su franqueza la pilló desprevenida, pero sólo por un instante.

—Y ya veo que usted está tan contento de verme como yo de verle a usted.

Él asintió con una leve inclinación.

—¿Debo suponer que se ha recuperado bien de su dolor de cabeza?

Su tono era educado en sí mismo. Sabía, maldita sea, ¡sabía que había mentido!

Pero Anne estaba preparada para coger el testigo.

—¿Y yo debo suponer que su atrevido rescate no le ha dejado nada peor que ponerse?

Se miraron el uno al otro. A Anne le asaltó un pensamiento de lo más extraño. Él iba vestido de negro riguroso. Nadie podría acusarle nunca de ser un coqueto, eso seguro. Y como le pasara la noche anterior, percibió el poder y la fuerza que había bajo su ropa.

El corazón se le aceleró. Anne tragó saliva.

—No nos ve nadie —dijo—, así que no necesitamos fingir como lo hicimos anoche.

—¿Fingir? ¿Eso es lo que hizo?

Su mirada era tan acusadora como su tono.

—Lo cierto es que no esperaba que viniera anoche a la cena. —La confesión salió de sus labios antes de poder detenerla.

—Mi querida lady Anne, ...me invitaron.

—Así es.

—Y si no hubiese ido, ¿me habría eso hecho parecer un cobarde ante sus ojos?

—Desde luego que no —dijo ella cortante—. Indicaría sencillamente que tiene su propia opinión.

Hubo un brillo repentino en sus ojos.

—Cualquiera tomaría esto como un desafío, milady. Pero quizá deberíamos guardar las formas ahora. Por el bien de los que nos rodean, claro está. ¿Paseamos?

Su tono era agradable, pero Anne no estaba dispuesta a creerle.

—¿Deberíamos? —murmuró.

—¿Perdón? —Ahora había un leve sarcasmo en su tono.

Anne levantó la barbilla y no dijo nada.

Él le ofreció el codo.

—¿Vamos?

Si no hubiese sido por la presencia de una joven pareja que pasaba a no más de unos cuantos metros de allí, Anne tal vez le hubiese rechazado. No, le habría rechazado con toda seguridad. En vez de eso, le sonrió y le puso los dedos sobre la manga.

—He podido ver —señaló—, que es usted una joven muy dada a decir lo que piensa.

—Supongo que así es. ¿Es una crítica o un mero comentario?

—Ni lo uno ni lo otro. Sólo me estaba preguntando qué es lo que le he hecho para que me calumnie de ese modo.

Anne apretó los labios.

—No tiene por qué ocultarlo, ¿sabe? No le gusto, ¿verdad?

Que Dios la perdonase, ¿pero por qué tenía que sonar tan razonable?

—Lady Anne —le dijo amablemente—, ¿por qué no lo admite? Yo no le gusto.

Anne barajó las posibilidades. Darle la razón sería una grosería. Pero si no lo hacía, sería una mentira, ¡una más!

Levantó la barbilla.

—No le conozco, señor. Solo lo poco que supe de usted anoche —dijo con rigidez—. Lo que sé es que en nuestro primer encuentro, no fue particularmente educado conmigo. Si se acuerda, me echó un buen rapapolvo… ¡Vaya, casi en este mismo sitio! —Su caminar por la hierba les había llevado hasta el camino de Rotten Row.

Él se detuvo.

—Ah, así que es eso. Y ahora quiere nivelar las cosas, ¿verdad? Quiere humillarme.

—No sé por qué —replicó ella con aspereza—, pero tengo la impresión de que no es de los que se siente humillado fácilmente.

—Ésa es una opinión muy fuerte para una mujer que dice no conocerme. Y sospecho que no es todo, lo que me lleva a preguntarle qué otros graves desplantes he hecho.

¿Cómo debía tomarse esto último?

—Entonces, ¿vamos a ser francos? —preguntó dulcemente.

Él inclinó la cabeza. Bajo el ala de su sombrero, sus ojos eran del color del peltre oscurecido.

—Por supuesto.

—A pesar de su caballeroso rescate de ayer, no dejo de preguntarme por qué lo hizo, ya que sospecho que no le gustan en absoluto los niños.

Él se puso rígido.

—Se equivoca —dijo él con aspereza.

—¿Ah, sí? —Su reacción no hacía sino confirmarlo—. ¿Me imaginé que no le agradó en absoluto tener que coger a Jack anoche?

Él se echó hacia atrás. El movimiento le hizo perder el punto de apoyo que tenía en su codo.

—Mi querida lady Anne, estaba usted en lo cierto con su primera apreciación. No me conoce. Pero si lo que busca es una disculpa, estoy obligado a dársela. Lo siento.

Su discurso era engolado y brusco, casi cortante. Anne estaba más sorprendida que herida. No pudo evitar quedarse con la boca abierta.

—Y ahora —concluyó con una sonrisa tensa—, debo librarle de mi presencia y desearle un buen día. Eso le gustará, ¿verdad? ¿O tal vez quiera acompañarme a casa?

Anne estaba demasiado conmocionada como para decir nada.

—¿No? Eso me temía. —Una reverencia forzada, y se alejó de allí.

Anne se lo quedó mirando, aún con la boca abierta… y de repente se puso furiosa.

El hombre era tal y como había imaginado: insoportable, desagradable, odioso. Podía pensar en una docena de adjetivos para calificarle, y ninguno de ellos era precisamente halagador.

El placer que le reportaba el paseo matutino se había desvanecido. Encaminó sus pasos de vuelta a casa. Cerró la puerta de un portazo una vez dentro y se dirigió al vestidor con un revoloteo de faldas.

Caro bajaba las escaleras en ese momento.

—¿Y bien? —observó su prima con suavidad—. Parece que no tenemos un buen día hoy.

Anne tiró de los lazos de su sombrero.

—Es él. Ese hombre odioso.

Caro se detuvo en la escalera.

—¡Ay, Dios mío! ¿Puedo preguntar de qué hombre hablamos? ¿O estás teniendo citas secretas a mis espaldas?

—¡Si estuviera citándome en secreto, no sería con Simon Blackwell!

Una ligera sonrisa asomó a los labios de Caro.

—Ah —dijo.

—No me mires de ese modo —dijo Anne, enfadada—. ¡No tiene gracia!

—Cariño, creo que nunca te había visto tan apasionada por ningún hombre.

—Apasionada no es la palabra que yo utilizaría. Ese hombre es un estirado, Caro. Tanto, que me extraña que no se haya roto en pedazos todavía. Te juro que si alguna vez vuelvo a verle, se lo diré.

—Ejem. Eso podría ocurrir antes de lo que te imaginas, querida. Aunque debo advertirte que será mejor que te muerdas la lengua mientras sea el huésped de tu madre.

—¡Por favor, no me digas que le has invitado otra vez a cenar!

—Yo no, tu madre.

Anne quería gritar.

—¿Qué? Pero... ¿cuándo? Y... ¿por qué?

—La condesa viuda de Hopewell celebrará su cumpleaños aquí en vez de en la casa de lady Creswell. Me temo que está muy enferma y tu madre ha insistido en que la fiesta se hiciera aquí. —Caro hizo una pausa—. Y Annie…

—¿Qué? ¿Aún hay más?

—No. ¿Pero sabes lo que creo?

Anne no sabía si debía llorar o reír.

—Sospecho que vas a decírmelo. De hecho, ya lo sé.

—Dices que es un estirado. Que es seco. Pero también hay algo casi triste en él. —Caro dudó—. Annie, sé que no estarás de acuerdo, pero creo que está solo. John también lo pensó.

Caro tenía razón. No estaba de acuerdo.

—Bueno, si es así, no me extraña que lo esté —murmuró.

—Annie —la riñó Caro—, tú no sueles ser tan insensible. Como sobrino de la condesa, es evidente que vendrá a la fiesta. Y tía Viv está tan contenta de poder dar una fiesta... Ya sabes que es la primera distracción que se permite desde que se quitó el luto.

Y eso dejó a Anne en silencio. Caro tenía razón. Antes de la enfermedad de su padre, no había nada que gustase más a su madre que dar fiestas. Y Anne nunca haría nada que pudiera privar a su madre de este placer, o que le impidiese ser feliz fuera como fuera.

No podía quejarse entonces. Tenía que pensar en su madre. Muy bien, daría la bienvenida a Simon Blackwell. Por su madre, sería amable, y fingiría que su rechazo hacia él no existía. Nadie, salvo Caro (¡y el propio hombre, desde luego!) pensarían que fuera de otro modo.

Parecía que una vez más iba a tener que soportar su presencia. No había forma de evitarlo.

Capítulo cuatro

Dicen que soy un hombre lleno de amargura. Pero no es amargura lo que llena el fondo de mi alma. Estoy perdido. Y no sé cómo encontrar el camino.

Simon Blackwell

*A*nne se había resignado a su destino. No había nada que pudiera hacer para evitarlo. Debía enfrentarse a ello —enfrentarse a él— lo mejor que pudiera. Si por un casual su camino se cruzaba con el de Simon Blackwell, reaccionaría con el decoro que su madre le había inculcado. No avergonzaría a su familia con un comportamiento infantil.

No, Anne nunca podría privar a su madre de esta noche. Casi desde que Vivian se había ofrecido a celebrar la fiesta de cumpleaños de la condesa viuda de Hopewell, su querida madre había estado revoloteando de aquí para allá como una mariposa. Aunque al final del día estaba muy cansada, Vivian irradiaba felicidad. Hasta entonces Anne no se había dado cuenta de lo mucho que su madre había echado de menos la vida social. Había una luminosidad en ella que Anne no había visto en muchos meses. Caro y Alec lo habían notado también.

Y de hecho, la celebración se había convertido en una animada fiesta. El salón de baile se había aireado y limpiado y relucía ahora con un olor a rosas que lo embriagaba todo. La cena estuvo para chuparse los dedos. Un cuarteto había empezado a tocar, y la pista de baile estaba ya llena. Vivian, animada y radiante, iba hablando con todos como perfecta anfitriona. La viuda condesa de Hopewell estaba encantada.

En la cena, fue Simon Blackwell quien se levantó y ofreció el brindis de cumpleaños a su tía. Cuando sonrió —¡ay, no había forma de negarlo!— resultaba tan increíblemente atractivo que Anne dejó de respirar. Se vio a sí misma haciéndose las más extrañas preguntas.

Él la irritaba. La molestaba. La distraía. Entonces, ¿por qué cuando todo había quedado ya claro entre los dos iba y lo encontraba el hombre más atractivo que hubiese conocido nunca? ¿Por qué no podía dejar de pensar en él? ¿Por qué no podía quitárselo de la cabeza? Tendría que haber sido fácil.

Pero, que el cielo la protegiese, no lo era.

Había pensado en él casi todo el tiempo desde que se conocían. Tampoco es que fuesen unos pensamientos agradables, pero al fin y al cabo él había estado en el centro de ellos.

Era de lo más desconcertante, y desde luego algo que no diría nunca a Caro. Si se lo confesase, estaba segura de que su prima se reiría de ella. Además, no le supondría, se convenció Anne mientras se colocaba en el lugar más alejado de él en el salón, ningún esfuerzo evitarle. Podía perfectamente reprimir el deseo de estar donde estuviera él.

Algo que era, decidió, bastante estúpido. Le parecía ridículo permitir que algo así la incomodase tanto. Y con este pensamiento en la cabeza, se sonrió, habló con unos y con otros, y hasta bailó.

Pero el destino no estaba de su parte esa noche. Como si la presencia de Simon Blackwell no fuera desafío suficiente, Lillith Kimball también había venido al cumpleaños. Lillith estaba en una de las esquinas de la sala de baile, de pie junto a los músicos. Miraba a los que bailaban y Anne supo el momento exacto en el que Lillith la vio.

Tenía ganas de gruñirle. En vez de eso, consiguió sonreír e inclinó la cabeza. Lillith ni siquiera demostró esa mínima cortesía. Su expresión era fría. Con total deliberación, la muchacha le dio la espalda.

¡En fin! Anne pensó en lo que Caro le había dicho el otro día en Hyde Park. Por alguna razón, parecía que Lillith no había olvidado, ni perdonado, el asunto de Charles Goodwin.

Menuda tontería. Era una estupidez, porque habían pasado ya dos años. Pero si por algún motivo se encontraba con Lillith, Anne decidió que sería amable con ella.

En el preciso momento en el que se alejaba de la mesa de

bebidas, Anne vio a Simon. En un lateral, cerca de la puerta doble que llevaba a la terraza, había una figura alta vestida con un traje oscuro que hacía aún más imponente su figura. Su chaleco era marrón; su levita, verde oscuro. Era la primera vez que le veía vestido de un color que no fuera el negro. Él tenía la vista fija en el cristal de la puerta, hacia la oscuridad que se cernía al otro lado. Anne estudió su perfil mientras notaba cómo sus pasos la llevaban involuntariamente a él.

A pesar de la distancia que les separaba, pudo sentir algo extraño en él, algo parecido a lo que sintió cuando oyó por primera vez que al pequeño John le llamaban Jack.

El pensamiento que le vino a la cabeza tenía una fuerza extraordinaria: la idea de que no era distante, sino solitario.

En ese preciso instante, él levantó la cabeza. Sus ojos se encontraron. Y su mirada se quedó suspendida en el aire durante un período de tiempo indeterminado.

Por extraño que pareciese, Anne no podía apartar los ojos. Más raro aún, no quería hacerlo.

El momento terminó cuando él levantó el vaso hacia ella, en un saludo silencioso.

Ella podía haberle evitado. Ignorado incluso. Podía haberse dado la vuelta y pretender que no le había visto, que no había reconocido el gesto, ¿qué más daba? Porque, ¿qué le importaba a ella? Pero las palabras de Caro resonaron de repente en su cabeza: «Annie, sé que no estarás de acuerdo, pero creo que está solo».

Apenas se daba cuenta de que sus pies se movían hacia él. Casi antes de saberlo, se vio frente a él. La razón de este movimiento se le escapaba. No lo sabía. Su corazón primero se paró de repente, después recuperó el ritmo normal y ahora era como un galope salvaje que le atravesaba el pecho.

—Lady Anne. El destino vuelve a reunirnos. Perdóneme si no le pido que bailemos. Me temo que su rechazo nos pondría a los dos en una posición incómoda.

Anne contuvo la respiración, ardiente sin saber muy bien por qué. ¿Por qué?, ¿por qué? ¡No le tenía que haber importado lo que dijese o dejase de decir!

Pero le importaba. ¡Vaya si le importaba!

Miró al vaso que tenía en la mano.

—¿Se siente mal, señor?

—No —le dijo él, cortante. Levantó el vaso hasta los labios y bebió.

—Perdone que le haga esta observación, pero parece usted bastante fuera de lugar. Por consiguiente, vuelvo a preguntarle: ¿le ocurre algo?

Sus ojos parpadearon.

—Mi querida lady Anne —dijo él con serenidad—, le ruego que se ocupe de sus propios asuntos y se contenga de meterse en los míos.

Era como si hubiesen puesto a hervir lentamente el temple de Anne.

—No me extraña que sea un recluso si siempre es tan desagradable. ¿O únicamente soy yo la que le encuentra así?

—Milady, yo podría muy bien decir lo mismo de usted.

—Sí, puedo ver adónde quiere llegar —tomó aire—, pero ¿y si le digo que me ha juzgado mal, señor? ¿Qué diría a eso?

Él la miró un momento.

—Preguntaría que qué se esconde bajo ese cambio de actitud.

Anne se ruborizó.

—Sucede que la opinión que me he formado de usted ha sido apresurada. —Él no hizo ningún comentario, y Anne se encontró hablando animadamente—. Es mi prima quien me ha advertido, quien me ha hecho pensármelo mejor. Caro... bueno, ella cree que usted se siente muy solo.

Él se quedó muy callado.

—¿Y usted, lady Anne? ¿Qué piensa usted?

—No sé qué pensar. De verdad. Pero creo que he sido bastante mezquina y miserable. Y odio tener ese concepto de mí.

Él la miró, después dijo lentamente:

—Usted no se anda con rodeos, ¿verdad?

—¿Para qué? Mis hermanos me consideran impulsiva y de carácter fuerte, aunque ésas son mis propias palabras. Admito que soy rápida haciendo juicios. Quizá demasiado rápida a veces, ya que mi lengua es notoria por la cantidad de veces que me ha metido en problemas.

Levantó una ceja.

—¿Por qué no me sorprende? —murmuró.

Su voz era baja. «Raspada», podría haber dicho alguien. Pero fue la palabra «ronca» la que le vino a la cabeza.

Él guardó silencio, llevándose la copa a la boca una vez más. Anne se armó de valor.

—Es el cumpleaños de su tía —se aventuró—. Una ocasión muy alegre. Por tanto, propongo una tregua para el resto de la noche. —Respirando hondo, le extendió la mano.

Él se la quedó mirando. Hubo un profundo silencio. Levantó los ojos para mirarle la cara y después los volvió a bajar para fijarse en su mano. No quería tocarla. Ella lo supo instintivamente. La tentación de retirar la mano era casi sobrecogedora. Pero no lo hizo. En vez de ello, se vio conteniendo la respiración, con una curiosa tensión flotando en el aire.

Durante un buen rato se quedó allí sin decir nada. Después, le cogió los dedos y se los apretó con intensidad.

—Perdóneme —dijo rápidamente—, su opinión sobre mí no ha sido infundada. Por eso, le pido disculpas.

En el breve instante en el que un latido se separa del siguiente, algo cambió. Anne no estaba segura de qué era, ni por qué. Sólo sabía que algo había pasado, y darse cuenta de eso hizo que le sobrevinieran de golpe un montón de preguntas sobre aquel caballero.

Un hombre pasó y le dio un codazo. El corpulento caballero vestía un chaleco verde brillante y una chaqueta amarilla que conjuntaba a duras penas con su fino pelo pelirrojo. Simon lo miró con el ceño fruncido.

—No se moleste —dijo Anne rápidamente—. Ese es lord Calvin. Se gasta aires de pavo real, y viste también como uno de ellos, ¿no le parece? Va siempre embutido en su traje como si fuera una salchicha. Se rumorea que para conseguirlo se pone un corsé. No me extrañaría que fuera así, a juzgar por la forma en la que anda.

Algo que nunca pensó pudiera suceder asomó en la cara de Simon: una sonrisa. Una sonrisa verdadera, para ser más exactos. Después apartó la vista. Levantando la copa, casi se bebió el contenido de un solo sorbo.

Anne le observó, y vio cómo trabajaban los fuertes tendones de su garganta mientras tragaba.

—¿Siempre bebe tanto?

La pregunta era imprudente… y no había forma de echarse atrás. Anne se mordió el labio. ¿En qué demonios estaba pensando para atreverse a preguntar algo así?

Él la fulminó con unos ojos pálidos y plateados. Su sonrisa se desvaneció. Algo que podía considerarse ira se dibujó en su cara. Para su sorpresa, puso el vaso en la bandeja de un sirviente que pasaba.

—Me gustaría tomar el aire —dijo bruscamente. Su tono fue bajo, su ademán bastante acartonado.

—Por aquí. —La terraza estaba a sólo unos pasos a la izquierda. Anne le guió hasta allí. No se detuvo hasta que las voces de la casa no fueron más que un murmullo.

—Dios, como odio Londres —murmuró él.

—Si lo odia tanto, ¿por qué no se ha ido ya?

—Eso pretendo. En realidad, me voy mañana. Así no tendrá que sufrir mi presencia por más tiempo.

Ella ignoró esto último.

—¿Mañana? —Se oyó preguntar—. ¿Tan pronto? —Por el amor de Dios, ¿qué estaba haciendo? ¡Ese tono de consternación no podía ser cierto!

—Tras la fiesta de cumpleaños de tía Leticia esta noche, no hay ninguna otra razón que me obligue a quedarme.

Anne se esforzó en mirar a otro lado. Hacia el cielo. En lo alto, asomaba una media luna entre un velo brumoso de nubes. No muy lejos, se oyó el sonido de las campanas de la iglesia anunciando la hora.

—Es una pena que no haya más estrellas —dijo con nostalgia—. Pero esto es Londres, supongo. Demasiados edificios, demasiada gente. Caro y yo hablábamos de esto la otra noche, de cómo no hay nada comparado con el cielo de Gleneden.

—Gleneden —repitió él—. Es su casa en Escocia, ¿verdad?

—Sí. Al norte de Sterling. Situada junto al lago.

—Es muy parecido a donde yo vivo —dijo después de un momento—. Aunque allí son habituales las tormentas que vienen del mar. —Hizo una pausa, y dijo—. Usted y su prima parecen muy unidas.

—Así es —se limitó a decir Anne—. Caro es más como una hermana para mí.

—Entonces, ¿no tiene hermanas?

—No. Bueno, en realidad, sí.

La miró sin entender.

—Una vez tuve una hermana —explicó—, una hermana pequeña que murió cuando tenía un año, y un hermano mayor. Los dos sucumbieron en una epidemia de gripe. Lo cierto es que no me acuerdo de ella. Otra nació muerta antes de que mi madre me tuviera a mí. Así que nos criamos los tres: Alec, Aidan y yo. Y algunas veces, Caro.

El silencio se instaló entre ellos. A través de la oscuridad, Anne podía sentir sus ojos que la miraban. Él se había movido un poco, por lo que la manga de su chaqueta rozaba la piel desnuda de su brazo, justo donde terminaba la tela del guante. Anne se cubría los hombros con una estola blanca. Entonces se estremeció, pero no por la brisa de la noche. No, no era frío lo que sentía. Se sentía sofocada. Caliente. Como si tuviera fiebre.

—Señor —dijo ella—. Me está mirando.

—Querida, estamos en medio de una conversación, ¿a quién si no iba a mirar?

Anne guardó silencio. De repente, el pulso se le aceleró.

Nerviosa, se mordió los labios. Le costaba mantenerse en pie. No sabía qué hacer con las manos. Quería agarrarse a su antebrazo, porque era como si el mundo a su alrededor estuviese girando. Él se acercó, tanto que podía ver los intrincados pliegues de su corbata, todos y cada uno de los hilos dorados que formaban su chaleco. Su garganta emitió un leve sonido. Cuando levantó los ojos, vio que él estaba aún más cerca. Más cerca de lo que aconsejaba el decoro.

La expresión del hombre era solemne, su boca seria. Pero no dura. Bajo las cejas, sus ojos eran claros y pálidos. Desconcertantes, de una forma que no podía muy bien definir.

Ahora dirigía la mirada hacia sus labios. Después más abajo, y más abajo… Anne llevaba un vestido color melocotón claro, con un escote bastante bajo, aunque sin salirse de lo que recomendaba la moda. Su proximidad le ponía nerviosa. La desconcentraba. Y aun así, Anne no se apartó. De repente, supo que no quería hacerlo.

Sus labios volvieron a situarse en su boca.

—Debería salir corriendo, lady Anne. Huir ahora.

Sonaba tan extraño. Y le pareció más extraño todavía que él

dijera eso. Porque eso era exactamente lo que Anne sentía. Sin aliento, como si hubiese corrido a toda velocidad desde el piso bajo hasta la azotea de la casa.

Una aventurera, dijo una vez alguien. ¿Qué podía ser mayor aventura que estar ahí sola en la oscuridad con un hombre al que apenas conocía? Simon Blackwell era un extraño. Debería sentirse asustada, pero no era así.

Nerviosa, sí. ¡Eso sí! Y excitada de una manera que no podía definir bien. Una mezcla de sentimientos se agolpaban en su interior. Se sentía como si el corazón fuera a salírsele por el pecho.

Y aun así se quedó donde estaba.

Sólo una hora antes, hubiese pensado que algo así era imposible. Pero ahora, todo en su interior le decía que debía quedarse allí. Se lo pedía a gritos. Sabía instintivamente lo que él estaba pensando, lo que quería. Y sabía, con cada poro de su piel, que no iba a detenerle…

Tan pronto como pudo, Simon fue a por una copa. No de las de la mesa del ponche para mujeres. Necesitaba algo más fuerte.

No le había gustado saber que la fiesta de su tía iba a celebrarse en casa de los McBride. Amaba a su tía, por lo que tenía que contentarla y aparecer obligatoriamente en la fiesta. Pero cuanto antes dejase Londres, mejor. No lo echaría de menos. No le gustaban las miradas inquisidoras, las miradas de piedad de aquellos que conocía desde hacía tiempo.

No se hubiese esperado nunca que Anne se acercase a él, por lo que su aparición le cogió desprevenido, por no hablar de su oferta de paz. Un solitario, le había llamado Anne. Dios, ¡si ella supiera!, pensó con sorna. Pero ella tenía razón, bebía demasiado. Era lo único que le ayudaba a superar las noches.

Un recluso, le había llamado. Y quizá lo era. Su vida le pesaba. No, más que eso. Era un desastre. No tenía ganas de estar rodeado de gente. No deseaba que el mundo le recordase todo lo que había perdido.

Además, había algo de culpabilidad en su comportamiento. No creía ser digno de estar junto a la gente decente. Su com-

portamiento había sido abominable. Había sido un maleducado. ¿Y por qué? Porque la encantadora Anne le recordaba cosas en las que él prefería no pensar. Una parte de él quería gritar para que le dejase en paz. ¡Dios, cómo desearía que se
marchase!

Pero en el momento en el que ella se acercó… no pudo evitarlo.

Era de lo más desconcertante. Irritante. El olor que irradiaba… ¡Dios mío!, era un olor que le intoxicaba. No había otra
forma de decirlo.

Y ahora… ahora él la veía humedecerse los labios. Un temblor caliente le atravesó. Simon sabía lo que era. El deseo. Profundo y líquido. No podía detenerlo.

Se paró y la miró. La miró de verdad, de una forma en la
que no había mirado a una mujer en mucho tiempo. ¡Santo
cielo, como no había mirado a una mujer en cinco largos años!
De la misma manera en la que miró una vez a Ellie.

Era un error.

Su vestido de noche tenía un corte en forma de «v», con un
escote tan bajo que dejaba entrever la redondez de sus pechos,
el espacio entre ellos, el temblor que los elevaba cada vez que
respiraba. La desnudez de sus hombros enfatizaba la fragilidad
de su largo cuello… ¡un cuello que le había tentado toda la noche! Como su hermano, ella era más alta que la media, con
unos miembros largos y elegantes. Su piel era de seda y crema,
una piel que hacía que un hombre quisiese… Ese pensamiento
lo dejó frío.

Pero ella no quería que él se quedase frío, pensó casi enfadado. Ella le quemaba por dentro. Le quemaba y… ¡ay, Dios!
Esto se le estaba yendo de las manos.

Un pensamiento mordaz y cínico le sobrevino al tiempo
que un sentimiento cálido y voraz se adentraba por sus venas.
Santo cielo, estaba seduciendo a una mujer con toda la familia
presente y en su propia casa. ¿Qué demonios le pasaba?

Un dolor le desgarró. Ella le hacía pensar en todo lo que había tenido una vez. En todo lo que había perdido.

Desde la muerte de Ellie, no había sido tentado por ninguna
mujer. Ninguna mujer le había tocado. Ni él había tocado a
ninguna otra. Pero ésta —lady Annabel McBride— hacía que

el deseo se le clavase en las entrañas como una espada. Un deseo que era casi doloroso por lo intenso.

Hasta ahora, era como si hubiese olvidado que era un hombre. Y la presencia de Annabel McBride le recordaba sin querer lo que cinco años sin mujer podían hacer en un hombre.

A Simon no le gustaba. No le gustaba en absoluto. Pero tampoco podía evitarlo. Debería haberse ido. Salir de allí y pagar a una mujer para que le aliviase esa noche el deseo que fluía por sus venas. Sin embargo, sabía que eso no le serviría de nada.

—Debería salir corriendo, lady Anne. Huir ahora.

Y su cuerpo seguía traicionándolo. ¡Le traicionaba de una forma progresiva y minuciosa! Tenía un nudo familiar en la parte baja de su estómago, entre los muslos. Dios, pensó con una mueca de disgusto. ¿Tenía esa chica alguna idea del efecto que estaba produciendo en él?

Quizá sí. Porque no se movía. Seguía allí mirándole, con la cabeza a un lado, cogiéndose la estola con las manos, con esos expresivos ojos suyos grandes y oscuros, y esa leve pregunta en los labios.

Era como si hubiese estallado una tormenta en su interior. En su corazón. En su alma. Y entonces, todo se rompió en pedazos a su alrededor.

«Ella tenía razón», pensó, confuso. Si no hubiese bebido, no hubiese hecho lo que estaba a punto de hacer en ese momento.

Capítulo cinco

*H*ubo una especie de vibración. Un sonido de necesidad, de angustia. Era el nombre de ella. Acallado en sus labios. En los de ella.

Unas manos fuertes le rodearon la cintura. La apretó contra él y su pecho sintió el calor y la dureza del de él. Deseaba cogerle, rodearle con los brazos y meter las manos dentro de su chaqueta. Pero no se atrevía, porque éste era su primer contacto verdadero con el deseo. Señor, su primer contacto con los hombres.

Le parecía tan imposible, tan improbable. Simon Blackwell estaba besándola. A ella.

Era la primera vez que la besaban. Porque el intento de Charles Goodwin, en realidad, no contaba. Había conseguido evitarlo, gracias a Dios.

Pero Anne no era diferente a las demás mujeres. Había soñado con ello. Imaginado el temblor de los labios calientes de un hombre sobre los de ella... Se había preguntado cómo sería. Quién sería...

Y su primer beso —este beso— no la desilusionó.

Se sintió como si fuera a caerse. Flotaba. La sensación era increíble. Intensa. Levantó las manos para agarrarse a su chaleco. El instinto la guiaba. Sus sentimientos la guiaban. Era como si una fuerza poderosa se hubiese llevado su cuerpo. Echó ligeramente la cabeza hacia atrás, abrió la boca y le dio permiso para que fuera aún más adentro.

Cuando su lengua tocó la de ella, todo su cuerpo tembló. ¿Así era como besaban los hombres? Estaba segura de que era una pregunta estúpida. Anne no se tenía por una mojigata. Era una mujer que había viajado, que había leído y que había recibido una buena educación. Sin embargo, nunca había soñado que algo así fuera posible. Pero parecía tan bueno, tan natural. Quiso gritar cuando él le apartó la boca. Sintió el cosquilleo de su respiración en la piel, la presión de sus labios contra su mejilla. Pero entonces su boca volvió. Sus manos, fuertes y cálidas, le apartaron la estola de los hombros. La apretó contra él. Después hundió sus labios en ella, con fuerza, transmitiéndole una sensación hambrienta que ella no acababa de comprender.

Y tampoco le importaba. ¡Dios, se sentía tan bien! Era como si el mundo que les rodeaba hubiese dejado de existir.

Estaba tan entregada a la fiebre del beso que no oyó el movimiento de faldas detrás de ella. Tampoco Simon lo oyó.

El golpe de la puerta les llegó como una nota discordante. Anne sintió que él se ponía tenso. Lentamente, levantó la cabeza. Con los ojos entrecerrados, dirigió la mirada hacia la luz deslumbrante que provenía de la casa.

—¡Maldición! —susurró él.

A Anne aún le temblaban los labios. La cabeza le daba vueltas. Levantó los ojos hacia él medio atontada.

—¿Qué pasa? —dijo levemente.

Él le colocó la estola sobre los hombros. Su tono era severo.

—Había alguien aquí.

Anne tardó un tiempo en comprender... pero no su hermano. Cuando Anne se hubo repuesto, Alec ya estaba allí; y Lillith Kimball estaba a su lado con una sonrisa de suficiencia en la cara. Supo entonces que Lillith lo había hecho a propósito, que les había seguido a ella y a Simon a propósito... y después había ido con el cuento a Alec.

Alec dijo algo a Lillith. Ella asintió levemente, con un mohín, y después se levantó la falda y volvió a entrar en la casa.

La mirada de Alec pasó de las mejillas sonrosadas de Anne a las de Simon, y después de vuelta a ella.

—¿Qué demonios está pasando aquí?

Anne se quedó helada. Los dedos de Simon le rozaron la espalda como si así pudiera protegerla.

Alec entrecerró los ojos.

—Le agradecería que le quitara las manos de encima.

El silencio cayó sobre ellos, un silencio como ningún otro. Simon bajó la mano.

—¿Alec? ¿Alec, qué está pasando?

Era su madre. Y ahora Caro había salido también.

Por Dios bendito, ¿se lo habría dicho Lillith a alguien más? La idea pasó por la cabeza de Anne como un rayo.

No debería haberlos mirado. A ninguno de ellos. Pero no pudo evitarlo. Y cuando lo hizo, su cara se puso roja de la vergüenza.

—Anne —dijo Vivian débilmente—. ¡Ay, Anne!

El poco aplomo que le quedaba a Anne empezó a desvanecerse. Sacó fuerzas de flaqueza para no llorar.

La cara de Alec era como la de una roca. Caro y su madre seguían sin reaccionar. Alec miraba con el ceño fruncido a Simon, los labios apretados en señal de desaprobación.

En realidad, era casi como una competición para ver quién rompía antes el silencio. Fue Simon quien por fin habló con una voz tranquila y mortal.

—Creo que deberíamos intercambiar unas palabras, excelencia.

—Y lo haremos. Claro que lo haremos, señor. Pero éste no es el momento. Ni el lugar, ni la ocasión para discutir sobre… este asunto.

—Estoy de acuerdo. ¿Mañana por la mañana?

Alec asintió.

—En mi casa —dijo, seco—. Le enviaré mi carruaje.

—No es necesario. —Simon fue igual de seco. Pero no hizo ademán de irse. Anne reconoció el instante en el que volvió a mirarla.

Se aclaró la garganta.

—Lady Anne…

Anne no podía respirar. No podía moverse. Y desde luego no podía mirarle.

—Yo me ocuparé de mi hermana —atajó Alec—. No tiene de qué preocuparse.

Anne hubiese jurado que oyó cómo se cerraba la mandíbula de Simon. Era consciente desde lejos del enfrentamiento que se estaba librando entre los dos hombres. Tenía la extraña sensación de que estaban sólo a unos pasos de llegar a las manos.

La mandíbula de Alec se contrajo.

—Si es tan amable, señor.

Por fin Simon se despidió con una reverencia y salió.

Alec le miró fríamente con sus ojos azules. Llevaba las manos cogidas a la espalda. Anne pensó casi histérica que era la única manera de que no se las pusiera en el cuello.

Levantó sus ojos llenos de lágrimas para mirarle.

—Alec —dijo, sintiéndose impotente—. Mamá…

—Creo que ya has dicho bastante, Anne. Creo que ya has hecho bastante. —Alec la miró fijamente.

Anne quería que la tierra se la tragase y desaparecer en las profundidades para siempre. Una vergüenza roja y caliente la consumía.

Fue Caro la que se acercó para cogerle la mano.

—Vamos, cariño —dijo amablemente—. Te ayudaré a acostarte.

En su habitación, Caro despidió a la criada y ayudó a su prima a desvestirse. Anne no dijo nada. Pero al meterse en la cama, el tumulto de las últimas horas se le vino encima de repente.

—Caro —dijo, desesperada—. Ay, Caro…

Hizo algo que nunca hubiese esperado, algo que hacía muy raramente.

Se puso a llorar.

Caro se abrazó a ella.

—Cálmate, Annie —la acunó—. Todo irá bien. Ya verás como sí.

Ojalá fuera cierto. Pero de repente, Anne no podía estar segura de que todo fuera a ir bien de nuevo.

Era temprano cuando oyó un roce en la puerta. Anne se incorporó al ver a Vivian entrar en la habitación. Con las mejillas sonrosadas y el pelo recogido bajo un gorro, su madre parecía completamente descansada, pensó Anne con una especie de fastidio. Ella, por el contrario, tenía los ojos apagados y exhaustos. Apenas había dormido.

Vivian le ahuecó una almohada de las que tenía en la espalda.

—Bébete el té, cariño, antes de que se enfríe. Ah, y te he traído uno de esos cruasán que tanto te gustan.

Anne aceptó la taza y bebió de ella sin mucha convicción. No quería té. Pensar en comida le daba ganas de vomitar. ¿Cómo podía actuar su madre como si nada hubiese ocurrido? ¡Como si la noche anterior hubiese sido un sueño! Ah, cómo hubiese querido meterse debajo de las mantas y no salir nunca.

Anne nunca se había tenido por una cobarde. Pero, en estos momentos, hubiese deseado comportarse como tal.

Vivian revoloteó por la habitación, colocando las cortinas, doblando con cuidado la toalla del baño y llamando a la criada para que le preparase el baño.

Anne puso a un lado la taza de té.

—Madre —dijo.

—¿Sí, amor? —Vivian se sentó en el borde de la cama y le cogió las manos.

Anne se fijó en los dedos de su madre, tan finos y delicados, entrelazados firmemente con los suyos. ¿Cómo era posible que esta mujer tan pequeña irradiara una fortaleza semejante? Pensó en su padre, en la manera en la que su madre le había secado la frente, en cómo le había cuidado y animado en los momentos más difíciles. ¿Cómo podía mantenerse tan firme y tan fuerte incluso en los momentos más dolorosos de su vida? Pero la suya era una resistencia que no podía verse, pensó Anne de repente, una fuerza de espíritu y una fe… que residía solamente en el interior.

Tragó saliva.

—Madre —dijo en voz baja—. Me gustaría explicarte…

—No es necesario —Vivian le apretó la mano—. Sé lo que vas a decirme, pequeña. Bueno, tal vez no las palabras, pero me hago una idea y…. No podemos cambiar lo que ha pasado, Anne. Ayer ya pasó, y pasó para siempre. No podemos volver atrás. No podemos cambiarlo. Y por tanto, debemos pensar que lo que nos espera será mejor. Debemos confiar en que los días que nos esperan serán más luminosos. Debemos hacer lo que podamos para hacer que así sea.

Anne se mordió el labio. En su mente, no era tan sencillo hacer desaparecer de un zarpazo todas las dudas y los miedos.

—Madre... —Y se detuvo, incapaz de continuar.

—Anne, Anne. No tengas miedo, cariño. Sabes que te quiero. Sabes que Alec te quiere y Aidan también. Y sabes que nada ni nadie hará que eso cambie nunca.

Un dolor enorme llenó la garganta de Anne.

—Ahora, corazón, ¿por qué no te vistes? Supongo que tu hermano querrá hablar contigo esta mañana.

Anne la dedicó una ligera sonrisa.

—Madre —susurró—, tengo tanta suerte de tenerte...

—Ay, amor —se unió Vivian—, precisamente era lo que iba a decirte yo.

Vivian tenía razón. Incluso antes de terminar de vestirse, recibió un mensaje de que su hermano quería verla a las diez en punto. Su casa no estaba tan lejos como para no poder ir andando. Pero Helmsley, el cochero, dijo que su señor había insistido en que la acompañase. Anne estaba enfadada. ¿Qué pensaba Alec? ¿Que iba a escaparse?

Así que tenía sensación de rebeldía cuando el mayordomo de su hermano la condujo al despacho. Alec estaba ya allí, sentado detrás de un gran escritorio de caoba que había pertenecido una vez a su padre. Estaba ocupado firmando algunos papeles. No levantó la vista al entrar ella, y siguió rascando el papel con la pluma.

Cuando por fin hubo terminado, apartó el montón de papeles.

El cuero crujió al reclinarse sobre la silla. Entonces la miró. Anne y sus hermanos siempre se habían gastado bromas; no era normal que se encontrase incómoda con ninguno de ellos. Pero en ese momento, envidió la tranquilidad de Alec. Envidió su posición social. No era justo, pensó con resentimiento, que ella tuviese que sentirse como una niña traviesa sólo porque él era mayor. Porque era el duque. Porque era un hombre.

Anne pretendió quitarse un hilo del vestido. Metiendo los pies debajo de la silla, levantó la barbilla.

Su hermano seguía mirándola, con la ceja levantada.

—Bien, Anne —dijo suavemente—, ¿qué puedes decir en tu defensa?

Sus aires de superioridad la pusieron furiosa. Podía ser todo lo arrogante e impositivo que quisiera, pero a ella no podía intimidarla.

—¡Ah, para qué molestarme! —dijo irritada—. ¿Quién te crees que eres para hablarme de ese modo?

—Soy el hombre que está tratando de salvar a su hermana de un escándalo. Un escándalo que podría arruinar su reputación para siempre. —Su tono era tan gélido como su mirada.

—¡No te des esos aires conmigo! —gritó—. ¡Tú tampoco eres ningún santo y lo sabes!

—Pero no es de mí de quien hablamos aquí, Anne. Sino de ti.

Su mirada era fulminante. Anne odiaba tener que discutir con su hermano. Cuando eran pequeños, ella siempre iba un paso por detrás de Alec y Aidan, siempre tratando de estar a su altura. Pero la brusquedad de Alec se le hacía muy dolorosa.

Fijó los ojos en un punto justo por detrás de la oreja de su hermano y apretó los labios.

—Anne, ¿me estás escuchando?

Su reproche le partió en dos. Una parte de ella deseaba taparse los oídos con las manos.

—¿Tengo que hacerlo? —murmuró.

—¡Annie! Sé que siempre has sido difícil. Siempre has sido de las que se atreve con lo desconocido. ¡Pero nunca esperé esto de ti! Pensé que tendría que rechazar a toda una lista de proposiciones de matrimonio. ¡Pero esto ha superado todas mis expectativas!

Ella levantó la cabeza.

—No soy ninguna niña, Alec. Así que por favor, no me trates como si lo fuera. Además, esto sólo ha sucedido porque Lillith me odia.

—No —dijo él con voz calmada—. No eres una niña. Pero estoy seguro de que entiendes la gravedad de lo que ocurrió anoche. Ese comportamiento acarrea consecuencias. No tuviste ningún cuidado. Y te descubrieron. He pedido a Lillith que guarde silencio, pero no creo que vaya a hacerlo. De hecho, creo que debes de estar ya en boca de todos.

Anne trató de mantener la tranquilidad. Lillith Kimball debía de estar saboreando el triunfo.

Alec se detuvo.

—Annie —le dijo con amabilidad—, no puedo salvarte esta vez. No puedo hacer que esto desaparezca. No es algo que pueda ser escondido bajo la alfombra. Debe remediarse antes de que se convierta en un escándalo. ¿Puedes aceptarlo? ¿Podrás aceptarle a él?

Anne le miró con sus enormes ojos. Un presentimiento empezó a tomar forma en su mente. No, pensó aturdida. No podía ser cierto. No podía ser verdad que él estuviese sugiriendo...

Abrió la boca, para cerrarla un instante después.

—Alec —dijo desesperada—. No voy a mentirte. Te... nosotros... te juro que sólo fue un beso. No hubo nada, nada más... —Bajó la cabeza. No podía mirarle a los ojos. No podía decir nada más. Le temblaba la barbilla.

Supo sombríamente que se había levantado.

—Annie —le puso una mano en el hombro—. ¡Ay, Dios, Annie, no llores! ¡No me gusta en absoluto esta solución, pero no tengo más remedio! Si hubiera otra forma, sabes que movería cielo y tierra para que se hiciera.

Se oyó un rasguño en la puerta y después se abrió de un golpe.

—Excelencia, el señor Blackwell está aquí.

Ah, señor. Entonces era cierto. Anne trató de no dejarse vencer por el pánico.

—Annie —dijo Alec—, ¿te importaría esperar en el salón?

No hubo necesidad de que se lo repitieran. Anne estaba ya de pie y saliendo de la habitación.

El duque fue muy civilizado cuando Simon entró en su despacho. Simon no esperaba que fuera de otra manera. Alec parecía relajado, pero a Simon no podía engañarle. Las formalidades que intercambiaron eran forzadas, la tensión flotaba en el aire, intensa y cortante.

Simon no tenía ningún deseo de posponer lo inevitable. Se enfrentó al duque de frente.

—Seamos francos, excelencia. Mi conducta de anoche con su hermana se merece todos sus reproches.

Alec se recostó sobre la silla. Su expresión era severa.

—Tiene mis más sinceras disculpas —dijo.

—Sus disculpas no son suficientes, señor. —El tono de Alec era cortante.

Simon no retrocedió ante su implacable mirada. ¿Qué podía decir? ¿Qué era lo que debía decir? Incluso ahora, no sabía por qué ni cómo había ocurrido. Nunca debería haber pasado. Pero pasó, y ya no había vuelta atrás. Había jugado con una señorita, con una mujer soltera. ¡Por el amor de Dios, con la hermana de un duque! ¡Y en su propia casa!

Ella le provocaba. Le provocaba de una forma que no hubiese creído posible, de una forma en la que nunca soñó que pudiera suceder. Lo cierto es que se había vuelto —por un momento— un poco loco.

En lo más profundo de su ser, sabía que no era culpa de Anne. Ella era joven. Inexperta. Él, por el contrario, no tenía excusa.

—No puedo tolerar que mi hermana caiga en desgracia —aseguró Alec—. No lo haré. Ésta no es la forma en la que debería haberle buscado marido. Pero no puedo permitir que se mancille su nombre. No puedo permitir que la humillación y la vergüenza caigan sobre mi madre. Sobre toda mi familia. Debo poner remedio a esta situación. Sólo usted, señor, puede hacerlo.

Simon le miró, manteniendo su expresión bajo estricto control.

—Usted es un caballero —siguió Alec—, ¿puedo confiar en que actuará como tal?

Simon se quedó callado, pero su mente no paraba de pensar. Sabía muy bien qué era lo que Alec estaba sugiriendo… de hecho, lo había esperado. Pero no le había parecido una realidad hasta ahora. Casarse con ella… Su mente no lo aceptaba. Era algo inconcebible para él. Imposible.

E inevitable.

Se sentó con las manos en las rodillas. Tenía que dejar de golpeárselas con los puños. Le hervía la sangre. De alguna forma, había sabido que pasaría. Había tenido un presentimiento… Sin embargo, ahora que el momento había llegado… Simón tenía un mal sabor de boca.

Si las circunstancias se hubiesen dado al revés, Simon habría pedido lo mismo. Entendía el sentimiento protector de Alec. Suponía que Alec no tenía otro recurso. Aun así, la idea se le atragantaba. No tenía por qué gustarle. A ningún hombre le gustaba que le obligasen a casarse.

Sentía la necesidad de aclarar sus sentimientos.

—No deseo casarme…

Alec entrecerró los ojos.

—Debería haber pensado en ello antes de poner las manos sobre mi hermana.

—Deje que termine —dijo Simon con frialdad.

—Desde luego. —El tono de Alec era amable; su tono frío, no.

—Por mucho que no haya barajado la posibilidad —su boca se torció en una sonrisa sombría—, parece que no tengo otra opción que casarme con su hermana.

Era consciente de que el duque no apreciaba ni el tono ni las palabras que estaba utilizando.

El duque inclinó la cabeza.

—Me encargaré, desde luego, de que reciba una generosa dote…

—No quiero dote. —Las palabras sonaron definitivas. Dios, tampoco la quería a ella.

El tono de Alec fue frío.

—¿Debo suponer que regresará a su casa en el norte?

Simon asintió.

—¿Tengo su palabra de que la tratará bien?

Simon se puso rígido. Apenas movió los labios al decir:

—La pregunta me ofende.

Alec asintió. La tensión empezaba a desaparecer de su rostro.

—Desde luego. Perdóneme. Es sólo que… esto ha sido del todo inesperado. No imaginé que tuviera que vérmelas en una situación así.

Ni él tampoco, pensó amargamente.

—Hay otra cosa —dijo Alec lentamente—. Acabo de recordar por qué su nombre me era tan familiar. —Hizo una pausa—. Por favor, entienda que no quiero incomodarle —dijo, despacio.

Pero lo hizo. A Simon se le tensó el cuerpo. Sabía lo que venía a continuación. Sabía lo que Alec iba a decir. Demonios, pensó. ¡Demonios!

—Aunque sean tardías, por favor, sepa que tiene mis condolencias.

—Gracias. —Simon tuvo casi que obligarse a responder.

Hubo una pausa incómoda.

—¿Lo sabe Anne?

—No. —La respuesta fue inexpresiva y poco comprometedora.

—Debería —dijo Alec en voz baja.

—Y yo le agradecería, excelencia, que me dejase ocuparme de ese asunto. —A pesar de que tenía la boca contraída y seria, Simon consiguió mantener las formas.

—Como quiera, entonces. —Alec le observó un momento. Después, levantándose, rodeó el escritorio y le extendió la mano.

Simon no hubiese podido llamarse un caballero si hubiese rechazado el gesto. No lo hizo a propósito, pero fue el primero en retirar la mano.

—Bien —dijo Alec—. Anne espera. ¿Pido que entre?

—Desde luego —dijo Simon con sequedad.

Alec salió del despacho.

Una vez solo, Simon cerró los ojos brevemente.

«Inesperado», lo había llamado Alec. Dios, pensó con una risa negra y silenciosa, ¿pero no era la verdad? Nunca hubiese imaginado que su estancia en Londres sería tan larga. Ayer a esta hora, pensaba que ya estaría lejos de la ciudad. ¡Sólo ahora comprendió que de ninguna manera dejaría Londres ese día!

Y cuando lo hiciese, sería con algo que no hubiese esperado en un millón de años...

Con una esposa.

Capítulo seis

La vida no es dulce, sino amarga.

SIMON BLACKWELL

*H*onestamente, pensó Anne un tiempo después, fue una bendición que todo ocurriese tan rápido.

Simon estaba de pie junto a la ventana, las piernas ligeramente separadas, cuando ella entró. Permaneció completamente inmóvil durante un momento, y Anne tuvo la extraña sensación de que trataba de resucitar una gran emoción desde lo más profundo de su alma. Se dio la vuelta, tirando ligeramente de los hombros y moviendo la cabeza.

Anne movió también la suya.

No pudo evitar fijarse en la estrechez de su chaqueta. Era un hombre poderoso. Un hombre orgulloso.

Le hizo un gesto hacia el pequeño sofá.

—Quizá quiera usted sentarse.

Anne no quería sentarse. Quería correr, tan lejos y tan rápido como pudiera.

Pero estaba hecha de un material más fuerte, o al menos trataba de convencerse de que era así. La cobardía no estaba en su diccionario. El silencio tampoco. Era cierto que había veces en las que se había arrepentido de algo que había dicho o hecho. Nunca había podido controlar sus sentimientos.

Tampoco había sido necesario.

Sin embargo, éste era un silencio que podía con ella. El momento parecía alargarse hasta la eternidad. Anne descubrió que por una vez en su vida, no encontraba las palabras.

—Parece que tendremos que casarnos.

Se alejaba tanto a lo que Anne tuvo siempre en mente que no parecía real. Sin petición de mano, pensó vagamente. A él sólo le había llevado un momento aceptar su destino... resignarse a él.

Y quizá para ella fuese también un momento de resignación.

Él no quería casarse. Lo vio en la frialdad que había en sus ojos, en la rigidez de su postura, en la forma cortante en la que se había expresado.

No se besaron. No se tocaron. Y desde luego, no hubo una declaración de amor... ni de ningún otro tipo.

Anne no podía evitarlo. Se le había quedado grabado el sabor de su boca. No podía evitar recordar (¡y con tanta fuerza!) qué era lo que les había llevado a ese momento. Recordó la forma en que la tocó. El calor de su boca, la respiración de su pecho, el dolor en el de ella, ese sentimiento de estar agarrándose a algo que estaba más allá de sus posibilidades. La manera en la que ella deseaba tocarle, quedarse allí y explorar.

¿Acaso pensaba él en eso?

Contuvo la respiración. No. ¡No! Era casi como creer que no había ocurrido. Que su ardiente abrazo de la noche anterior había sido fruto de su imaginación.

Pero nada era como debía ser. Su vida estaba de repente fuera de control, y no había nada que pudiera hacer para cambiarlo.

¿Por qué le había dejado que la besara de aquel modo?, se preguntó desesperadamente.

Por algún motivo, no se le ocurrió preguntarse qué era lo que le había llevado a él a besarla así.

Anne nunca se había tenido por una persona idealista o soñadora.

Aunque a decir verdad, nunca había conocido a un hombre que la inspirase de esa manera. Al menos, no hasta ahora. Pero siempre había estado segura de que lo encontraría. O de que él la encontraría a ella. Siempre había pensado que ocurriría, por supuesto, porque no pensaba que estuviese destinada a ser una solterona.

Y al parecer no lo sería.

Pero no esperaba que fuese tan pronto. No ahora.

¡Y no con un hombre que parecía tan distante y frío!

No quería mirarle. Pero tampoco podía evitarlo. Él no se

opuso al escrutinio. ¡Aunque casi hubiese deseado que lo hiciera! Porque cuando le miró a los ojos, a la cara, no vio ni un signo de amabilidad, o de alegría. Su rostro no expresaba el más mínimo gesto de ternura.

En ese momento pensó que algo en su interior acababa de marchitarse.

—Siento —su voz le parecía extraña—, que todo se haya precipitado de este modo.

Sus ojos se oscurecieron.

—No se culpe —dijo él en voz baja.

Anne bajó la barbilla. Descubrió que era la única forma en la que podía dejar entrar algo de aire en sus pulmones.

Por fin, levantó la cabeza.

—¿Cuándo? —preguntó sin cambiar el tono de voz.

—En cuanto pueda disponerse.

«En cuanto pueda disponerse.»

De la forma en que ocurrió, los preparativos para la boda se hicieron con total normalidad. A pesar de la rapidez con que tenía que realizarse la ceremonia, el vestido fue elegido muy a la moda. Por supuesto, su madre y Caro se ocuparon de que así fuera. A la semana siguiente, se recorrieron todas las tiendas de la ciudad, como abejas revoloteando el panal. Si Anne hubiese podido retirarse, lo hubiese hecho.

Quizás era de agradecer que todo se hiciera a un ritmo tan frenético. Apenas tuvo tiempo para pensar, y por tanto, tampoco para angustiarse con lo que estaba obligada a hacer. Y aunque no pudiese pretender que le alegraba casarse, le daba cierto placer contemplar el animado celo con el que su madre y Caro se hacían cargo de todo.

Así que la víspera de la boda, Anne se sentía agotada.

Un poco después de la cena, se retiró a su habitación. En el momento en el que estaba a punto de meterse en la cama, oyó unos pasos que correteaban por el pasillo. La puerta se abrió de par en par, y Jack entró como un vendaval, seguido como era de esperar por Izzie. Y como era también de esperar, su madre entró detrás de ellos.

Los pequeños no podían contener su excitación por poder formar parte de una boda. Se balanceaban de un lado a otro, como barcas en el mar. Su risa era contagiosa.

Izzie saltó sobre su regazo.

—Mamá dice que tengo que ponerme el vestido nuevo mañana, y pareceré una princesa, como tú. —Sus ojos brillaban—. ¿Seré una princesa como tú, Annie?

Anne apretó su cuerpecito contra el de ella, con el corazón conmovido. Había algo tan hermoso en este momento que ella no estaba dispuesta a dejarlo escapar…

Puso la mejilla contra la de la pequeña Izzie.

—Ah, sí, cariño, la princesa más bonita de todas.

Los ojos de Izzie centellearon.

—¿Jack será el príncipe?

Anne miró a Caro por encima de los rizos de Lizzie.

—Sí, él será el príncipe. La princesa Izzie y el príncipe Jack.

—¡No! —Jack asombró a todos con su enérgica protesta—. No quiero ser un príncipe. ¡Quiero ser el rey! —Y sacando pecho, se paseó por la alfombra con un verdadero aire principesco (o real, para ser más exactos).

Anne se mordió el labio. Sus ojos se encontraron con los de Caro, que sonreía débilmente. Jack se había lanzado sobre la cama. Izzie se soltó de los brazos de Anne y se unió a su hermano.

—Seré rey —se pavoneó Jack, con una voz cada vez más aguda y chillona. Los dos se pusieron a chillar con todas sus fuerzas hasta que Caro se lanzó hacia ellos y los cogió a mitad de un salto.

Sólo después de que Caro hiciese callar a la pareja y fuera a llevárselos a la niñera, Anne pudo parar de reír. Ah, ¡cómo lo necesitaba! No tenía ni idea de hasta qué punto lo necesitaba…

Sonreía aun cuando Caro volvió a entrar en la habitación. Descalza y en camisón, era difícil imaginarla como madre de dos, pronto tres, niños.

Anne parpadeó cuando Caro se dispuso a meterse en la cama con ella.

—Tú me hiciste compañía la noche antes de mi boda —anunció al ver la sorpresa de Anne—. Creo que es justo que te devuelva el favor.

Anne refunfuñó.

—John te echará de menos.

—Así es. Pero sabe que volveré por la mañana. Después de

todo, sólo ocurrirá una vez que mi prima favorita Annie y yo podamos compartir la noche antes de su boda.

Anne hizo una mueca. Y entonces, por muy estúpido que pareciera, se sintió feliz de que Caro estuviese allí.

Caro se movió un poco en la cama, poniéndose cómoda, antes de dirigirse a Anne de nuevo.

—¿Estás bien?

Si Anne hubiese notado el más leve signo de compasión en su voz, tal vez no hubiese podido guardar la compostura. Contuvo la respiración. A pesar de lo que dijese su familia para burlarse de ella, en el fondo era una joven sencilla y sensible.

Lo que la llevó a la siguiente reflexión. Quizá, se dijo a sí misma, debería estar dando gracias por lo que tenía.

Caro se incorporó en la cama y se apoyó sobre un codo.

—Tengo una idea —anunció—. Creo que deberíamos ponderar las ventajas de tu próxima aventura.

A Anne no le sorprendió que Caro supiese exactamente lo que estaba pensando. Por supuesto, Anne no lo hubiese dicho con esas palabras, pero era lo que necesitaba, pensó.

Caro siguió.

—Sabes que podría ser mucho peor.

Anne levantó una ceja.

—¿Cómo?

—Tu novio no es un cazador de fortunas.

—Eso no lo sabemos —señaló Anne.

—Ah, estoy completamente segura de ello. Se negó a aceptar la dote.

Anne no sabía ese detalle. Pero tuvo que admitir que saberlo la hizo sentir mucho mejor. Siempre había considerado esa costumbre insoportable, algo que hacía parecer a las mujeres poco más que bestias con las que se podía comerciar y vender al mejor postor. Por supuesto, ¡no por eso iba a convertirse en su mayor admiradora!

Caro siguió alegremente.

—No es viejo. No podemos decir que esté siempre en los sitios menos indicados.

—¡Caro!

—No, nunca le llamaría un petimetre —los ojos de Caro se iluminaron—, aunque es diabólicamente atractivo.

Anne no estaba dispuesta a escandalizarse por eso.

—Sí, querida, ya has dejado bastante clara tu opinión sobre ese punto en particular.

—Bueno, ¡imagina que no lo fuera! —Caro habló como sólo ella podía hacerlo—. Terminarías teniendo hijos que parecerían ogros.

Anne hizo un gesto con la comisura de los labios. No, decidió con perversa amargura. Su futuro marido era el ogro.

—¡Sabía que podría hacerte sonreír!

La sonrisa de Anne, sin embargo, fue extremadamente efímera.

—Annie, ¿qué ocurre?

Sus ojos se apartaron de los de Caro. No podía esconder sus dudas.

—De repente, mi vida… es tan rara —dijo de forma entrecortada—. Todo ha pasado tan rápido. Caro… —No sabía qué decir—. Todavía no sé cómo ha pasado. Ni siquiera estoy segura de por qué ha pasado.

Caro seguía observándola, con una diminuta sonrisa en los labios.

—Algunas veces, ocurre así.

—¿Qué? —preguntó Anne—. ¿Qué quieres decir?

Caro la miró como si estuviese loca.

—El amor —dijo simplemente—. Ah, Annie, algunas veces está ahí y uno no puede explicar dónde ni cómo ni por qué, ni siquiera cuándo sucedió. Simplemente está ahí.

Anne no podía creer lo que oía.

—Caro, yo… yo no le quiero.

Caro sacudió la cabeza.

—Annie, se que ésta no es la forma en la que tú hubieses querido casarte. Pero creo (¡ay, no sé por qué!), creo que todo va a salir bien. Que tú y Simon… ¡Ay, Annie! No sé decirlo de otra manera… pero de verdad creo que por algún motivo estáis hechos el uno para el otro.

Ahora fue Anne la que la miró como si estuviese loca. Caro era una romántica empedernida. Había tanta dulzura en su interior que a veces no veía la realidad. Pero Caro se equivocaba, pensó Anne vagamente, avergonzada en lo más profundo. Sus recuerdos se lo confirmaron. «Parece que tendremos que casarnos.» No podía dejar de pensar en estas palabras. Caro no había visto la profunda falta de emoción en los ojos de Simon, la inexpresividad de su voz.

No podía imaginar a Simon Blackwell capaz de algo tan tierno como el amor.

Ni podía soportar decirle a Caro que nunca ocurriría… no con Simon Blackwell.

No, no podía soportar que Caro supiese la angustia por la que estaba pasando.

Ella y Caro se quedaron despiertas toda la noche. Pero fue muy diferente a cuando eran más pequeñas, admitió Anne con un nudo en la garganta. Cuando por fin Caro cerró los ojos, ella se deslizó fuera de la cama, con cuidado de no despertarla.

Con la cadera apoyada en el umbral de la ventana, se quedó mirando durante un buen rato la profunda oscuridad de la noche.

Sí, pensó de nuevo. Todo era tan diferente… No había risa en su corazón ni música en su pecho. En vez de eso, cada una de sus respiraciones era más amarga que la anterior.

Porque no había estrellas esa noche a las que pedir ningún deseo.

Y no era la excitación lo que mantenía a Anne despierta esa noche.

Era el miedo.

La ceremonia tuvo lugar a las nueve de la mañana siguiente.

Un tibio rayo de sol se colaba por las cortinas de la ventana del salón. Simon había ocupado su lugar junto a ella, su postura perfectamente erguida.

Anne tragó saliva. Miró a través del velo al pastor (¡ay, Dios, era el velo de su madre, ella había insistido en que lo llevara!). Había ido esa mañana a su habitación, entregándoselo como su más preciado tesoro.

Porque en verdad lo era.

Sólo entonces se dio cuenta de que se había olvidado de esa parte de su vestido de novia.

—Anne —dijo su madre, con esa tierna sonrisa que siempre le había reconfortado tanto—. Eres mi única hija. Quiero que lleves el velo que yo llevé el día que tu padre y yo nos casamos. Te bendecirá como me bendijo a mí. Y si Dios quiere, quizás un día tu hija pueda llevarlo también.

—Madre. —El nudo que Anne tenía en la garganta la dejaba sin palabras y sin respiración. Se sentía como si fuera a romperse en un centenar de trocitos cuando su madre le puso el velo en la cabeza. Con gran cuidado, Vivian colocó las finas capas de tela en su sitio.

«Mamá», gritó una voz en su interior. «¡Ay, mamá!»

Para su sorpresa, no lloró. Tampoco lo hizo al decir los votos.

Y entonces le levantaron el velo y su cara quedó al descubierto.

Sabía que estaba pálida. Podía sentir cómo su piel palidecía.

Levantó los ojos y su corazón dio un brinco al notar que Simon la miraba a los ojos.

El tiempo se quedó suspendido... el hombre recto.

«¿La besaría?», se preguntó, nerviosa. ¿Quería que lo hiciera?

Él bajó la cabeza. Sus labios rozaron los de ella. El contacto fue educado, quizás hasta respetuoso... algo que a duras penas podía llamarse un beso. Lo hizo de una manera tan ordenada, pensó Anne, que estaba segura de que sólo lo había hecho por compromiso.

Dios, ¡por qué intentaba siquiera pretender algo así!

Él se dio la vuelta y le ofreció el brazo. ¡Cuando lo que ella deseaba era clavarle el suyo en las costillas! Se contuvo, «sólo por compromiso».

Como era la costumbre, Vivian había organizado un elaborado banquete de boda. Las comidas en la casa de los McBride nunca respetaban las formalidades de la sociedad inglesa, sobre todo cuando Jack e Izzie revoloteaban de un lado a otro. Esta vez no fue una excepción. Al final de la mesa, Vivian y Leticia, la tía de Simon, conversaban animadamente.

Ella no era, pensó, la primera mujer ni la última que se casaba con un hombre al que no amaba; ésa era la regla más que la excepción. Esta idea le resultó tan dolorosa como tranquilizadora. Daba igual cómo hubiese sucedido, el matrimonio existía para celebrar que dos vidas se unían, y no tenía que ser un funeral. ¿De qué serviría ponerse melancólicos?

Los platos acababan de quedarse vacíos cuando Simon se inclinó sobre ella.

—Sin duda querrá ponerse ropa más cómoda. Nos esperan varios días de viaje.

Anne clavó los ojos en él.

—¿Qué?

—Es hora de irse a casa.

«Casa», repitió ella en silencio. «Casa.» A pesar de las amonestaciones que había pronunciado hacía unos momentos, aún no se sentía preparada para renunciar tan fácilmente, o tan pronto. Ésta era su casa, pensó ella con tristeza. Ésta y la de Gleneden.

Simon se puso en pie y se dirigió a los invitados.

—Espero puedan disculpar nuestra precipitada partida, pero debemos ponernos en camino.

Anne pensó vagamente que era una suerte que su criada hubiese empezado ya a empaquetar los baúles.

Anne no quería marcharse. En unos días, tal vez. Mañana, como muy pronto. ¿No podía habérselo consultado? ¿Haberla informado antes, al menos? Tampoco tenía por qué hacerlo. Pero hubiese sido un detalle por su parte.

Podía sentir la mirada de él fija en su cara. Apretó los labios. No le importaba mostrar a las claras su consternación.

—Es hora de que esté en casa —dijo, como para excusarse.

Anne guardó silencio, limitándose a doblar la servilleta.

Poco después, esperaban de pie junto al carruaje. Los caballos pisoteaban el suelo, nerviosos.

El orgullo y la necesidad de parecer valiente la habían sostenido mientras se cambiaba de ropa. Jack e Izzie empezaron a gimotear cuando supieron que no verían a su tía por un tiempo. Su niñera los llevó de vuelta a casa. Anne abrazó a John, y entonces Alec dio un paso adelante.

Le cogió las manos y le besó la frente.

—Cuídate, Annie.

Su madre fue la siguiente. A Anne se le encogió el corazón. Se abrazó a su cuerpo menudo. Echándose hacia atrás, Vivian le tocó la mejilla.

—Me escribirás, ¿verdad, querida?

—Sabes que lo haré, madre.

Caro se había mantenido en un segundo plano. Ahora, dio un paso adelante para acercarse. Fue entonces cuando Anne descubrió la señal inconfundible de las lágrimas en sus ojos.

—Caro —dijo, en vano—, ¡ah, Caro!

—¡Annie, yo también te echaré de menos!

Se rio con una risa nerviosa.

—¡Ni que no fuésemos a vernos nunca más...! Nos veremos pronto, te lo prometo. —Se abrazaron, sin querer separarse.

Anne no tuvo mucha conciencia del momento en el que la metieron en el carruaje. Pero sentía una fuerte punzada en el corazón, un dolor profundo en el pecho al acomodarse en el interior, en dirección contraria al sentido del carruaje. Durante la despedida, había conseguido contener sus sentimientos. De hecho, consiguió incluso sonreír al dar el último adiós.

Todo había sucedido con tanta rapidez... Nunca pensó que fueran a marcharse tan pronto.

Ni que fuera a dolerle tanto.

El carruaje empezó a moverse a bandazos. Calle abajo, rodeando la esquina. Caro dio varios pasos adelante, como si les siguiese. Y cuando su forma terminó por diluirse en la distancia, Anne empezó a tomar conciencia de lo que estaba ocurriendo.

Nunca había estado lejos de su familia antes, excepto unos cuantos años en los que estuvo interna cuando era pequeña. Y ni siquiera entonces, porque había tenido a Caro con ella. Durante toda su vida, siempre había tenido cerca a sus seres queridos para protegerla, para cuidarla y reconfortarla, para darle fuerza, incluso cuando no sabía que la necesitaba. Sus padres. Sus hermanos, Alec y Aidan.

Ahora no habría nadie.

La desesperanza se apoderó de ella. Un pensamiento inquietante se le vino de repente a la cabeza, sin que pudiera hacer nada por evitarlo.

El hombre que estaba junto a ella era un extraño. Aun así, ¿era ella la intrusa... o era él?

Anne no era de las que lloraban fácilmente. Siempre había

relegado esa debilidad a los blandos de corazón. Pero ahora, el dolor la humedecía por dentro. Era como si la hubiesen literal e inevitablemente partido en dos.

Nunca se había sentido tan sola. Nunca había estado tan sola, y la desolación era más fuerte que ella.

Luchó contra ese sentimiento. Luchó con todas las fuerzas. Se dijo que era una tontería, ¡que era infantil sentirse de esa manera!

Pero no le sirvió de nada. Dos lágrimas húmedas y calientes se deslizaron lentamente por sus mejillas. Sabían a amargura. Sabían a impotencia mientras miraba por el cristal mucho después de que su familia hubiera desaparecido de su vista. No trató de contenerlas. Era un esfuerzo que la superaba.

Junto a ella algo se movió. Sintió, más que vio, que su marido se acercaba a ella. El calor de su mano cubrió las de ella, que las tenía juntas sobre el regazo. No giró la cabeza. ¡No se atrevía a hacerlo!

El contacto fue tan breve —¡tan breve!—, que terminó antes incluso de haber empezado. Era un gesto que pretendía infundirle valor. Consolarla. Pero no consiguió que las cosas le resultasen más fáciles.

De hecho, sólo hizo que todo fuera más difícil.

Capítulo siete

El recuerdo de mis sentimientos hacia ella es demasiado real. ¿Por qué no puedo olvidar?

Simon Blackwell

*A*nne estaba muy equivocada al creer que Simon no había vuelto a pensar en el beso que se dieron.

Si hubiese podido viajar fuera, con Duffy y el cochero, lo hubiese hecho. Le hubiese gustado poder hacerle callar, quitarse de su presencia para no tener que pensar en ella.

Quizás hubiese podido... si al menos no la hubiese visto llorar. Ojalá no le importase en absoluto y se pudiera olvidar de su presencia.

Ojalá no hubiese llorado.

¡Ojalá el viaje de vuelta no fuera tan interminable!

No era el confinamiento de ir metido en el carruaje lo que le asfixiaba: era ella. Su cercanía le embriagaba. Era imposible ignorarla. Su olor —¡maldita sea!— era el de las rosas más delicadas y dulces. Un olor que se había convertido demasiado pronto en *su* olor y que formaba ya parte de una intimidad difícil de definir... ¡una intimidad que tampoco le resultaba agradable!

Su noche de bodas resultó ser de lo más extraña... para ambos. Era ya tarde cuando se detuvieron en una posada. Anne pidió algo de comer y Simon supo muy bien qué era lo que pasaba por la mente de ella... No había necesidad de perder el tiempo, decidió él. Tan pronto como soltó el tenedor, él la acompañó escaleras arriba y fue con ella por el pasillo hasta su habitación.

Al entrar en el dormitorio, Anne se detuvo, y después se volvió. Estaba nerviosa. Simon podía sentirlo... y podía verlo también. No tenía ningún deseo de prolongar la incertidumbre.

—Mandaré a la mujer del posadero para que la ayude —dijo—. Y por la mañana también. Que tenga una buena noche. Nos veremos en el desayuno. —Hizo una ligera inclinación de cabeza y salió.

Por esa misma razón, a la mañana siguiente se sentó junto al cochero en el carruaje. Estaba bastante seguro de que Anne se sentiría una vez más aliviada, ¡y a él le desconcertaba no estar seguro de si esto le agradaba o le ofendía! De cualquier forma, se sintió obligado a pasar parte del día con ella.

Y cada día, cuando ocupaba su lugar dentro del carruaje, se sentaba en el lado opuesto, como si este comportamiento fuera lo más normal del mundo. Sin embargo, el tamaño del compartimento era tan reducido que no había un solo día en el que no se tocaran.

Sus rodillas se rozaban cada vez que Anne trataba de estirarse para ponerse cómoda (supuso que era difícil evitarlo, ya que sus piernas eran tan largas como las de él). Sucedía con bastante frecuencia, descubrió, lo que le hacía suponer que tal vez no fuese muy buena viajera. O que no estaba muy cómoda con su compañía.

Ninguno de los dos parecía inclinado a conversar. Cuando lo hacían, el tema se reducía siempre al tiempo. A la comida. A las condiciones del camino. Él siempre caballeroso. Ella siempre educada.

¡Nunca un viaje se le había hecho tan largo! Simon estaba deseando que se acabase.

Y en cuanto a lo que vendría después... Simon trató de apartar ese pensamiento de la mente, algo bastante estúpido, descubrió. No quería pensar en ella como en una obligación. No era justo.

Sin embargo, Dios sabía lo difícil que le resultaba pensar en ella como en su esposa.

Ése era un dilema, sospechó, al que los dos tenían que enfrentarse. ¡Algo que le irritaba sobremanera, sin saber muy bien por qué!

El viaje de ida y vuelta a Londres solía durar unos pocos días. Pero en deferencia a la comodidad de Anne, Simon había dispuesto que se detuviesen una vez al día para descansar, y de nuevo otra vez para pasar la noche en alguna posada.

Era casi el final del tercer día cuando ella se incorporó. Había estado mirando el paisaje de forma ausente durante un rato. Pero de repente, se puso recta, como si hubiese tenido una revelación.

—Dios mío —dijo débilmente.

Simon movió una ceja.

—¿Ocurre algo? —preguntó.

—Nada —contestó ella de inmediato—. Es sólo que…

Se calló. Bajó la cabeza y centró por un momento la atención en su regazo. Después, volvió otra vez a mirar por la ventana. Fue entonces cuando él se dio cuenta de que sonreía, aunque lo hacía de una manera que parecía como si quisiera esconderlo.

—¿Está pensando en algo?

—*Aye* —dijo, con acento escocés, la primera vez que revelaba al hablar sus orígenes—. Quiero decir, no.

—Perdone si no la entiendo —hizo notar Simon—, pero tanto el tema como la lógica se me escapan.

Ella se mordió el labio y él tuvo la extraña sensación de que ella se debatía en su interior.

—Es sólo que…, ah, por Dios bendito. Se me acaba de ocurrir… —Empezó a reírse, casi sin control, al menos eso le parecía a él. ¿Tendría que preocuparse por ella?

—¿Anne? ¡Anne!

Sólo mucho después se daría cuenta de que le había llamado por su nombre de pila. Le salió de una forma tan espontánea que le sorprendió cada vez que pensaba en ello. Era como si lo hubiese estado haciendo desde siempre…

—No estoy loca. ¡De verdad! Aunque entiendo que lo pienses. Pero llevamos casados… ¿cuánto? Casi dos días completos. Y aquí estoy yo (aquí estamos nosotros), y no tengo ni la más ligera idea de adónde nos encaminamos. ¿Dónde demonios vamos?

—A mi casa. —Si sonó molesto, no pudo evitarlo.

—Sí, sí. Me dijiste que tu casa estaba en el campo. Pero ¿en qué campo? Al norte, si me atreviese a adivinarlo.

—Yorkshire —informó—, al borde de los páramos.

—Nunca he estado en los páramos —fue todo lo que ella dijo.

No parecía desilusionada, algo que a su vez parecía agradarle a él, aunque no estaba seguro del todo de por qué.

—¿Y tu casa? ¿Tiene un nombre?

Sintió una punzada en el pecho.

—Rosewood Manor.

—Rosewood Manor —repitió ella con una sonrisa en los labios—. Suena muy bien —dijo.

Al pensar en su casa, la presión que le oprimía el corazón se hizo de repente más intensa. Había una parte de él que deseaba con todas sus fuerzas volver a casa. Siempre odiaba estar fuera. A pesar de todos los recuerdos tristes asociados a esa casa, le hubiese resultado imposible vivir en ningún otro sitio.

Ah, sí, amaba Rosewood. Su paz y su tranquilidad. Pero había veces en las que le resultaba insoportable. No la tierra. Ni la lluvia. Sino las tormentas. No siempre había sido así, le recordó una voz en su cabeza. Hubo un tiempo en el que todo le parecía maravilloso. En el que saboreaba incluso los relámpagos enfurecidos que cruzaban el cielo, los truenos que hacían retumbar la tierra. Apoyó la cabeza sobre el cojín, tratando de alejar estos recuerdos. Una vez —sólo había sido una—, tía Leticia le había sugerido amablemente vender Rosewood.

No podía.

Todo dentro de él le gritaba que no lo hiciera. Nunca vendería Rosewood. Él había crecido allí, se había casado allí... Amaba demasiado ese sitio como para irse. En realidad, no podía imaginarse viviendo en otro lado. Al mismo tiempo, sentía un fuerte odio por este lugar al que siempre había llamado casa.

Porque Rosewood era tanto su bienestar como su maldición. Su paz...

Como su castigo.

A última hora de la tarde del cuarto día de viaje, Anne se quitó el sombrero. El aire era cálido tanto dentro del carruaje como fuera, aunque no tan caluroso como había sido en Londres.

Al hacerlo, la luz del sol iluminó la alianza dorada de su dedo. El anillo estaba reluciente y nuevo, con las iniciales de Simon y ella grabadas junto a la fecha de la boda.

Lo sintió pesado. Extraño, como si tuviera aún que acostumbrarse al tacto en su dedo.

Y también sintió el peso de la mirada de Simon. Se le acaloraron las mejillas, y no precisamente por el calor. Se colocó los pliegues de la falda para mantener los dedos ocupados en algo. No quería que él descubriese su azoramiento.

—Una hora —dijo él—. No más.

Anne se estiró y miró hacia fuera. Había habido un sutil cambio en el paisaje que hasta ahora había escapado a su atención. Todo a su alrededor eran colinas suaves. Entre los terrenos de cultivo, los hombres trabajaban el campo. Pasaron grupos de ganado y rebaños de ovejas gordas y cubiertas de lana. El carruaje traqueteó atravesando pueblos encajonados en verdes valles, donde los niños jugaban frente a casas de tejados rojos. Una niña pequeña los saludó con la mano desde uno de ellos, la cara sonrosada y redonda, abierta en una sonrisa. Anne le devolvió el saludo, recordando con nostalgia a Izzie.

A las afueras de ese pueblo, pasaron por una vieja iglesia normanda y después el camino se hizo más empinado. Llegaron a la cresta de una colina y a continuación giraron bruscamente.

Al este se extendían unos valles profundos e interminables. Al oeste y al norte, se sucedían las crestas de ondulante brezo más allá de donde el ojo podía alcanzar. Y no quedaba mucho para que floreciera, a juzgar por el suave manto violeta que lo cubría.

Era tan parecido a Gleneden que Anne no pudo contener una exclamación.

Simon había estado observándola fijamente.

—¿Qué opina, milady? Bastante diferente de Londres, tanto por distancia como por apariencia. Los que no son de aquí suelen considerarlo de lo más amenazador.

—¿Amenazador?

Era evidente que él no esperaba ese suave campanilleo en el que se convirtió su risa. Levantó una ceja.

—¿Cree que no lo es?

—Nunca —se limitó a decir—. Lo que yo veo es esplendor. Tranquilidad. Una armonía de la tierra y de todo lo que la contiene.

—Aún no ha visto todas las caras del páramo —dijo él en voz baja—. Es posible que cambie de opinión.

No tuvo oportunidad de responder. El carruaje dejó el camino y giró hacia un sendero estrecho flanqueado por árboles y un pequeño muro de piedra.

Era allí donde el viaje concluía. A pesar de lo mucho que le gustaba el campo, había imaginado que la casa de Simon Blackwell sería un lugar solitario y adusto, una casa parecida al hombre que la gobernaba.

Pero ante ella se alzaba una encantadora mansión de piedra, con ventanas amplias y rematadas en forja en la fachada, y paredes cubiertas de glicina.

La puerta del carruaje se abrió de par en par. Duffy apareció con una expresión complacida en la cara... o eso le pareció a Anne. Simon bajó de un salto antes de que el hombre pudiera desplegar los escalones (una tarea que hizo él mismo) y después le ofreció la mano.

—Bienvenida a Rosewood Manor, milady.

No hubo reunión de criados para dar la bienvenida al señor y a su nueva esposa. Anne subió al porche de la entrada por una hermosa escalera de roble inglés. Desde allí se quedó un rato mirando lo que les rodeaba mientras Simon hablaba en voz baja con Duffy cerca de la entrada.

Fue Duffy quien le enseñó su dormitorio en el segundo piso. A Anne le pareció raro no ver a ningún otro criado, pero recordó que en la casa de los McBride, su casa en Gleneden, tampoco se seguían muchas formalidades.

En cuanto a ella, ¿en qué diantres estaba pensando? Gleneden ya no era su casa. Rosewood Manor era ahora su casa. Y su apellido había dejado de ser McBride.

Además, empezaba a pensar (¡o mejor dicho, rezaba para que así fuera!) que después de todo no iba a ser ninguna desgracia vivir allí.

Su habitación tenía un tamaño modesto. Las paredes eran

de un color dorado tenue, la carpintería y las puertas de blanco inmaculado. Olía a recién pintado y pensó que era un detalle que Simon se hubiese ocupado de algo así. El dosel de la cama y el de la colcha eran de terciopelo rojo, las sábanas de seda roja estampadas en damasco dorado. Todo era claramente femenino, una observación que la llevó inmediatamente a mirar la puerta que había frente a la cama con dosel.

El corazón empezó a latirle con fuerza. ¿La habitación de Simon?, se preguntó.

Pasando por alto este pensamiento, siguió explorando su habitación. La ventana tenía un saliente para sentarse cubierto de cojines mullidos y confortables. A continuación, unas puertas tipo francés conducían a una terraza. Anne salió y descubrió que era tan grande como la fachada de la casa.

No pudo evitar una exclamación complacida. Desde allí se podía ver un profundo valle verde, una franja infinita de monte y brezo. No le costó imaginar una luna plateada suspendida en el cielo de medianoche. Sin duda era el lugar perfecto para pedir deseos a las estrellas…

¡Qué estúpida era! Era demasiado mayor para pedir deseos a las estrellas. Ahora estaba casada, y no debía estar pensando en sueños de niños.

Reprimiendo un suspiro, se dio la vuelta para volver al interior. Fue entonces cuando se dio cuenta de que había otro par de puertas a solo unos pasos de las de ella.

El corazón se le paró por un breve instante. Se podía ver la otra habitación desde allí. Su habitación era adyacente a la de Simon. Reconoció la maleta que había encima de la amplia cama con dosel. En realidad, todo el mobiliario era inmensamente grande comparado con el de su habitación. El armario finamente grabado, el escritorio directamente pegado al balcón.

La necesidad de entrar era casi insoportable. De hecho, dio un paso adelante, con una mano puesta en el pomo dorado. Entonces, de repente, algo le dijo que estaba entrando donde no le correspondía.

Retrocedió y volvió a entrar en su habitación.

El viaje había sido agotador. Después de dejar Londres, cada día había empezado muy temprano y terminado tarde por las noches. Anne se tumbó para dormir un rato, pero fue incapaz de conciliar el sueño. ¡Era increíble lo cansada que podía sentirse una sin haber hecho absolutamente nada en todo el día! Había demasiado... bueno, ¡no estaba segura de lo que era, pero lo cierto era que no podía dormir! Empezó a deambular de un lado a otro de la habitación.

Cuando oyó que llamaban a la puerta, se sintió verdaderamente aliviada. Duffy se quedó de pie en el pasillo. La miró con una gran sonrisa.

—La cena espera, milady —anunció alegremente.

De camino al piso de abajo, Anne recorrió con los dedos la fina capa de polvo que cubría la moldura del pasillo.

—Duffy —preguntó—, ¿quién es el ama de llaves? —Más que eso, tal vez debería haber preguntado que dónde estaba el ama de llaves.

Él se detuvo en seco.

—Bueno, señora, no hay. Sólo está la señora Wilder, la cocinera —explicó—; Noah, el sirviente, y yo. Ah, y Leif, el mozo de cuadra. Ha sido así desde que... —se calló—, desde hace tiempo —concluyó—. Me temo que a veces es demasiado para la señora Wilder.

Se sentía incómodo, no había duda de eso. Y aunque Anne estaba bastante sorprendida, no quiso prolongar su malestar.

Le dedicó una sonrisa.

—Gracias, Duffy. Aprecio tu franqueza.

—Para servirla, señora. Y si me lo permite, me gustaría decirle que es un placer tenerla aquí en Rosewood.

Su bienvenida le llegó al corazón. Y la conservó incluso mucho después de que su marido entrara en el comedor.

Simon hizo notar su presencia con una inclinación de cabeza. Le tenía reservada una silla justo a su derecha. Anne se preguntó por qué no la había puesto al otro lado de la mesa. Después de ver el estado en el que se encontraba la casa, no pudo evitar sorprenderse por la excelente cena. El menú era sencillo, pero sabroso, justo lo que necesitaba.

Al terminar, Simon le mostró el salón. Sentada en el borde de un pequeño sofá, Anne miró a su alrededor. Puso los ojos en la mesa auxiliar que había en un lateral. La habitación estaba decorada con mucho gusto, pensó Anne, pero definitivamente necesitaba una buena limpieza. Era, decidió, algo de lo que tendría que ocuparse al día siguiente.

Simon fue hacia la mesa que había cerca de la ventana.

—¿Un vaso de oporto? —preguntó.

Anne asintió. Oporto, clarete, whisky… cualquier cosa le apetecía si servía para tranquilizar su repentino nerviosismo. Él tenía algo en mente. Anne podía sentirlo. En cuanto a ella, bueno, no tenía sentido intentar negar lo que ocupaba sus pensamientos.

El matrimonio aún tenía que ser consumado. Le extrañaba —en su momento se había sentido hasta agradecida—, que él hubiese elegido posponer su iniciación hasta que llegasen a casa. Era perfectamente normal estar asustada por la noche que le esperaba.

Él sirvió una copa para ella y otra para él. Anne se descubrió mirándole las manos, sus dedos largos y finos. Y se preguntó cómo sería sentir esos dedos cálidos y masculinos en su cuerpo. El corazón empezó a latirle con fuerza. Le ardían las mejillas.

Cuatro días atrás, su vida había dado un vuelco. No lucharía contra lo que ya no podía cambiarse. Pero de repente, se dio cuenta de que deseaba que este día y esta noche pasasen lo antes posible.

Estaba dispuesta a hacer que su matrimonio funcionase. En cuanto pasase la primera noche, todo sería más fácil. Todo sería mejor, se dijo a sí misma.

Aceptó la copa que le ofrecían. Él cogió la silla adyacente.

—¿Está contenta con la habitación?

Ella sonrió.

—Si, la vista es incomparable. Pero imagino que usted ya sabe eso.

—Me alegro. Me temo que fue preparada a toda prisa. Si hay algo que desee cambiar…

—No, no, todo es muy encantador.

Él puso el vaso a un lado.

—Hay algo de lo que debemos hablar —dijo él en voz baja.

—¿Sí? —Dio un sorbo de vino.

—Este matrimonio.

«Este» matrimonio. Y no… «nuestro» matrimonio.

Fue la elección de palabras, no tanto el tono calmado de su voz, lo que hizo que una campanita de alarma sonase en su cabeza. Ella creía que sabía lo que iba a pasar. Ahora, ya no estaba tan segura. Aun así, él había sido muy amable durante todo este tiempo. Cortés, por sorprendente que pudiera parecerle. De alguna forma, consiguió recobrar el coraje que necesitaba.

—Si no le importa, esto… no necesito que me explique. Por tanto, no hay ninguna necesidad de hablar…

—Sí que hay necesidad.

Sonó irritado. Levantándose, recorrió la habitación con tanto nerviosismo como había hecho ella antes en su habitación. Por fin, se detuvo ante la chimenea.

Su expresión era muy poco tranquilizadora.

—¿Por qué se enfada? —le dijo ella con suavidad.

Él se tocó el mentón brevemente con los dedos, como frustrado.

—No estoy enfadado —dijo.

—¿Ah, no?

—No. Perdóneme si lo parezco. —Su tono era brusco. Dejó caer las manos a ambos lados de las caderas. Levantó la cabeza—. Seamos francos, Anne. En serio, no estoy enfadado. Y tú no necesitas estar ansiosa. No necesitas temer por lo que va a pasar esta noche.

—Gracias —dijo ella con seriedad. Volvía a tener las mejillas ardiendo—. Admito que sí, que estoy ansiosa. No es que quiera… evitar esta noche. Es solo que nunca… nunca…

—Me sorprendería —la interrumpió bruscamente—, si fuera de otro modo.

En ese momento su cara era una brasa ardiendo. Dios bendito, ¿de verdad estaba ahí sentada hablando sobre su virginidad con el hombre que estaba a punto de quitársela?

—Sí, bueno, por eso, me gustaría sencillamente que supieras que…

—Anne.

—…que estoy al corriente de lo que debo esperar. Y no me…

—¡Anne!

Ella no quería mirarle. Cuando por fin lo hizo, descubrió

que tenía una expresión bastante ofuscada. ¿Por qué no le sorprendió?, se preguntó con un toque sarcástico.

Pero no. Esto se estaba yendo de las manos.

—Me parece —dijo recobrando el control— que estamos haciendo una montaña de algo que sucede en todos los matrimonios.

Su expresión era de hierro.

—Te lo aseguro, Anne: es necesario que hablemos.

—¿Por qué?

—No creo que entiendas lo que estoy diciendo.

—Y bien, ¿qué es lo que estás diciendo?

—No voy a tocarte. Ni esta noche, ni mañana, ni nunca.

Él tenía razón. No le había entendido. No lo entendía. Estas noches durante el viaje ella había creído que quizás él esperaba a llegar a Rosewood. Por respeto a su virginidad. Porque, ¿qué otra cosa podía ser si no?

—¿Qué? —dijo débilmente.

—No tienes por qué preocuparte, Anne. Estoy seguro de que has pensado que una esposa debe responder a su marido en la cama. Simplemente quiero que sepas que no te pediré esa obligación en particular.

Vaya, él le había advertido que serían francos el uno con el otro. Aun así, nunca hubiese esperado tanta sinceridad… ¡mucho menos algo de esas características!

Le miró, desconcertada.

A juzgar por su expresión, no parecía dispuesto a repetir lo que había dicho.

Respiró hondo. Si él no tenía reparos en hablar con tanta franqueza, ella tampoco los tendría. Aun así, era más fácil pensarlo que hacerlo.

—¿Me estás diciendo que esperas que me quede aquí, que viva contigo… como si fuéramos hermanos?

A él no le gustó el término.

—No exactamente.

—¿Entonces, cómo… exactamente? —El enfado empezaba a oprimirle el pecho, cortante y seco. El enfado… y la imagen de su boca en la de ella, de la noche en que la había besado en la terraza.

—No viviremos como marido y mujer.

Anne tragó saliva, con los ojos fijos en la cara de él.

—¿Eres —Dios, pero cómo podía decir esto de una forma delicada— *impotente?*

Por el reproche de su mirada supo que no lo era.

Ella le miró paralizada. Era como si no pudiera pensar.

—¿Entonces qué?

Él apretó la mandíbula.

—¡Esto no es fácil para mí, Anne!

—¿Y lo es para mí? —Ella estaba de pie, como si alguien de repente le hubiese clavado un cuchillo en la espalda. Apretó los labios. Los ojos le ardían—. ¿Por qué, Simon? Creo que merezco una explicación. ¿Por qué no viviremos como marido y mujer?

—No puedo ser un buen marido. —Su tono era ronco—. Estate tranquila, Anne. No eres tú. Soy yo. No... no puedo ser un buen marido para nadie.

«Estate tranquila», dijo. Anne se sentía de todo menos tranquila. Es más, se sentía indignada. Desconcertada. Herida. Se sentía flotando en medio de una docena de emociones diferentes.

Pero sobre todo, se sentía humillada. Más allá de lo racional. Más allá de lo que alcanzaba a comprender. Más allá de nada que hubiese conocido entonces.

—Entonces —dijo lentamente—. No compartiremos la cama. No compartiremos la habitación. No dormiremos juntos. ¿Es eso lo que quieres decir? —Utilizó a conciencia cada una de las palabras, con rebuscada precisión.

Él no dijo nada.

—Me has dicho que es… necesario… que lo entienda. Así que, por favor, te pido que hables con claridad.

Aun así, él no dijo nada.

—Debo asumir entonces que, ¿no haremos el amor?

Su expresión se volvió oscura como la noche. Su boca era una mueca que le rajaba la cara.

—Dilo, Simon. Puesto que estamos siendo «francos» el uno con el otro, dilo.

—Así es. No… no haremos el amor.

Anne pensó en sus padres. Un apretón de manos. Una mirada cómplice cuando pensaban que nadie les miraba. Ella no era tan inocente, al menos no en esa forma. Sabía lo que era el amor físico. Sabía lo que era el verdadero amor, el que sus padres se profesaban. El que Caro y John compartían. El tipo de amor que ella siempre había querido para sí.

¡Ah, se sentía tan estúpida!

Al parecer iban a denegárselo. Denegarle todo. Su corazón dio un grito desesperado.

Y en ese momento, pensó en Caro y John. Dios, era como si hubiese pasado una vida entera desde que Izzie y Jack habían venido a saltar sobre su cama. Aunque no le había dedicado mucha atención a este pensamiento, nunca había dudado de que algún día tendría sus propios hijos.

—¿Y si yo quiero hijos? —preguntó débilmente.

—No quiero hijos.

Una afirmación inexpresiva. Con una aplastante convicción. No sólo tendría que enfrentarse a un matrimonio que era una farsa. Se le negaba también lo que muchas mujeres deseaban por encima de todo.

Sintió una dolorosa punzada en el pecho. ¡Hubiese deseado incluso no haber preguntado!

Impotente, le miró fijamente. ¿Podía ver el dolor en su corazón? ¿Le importaba acaso? No lo entendía. No «le» entendía.

—Esperaremos el tiempo necesario —siguió diciendo— y después nos separaremos. Un año será suficiente. Quizá dos. Una vez divorciados...

Anne gimió.

—¿Divorciados? —gritó—. Nunca podré volver a casarme. Me veré condenada al ostracismo.

—Yo cargaré con todas las culpas. Nadie podrá decir nada malo de ti. Puedes decir lo que te apetezca. Que te engañaba.

Todo le daba vueltas. ¿Tan boba había sido que ni siquiera había considerado esa posibilidad? Se le secó la garganta. Era una práctica común, aunque se resistiese a creerlo, ¡pero nunca había imaginado que pudiera sucederle a ella!

—¿Me serás... infiel?

Le pareció una eternidad antes de oír la respuesta.

—No —dijo él en voz baja—. No te seré infiel.

Su amargura la cogió desprevenida. Pedía mucho de ella. Sin embargo, no le dejaba otra opción que aceptar.

—¿Nos entendemos entonces?

Anne tomó aire, tratando de guardar la calma, tanto por fuera como por dentro. Por dentro todo le quemaba. Pero no dejaría que él lo viera, no dejaría que lo sospechase siquiera. No se acobardaría. No se arrastraría ante él, no sería una cobarde, y por Dios, no lloraría. En vez de eso mantuvo la cabeza alta, los hombros erguidos y la mirada impertérrita.

—Parece que así es —dijo, en voz muy baja—. Has elegido no pensar en mí como en una esposa. Por consiguiente, yo tendré que esforzarme en no pensar en ti como en mi marido. Pero hay algo que quiero que tú entiendas también. Si pudiera elegir si quiero dormir en los brazos de mi marido noche tras noche, lo consideraría un privilegio… y no una obligación.

Capítulo ocho

Nunca pensé volver a sentir… nada. Ni siquiera volver a desear.
SIMON BLACKWELL

*E*lla nunca sabría el efecto que sus palabras habían producido en él. Habría que pagar un precio, decidió Simon con una mueca, un precio muy alto. Pero no lo pagaría Anne, sino él.

«No puedo ser un buen marido.»

Había notado su confusión. Había notado el momento exacto en el que se convertía en algo diferente.

Admiró su reacción. A pesar de haber sido herida en su orgullo, no había salido corriendo, no se había escondido, no se había retirado. En vez de eso se había enfrentado a él con coraje y dignidad. No le había gustado lo que él le había dicho, ¡no, no le había gustado en absoluto! Pero se había enfrentado a él, sin apartar los ojos ni un momento mientras pronunciaba esas palabras definitivas.

Simon sabía muy bien que ella le tenía por un bastardo insensible.

Sería más fácil así, para los dos. Ella no podía entenderlo ahora, pero quizá lo hiciese con los años, cuando él no fuese más que un recuerdo. Un recuerdo desagradable, al menos.

Incluso ahora que todo estaba claro, no podía evitar una especie de hondo arrepentimiento. Igualmente tenía que vérselas con su conciencia.

Pero era mejor de esta manera, decidió con cansancio. Era mejor que ella le tuviera por un ogro. Que no esperara nada de él.

Porque sólo podía ser de esta manera, se dijo a sí mismo. No sería justo que ella esperase algo que no podía darle.

Si lo hacía, sabía que sólo podría decepcionarla.

«Bienvenida a Rosewood», se mofó una voz en su interior. ¡Ah, pero no podía ser! ¿Y si se estaba equivocando? Estaba condenado al infierno. Porque lo cierto era que la encantadora Anne seguía despertando en él un sentimiento largamente dormido. Algo que no había sentido en estos cinco largos años...

Y Simon estaba seguro de no quererlo.

Tal y como estaban las cosas, Anne pensó que no podría dormir en toda la noche. Sin embargo, durmió como un niño, y no se despertó hasta que la luz de la mañana se coló tímidamente por las cortinas. A través de los visillos, pudo ver que el día prometía, aunque tal vez no llegase a ser tan soleado como el anterior. Se quedó remoloneando un rato en la cama, tentada a no moverse de allí. Pero no. *No*. No era ni una débil ni una cobarde. Fuera lo que fuese lo que el día le tuviese reservado, estaba dispuesta a afrontarlo.

Le habían traído el baúl con sus cosas la noche anterior mientras cenaban. Después de un rápido lavado en el lavamanos, se puso a rebuscar entre el conjunto de vestidos. Al final se decidió por uno de muselina ligera adornado sin mucha ostentación. Era imposible que pudiese atarse ella misma el corsé, por lo que se limitó a ponerse las enaguas. Después de un buen rato tirando y dando vueltas al vestido, consiguió meterse en él. De pie ante el espejo, se arregló el pelo haciéndose un moño suelto en la parte alta de la cabeza y se lo aseguró con varias horquillas.

Duffy estaba en el comedor cuando ella entró.

—Buenos días, señora —saludó alegremente— ¿Quiere que le traiga algo para desayunar?

Ella le respondió con una sonrisa.

—Gracias, Duffy. Sería estupendo.

El «algo para desayunar» resultó ser comida suficiente para alimentar a todo un regimiento escocés, pensó Anne al ver los platos que el criado le trajo.

Anne comió sola, a excepción de Duffy, que asomaba la cabeza en el comedor de tanto en tanto para asegurarse de que tenía todo lo que necesitaba. Una vez más, el menú era sencillo pero contundente. Anne se comió con ganas las rechonchas salchichas, las patatas y el pan con mantequilla.

Cuando Duffy volvió a aparecer, Anne levantó la vista con una sonrisa.

—¿Está mi marido por aquí?

—No, señora. Salió pronto esta mañana para atender algunos asuntos.

—¿Qué asuntos, Duffy?

—Bueno, señora, tiene un poco de todo. Tierras, arrendatarios, grano —Duffy sonrió— y las ovejas más gordas del condado, si me permite decirlo.

Justo lo que había dicho él que era. Un caballero de campo. Anne miró afuera. Se sintió casi desilusionada de ver que el día era luminoso. Hubiese preferido estar fuera que enclaustrada en casa. Había esperado pasar al menos parte del día caminando o cabalgando. Pero ahora era una mujer casada, se recordó con convicción, con la responsabilidad del cuidado diario de una casa. No importaba el papel que se le había reservado en la cama de Simon (o la falta de él, para ser más exactos), era una tarea de la que debía responsabilizarse. Y podía muy bien empezarla hoy mismo.

No se podía negar que había mucho que hacer allí.

Lo primero que hizo fue presentarse a la cocinera, la señora Wilder. Era una mujer de cara rubicunda y un corazón tan grande como la comida que preparaba. Anne conectó con ella desde el primer momento. Los halagos de Anne eran sinceros; y la señora Wilder resplandeció al escucharlos.

Pasó el resto de la mañana y de la tarde inspeccionando cada habitación, papel y lápiz en la mano, con Duffy como guía. Le sorprendió bastante el estado de la casa, aunque se guardó mucho de decírselo al criado. A excepción de la cocina, que estaba impecable, y del comedor y de la habitación del señor, todo lo demás estaba en un estado lamentable. No era la marca del tiempo la responsable; tampoco la necesidad lacerante de reparación. Era, sencillamente, que todo necesitaba urgentemente una limpieza profunda.

—Duffy —preguntó mientras caminaban por el último gran pasillo—, ¿ha habido alguna vez un personal de servicio completo en Rosewood?

—Ah, sí, señora. Pero no… —hizo una pausa—, no en mucho tiempo —terminó.

«En mucho tiempo.»

Había vuelto a decirlo, y otra vez Anne tuvo la sensación de que el criado estaba a punto de decir algo más. Le picaba la curiosidad, pero decidió que no sería inteligente presionar más. Duffy era claramente leal a Simon, y no sería justo para él. Desde luego, no quería obligarle a que le contara chismes sobre su señor.

Se detuvieron a medio camino, en el pasillo principal de la casa, frente a un gran par de puertas de roble. Anne las miró de arriba abajo.

—¿Qué hay en esta habitación?

—Es la biblioteca, señora.

Anne sonrió.

—Qué maravilla.

Duffy, sin embargo, no pareció cómodo con la idea.

—No creo que quiera usted entrar ahí, señora.

—¿Por qué no?

—Es solo que… no creo que deba hacerlo, señora.

Anne rodeó el pomo de la puerta con los dedos.

Duffy la miró asustado.

—Señora…

—¡Ah, está bien! —dijo con tranquilidad—, me iré a asear un poco para la cena después de esto, así que no necesito que me acompañes más.

—Desde luego, señora. —Era evidente que no estaba muy contento.

—Ah, y ¿Duffy?

—¿Sí, señora?

—Gracias por tu ayuda.

El criado le sonrió con franqueza.

Anne esperó a que desapareciera por la esquina y después entró en la biblioteca.

Arrugó la nariz. El aire estaba viciado. Todo estaba tan oscuro que apenas se veía nada. Era evidente que nadie había utilizado la habitación desde hacía semanas. Meses. Quizás, incluso años, pensó irritada.

Avanzó por la habitación y oyó el eco de sus pasos en el

suelo de caoba oscura. Se dirigió hacia las ventanas, tropezando varias veces por el camino. Atravesó los visillos con la mano y descubrió que la ventana estaba firmemente cerrada. A tientas buscó el pestillo hasta que por fin dio con él.

¡Maldición! Estaba atascado. Se armó de todas sus fuerzas y ¡zas! de un fuerte tirón la ventana se abrió. Con las dos manos retiró por completo las cortinas. Un instante después tuvo que echar mano del pañuelo y taparse con él la boca. Se levantó tanto polvo que no pudo reprimir un ataque de tos. Pero había merecido la pena, pensó, cuando vio que la luz inundaba la estancia.

Echándose atrás, se sacudió las manos de polvo con satisfacción y se dio la vuelta.

La pura inmensidad de la habitación le quitó el aliento, aunque de una forma muy distinta a como lo había hecho el polvo, que, por supuesto, lo inundaba todo. Algo de lo más corriente en esa casa, pensó al mirar a su alrededor.

Y en realidad, toda la habitación parecía ajustarse a tanta inmensidad. Una de las paredes era circular. Las torres de las estanterías se precipitaban hasta el techo. Había una escalera de caracol que permitía acceder a las estanterías superiores.

Era evidente que esta habitación había sido una vez increíble. No importaba que no hubiese columnas corintias sujetando un techo abovedado pintado a mano. De todas formas, hubiese estado fuera de lugar, pensó ausente. En vez de eso, las estanterías de roble inglés llegaban hasta arriba, firmes y contundentes, uniéndose con el techo revestido de madera.

En una de las esquinas había un globo terráqueo sobre una mesa de ébano. Más allá del inmenso escritorio situado en el centro de la habitación, un par de sillas de biblioteca estilo georgiano flanqueaban la chimenea. Podía imaginarse enroscada en una de estas sillas en un día de lluvia, el fuego crepitando cálidamente en la chimenea y el reloj de bronce de sobremesa dando las horas.

Pero no fue la suciedad del desuso lo que la impresionó. No fue eso lo que la dejó sin respiración… y paralizada.

Muchas de las estanterías estaban vacías. Había literalmente docenas de libros destrozados y tirados por el suelo, por todas partes. No estaban apilados de forma ordenada, a la espera de ser colocados. No, era más bien como si hubiesen sido sorprendidos por una tormenta, una tormenta que se hubiese cebado con ellos y los hubiese hecho salir disparados por la habitación.

Había un ligero olor a humedad. Anne pasó un dedo por el respaldo de piel de la silla que estaba junto al escritorio; la piel estaba gastada. Alguien se había pasado aquí muchas horas. Y sin embargo, el sujeta diccionarios estaba vacío. Qué triste. Qué trágico que algo tan maravilloso hubiese sido abandonado de esa manera, olvidado para siempre.

Era como si el tiempo se hubiese detenido de repente, como una puerta que se deja cerrada y que nunca más vuelve a abrirse.

¿Quién había hecho esto? ¿Por qué? ¿Y por qué se había mantenido en ese estado? Sospechó que sabía la respuesta a la primera pregunta; pero aún tenía que descubrir la respuesta a las otras.

Al menos todo tenía arreglo. Ah, ya podía verlo, los estantes encerados y relucientes, la madera ricamente lustrada. Y con el sol entrando de forma oblicua a través del parteluz de las ventanas, ¡sería un lugar de retiro maravilloso!

Uno por uno, empezó a recoger los libros: poesía, clásicos, volúmenes de historia, libros de viajes... Era una gran biblioteca. Cuando ya no pudo cargar más en los brazos, apiló los libros en la larga mesa de caballete y los agrupó por tamaños. Los volvería a colocar más tarde. Terminaron por dolerle los brazos y la espalda. Se incorporó, estirándose.

Había varios rincones y ranuras escondidas en los estantes en los que uno podía leer o estudiar. Sus ojos se dirigieron a uno de esos sitios. En concreto, a uno en el que había habido una vez una vitrina.

Ya no quedaba nada. Los trozos de cristal estaban todos desparramados por el suelo. Fue entonces cuando descubrió las páginas de un manuscrito, que habían sufrido el mismo destino que tantos otros libros. Supuso que habían estado una vez guardadas en la vitrina. Algunas de las páginas estaban ahora debajo de los cristales, otras encima de ellos, esparcidas por el suelo como una baraja de cartas dejada a merced del viento.

Se acercó para verlas mejor, poniéndose de rodillas y agachándose sobre ellas. Con el mayor de los cuidados cogió la que tenía más cerca. Como sospechaba, era papel vitela. La acarició con reverencia; era frágil y estaba desgastada.

El texto estaba en latín. En el centro de esta página en concreto había un dibujo con tres hombres montados en burro. Recorrían un camino que llevaba a la iglesia, mientras unos ángeles los sobrevolaban. Estaba hermosamente adornada, con los bordes dorados. Era fácil imaginar al escribano, encorvado sobre una mesa iluminada con velas, trabajando minuciosamente en el manuscrito durante semanas, tal vez incluso meses.

Anne había visto este tipo de manuscritos antes, pero sólo en los museos. Seguramente tendría cientos de años, pensó sobrecogida. Una vez más, las preguntas le asaltaron. ¿Por qué lo habían dejado así? ¿Qué razón podía haber para que...?

—¿Qué haces?

La voz vino directamente de detrás de ella. Asustada, se puso en pie de un brinco. Para hacerlo se apoyó en la mano. Olvidando los cristales rotos. Sintió un dolor agudo en la mano, como si cientos de pequeñas astillas se le clavaran en la piel.

Anne ignoró el dolor. Se mantuvo erguida como pudo, dándose la vuelta para mirar a su marido.

Tenía las cejas fruncidas, y el tono no era mucho más tranquilizador. Miró las páginas de papel vitela y después la miró a ella, sin dejar que nada le entretuviera por el camino. Juraría haber oído el sonido de su mandíbula al cerrarse.

—Eres precisamente la persona a la que quería ver —dijo alegremente—. Tu biblioteca es maravillosa, pero me temo que está muy descuidada. Lo que me impulsa a preguntar... ¿tendría tu permiso para contratar a un ama de llaves? Perdona que sea tan directa, pero Rosewood Manor está muy necesitada de una, y quizá de varias criadas también. Y creo que deberían empezar por limpiar esta biblioteca. —La tos de Anne no fue del todo exagerada—. Dios mío, ¡hay trabajo suficiente como para poner a cualquiera en forma!

—No —dijo.

Anne parpadeó.

—¿Perdón?

—No. —Esta vez lo dijo con un énfasis deliberado—. No quiero a nadie curioseando en esta habitación.

«No quiero que tú estés curioseando en esta habitación.» Esto era lo que en realidad había querido decir. ¡No le cabía ninguna duda!

Pero si él parecía no tener ninguna inclinación por guardar las formas, Anne acordó que las suyas serían más generosas. Su madre se sentiría orgullosa si la viera.

—Ésta es la habitación más gloriosa de la casa —dijo con agrado—. Yo soy apenas una aprendiz —levantó la página que tenía en la mano—, pero estas páginas deben de ser bastante excepcionales. De hecho, seguro que son muy valiosas. Quizá deberías considerar traer a un experto para…

—Sé exactamente lo que son. Y repito, esta habitación no se usará nunca.

La sonrisa de Anne se quedó congelada. Su frialdad la congelaba.

—Si nunca va a ser usada —señaló—, entonces tal vez debería estar cerrada con llave.

—Vivo aquí solo — dijo, cortante—. No lo había necesitado hasta ahora.

Anne se quedó tan erguida como él, con la palma herida escondida tras la espalda. Su control era una locura. Y, ¡maldita sea! Empezaba a dolerle la mano. Supuso que había empezado a sangrarle. La metió entre los pliegues de la falda. ¡Maldición! Al menos esperaba que la sangre no estuviese cayendo sobre esas maravillosas páginas de papel vitela.

—Puedes contratar a un ama de llaves si quieres —continuó diciendo— y a todas las criadas que quieras. Haz lo que quieras con el resto de la casa, pero esta habitación se quedará como está.

—Ah —dijo con sarcasmo—, ¿vamos entonces a llegar a otro de nuestros «entendimientos»?

Sus miradas se encontraron. Cada uno midió la determinación que había en los ojos del otro.

—Llámalo como quieras —dijo él por fin.

—Creo que me he casado con un loco —apuntó Anne—. Lo que me parece increíble es que alguna vez dejara que me besaras.

A él no le gustó ni la frialdad de sus palabras ni el sesgo de su tono. De hecho, ella creyó oír cómo rechinaba los dientes.

De repente, entrecerró los ojos.

—¿Qué escondes ahí? —preguntó, cortante.

—Yo... nada.

Él le quitó el pergamino de la mano y lo puso a un lado, después le cogió la otra mano y le dio la vuelta.

—Por el amor de Dios, ¿por qué no me dijiste que estabas herida?

—Es... es sólo un trozo de cristal. —Cometió el error de mirarse la mano. Tenía la mitad de la mano manchada de sangre, una sangre espesa y roja.

Dio un gemido. Empezaron a temblarle las rodillas. Se estaba mareando. No, pensó horrorizada. ¡No delante de él! Si se caía, estaba segura de que moriría de humillación. Siempre se había considerado una persona valiente, pero no en cuanto veía una gota de sangre. En esos casos, se convertía en una débil mujercita.

A pesar de sus esfuerzos, sintió que iba a desmayarse. Se balanceaba. No podía ver a Simon. Unos puntos negros giraban delante de sus ojos, unos remolinos nebulosos de color gris. Aun así podía oírle. Su voz zumbaba de una manera que no podía entender nada de lo que decía. ¡Sonaba tan raro!

Lo siguiente que supo fue que él la sujetaba con los brazos. La cogió y la apretó junto a su cuerpo. Mareada, la cabeza le daba vueltas, y se hubiese derrumbado de no ser por él. Vio una pierna larga y una bota negra al mirar hacia abajo. Él acercó una silla y la sentó en ella.

—Lo siento. —Su voz no sonaba tan temblorosa como había temido. Incluso consiguió sonreír—. Es ridículo, lo sé. Es sólo que...

—Calla. Está bien, no te preocupes. No mires. —Su voz era casi suave—. Cierra los ojos, Anne. Respira hondo, así. No pienses en ello, sólo respira.

Después de un rato, ella abrió los ojos. Simon la observaba. Le había vendado la herida con su pañuelo. Sus dedos le agarraban la otra mano con calidez, haciéndola sentir extrañamente segura.

—¿Mejor? —preguntó él en voz baja.

Ella asintió.

—Bien. Veamos si podemos levantar este parche. No te levantes —dijo—. Volveré en un segundo.

Ella le apretó los dedos en señal de agradecimiento. Esos labios duros se curvaron en una breve e inesperada sonrisa. Le siguió con la vista. Era estúpido, pero sintió que deseaba colgarse a su cuello. Tenía una gran angustia en el pecho. Dios, pensó, ¿qué le estaba pasando?

Volvió a echar la cabeza sobre el respaldo acolchado de la silla y cerró los ojos.

No pasó mucho tiempo antes de que él volviera a aparecer.

El pañuelo con el que le había vendado la mano estaba mojado.

Traía un vaso de whisky.

—¿Es para ti o para mí? —preguntó Anne.

Él rio con voz ronca. Ronca, pero risa al fin y al cabo.

—Bebe —le recomendó.

Ella le dio un buen trago e hizo una mueca.

—Todo, por favor.

Anne obedeció. El whisky le quemó la garganta y el estómago.

—Es bastante horrible —se quejó.

—Uno se llega a acostumbrar. —Unos dedos largos le quitaron el vaso de la mano, rozándosela por un instante. Una vez más esa risa ronca. Anne estaba ciertamente sorprendida.

Entrecerró los ojos al notar la presión en la herida. Él le hablaba en voz baja, diciéndole que había que esperar hasta que la herida dejase de sangrar. O quizá fue el whisky que empezaba a hacerle efecto, pensó más tarde.

Apartó la cabeza al ver que cogía la botella de antiséptico y le ponía un poco en la mano. Le picó a horrores. Se retorció y se agarró fuerte a la mano de él.

—Tranquila —dijo él algo bruscamente—. Me temo que tienes bastantes vidrios clavados ahí dentro. Intentaré no hacerte daño.

Ella miró hacia otro lado. Pero poco después volvía a poner los ojos en lo que Simon hacía. El sol hacía brillar la navaja que le ponía sobre la mano. Dio un gemido. Tenía ganas de vomitar.

Simon levantó una ceja oscura en señal de reprobación.

—No —le pidió autoritariamente—. No mires.

Una vez más apartó la vista. Notó cómo su cuerpo se encogía, intentando evitar de forma instintiva el dolor… y la manera en la que él presionaba suavemente sobre la herida. La navaja se introdujo un poco más. Respirando entrecortadamente, se centró en el sentimiento que le producía tener la otra mano enlazada a la de él. Esta imagen se mantuvo en su mente mucho después de apartar la vista. Él tenía unas manos delgadas y maravillosamente fuertes; a su lado, las suyas parecían las de un enano. Tenía la piel cálida y algo áspera. Él se llamaba a sí mismo un hombre de campo, justo como ella había adivinado. Sus dedos parecían muy oscuros al lado de los de ella. Era demasiado consciente de su fuerza, algo que le tendría que haber hecho sentir incómoda.

Sin embargo, era todo lo contrario. Y darse cuenta de esto aumentó sus ganas de desmayarse.

¿Por qué diablos conseguía siempre hacer que se sintiera tan contradictoria?

Él se sentó a su lado, tan cerca que una de sus rodillas se introdujo entre las de ella. El corazón de Anne empezó a latir con fuerza de repente. Inclinó la cabeza a un lado. Tenía una leve arruga en la frente. Apretó los labios, concentrado en lo que estaba haciendo.

Los recuerdos la invadieron, rápidos e implacables. La respiración se le hizo entrecortada. Empezó a sentirse revuelta. Recordó con una claridad casi dolorosa el calor suave de sus labios sobre los de ella. Le había gustado. Incluso ahora, el recuerdo hacía que su corazón volviera a revivirlo con la misma fuerza. ¿Sabía él que no se negaría si trataba de besarla otra vez?

Por todos los cielos, ¿es que se estaba volviendo loca ella también? Era el whisky, pensó temblorosa. ¿Qué podía ser si no?

Observó que ponía la navaja a un lado y vendaba con varias tiras de tela limpia la herida.

—Listo. —Su tono fue bastante brusco—. Ya está.

Anne le miró a la cara. Por fuera se había recompuesto, pero su interior era un amasijo de nervios.

—Yo... gracias. —No consiguió decir nada más.

Unos ojos del color gris de las tormentas se detuvieron en su rostro. Anne tenía la incómoda impresión de que pensaban lo mismo.

—Aún estás pálida —observó—. Te llevaré a tu habitación para que puedas descansar.

Ella se puso a negar con la cabeza, hablando incluso antes de darse cuenta de lo que estaba diciendo.

—No tienes por qué acompañarme, ¡de verdad!

Él levantó una ceja.

Anne se sonrojó.

—Estoy bien. De verdad —dijo rezando para que no viera su azoramiento. Y apartó la vista.

No le ayudaba el hecho de que él siguiera agarrándole la mano. Ella empezó a retirarla. Él la agarró con más fuerza.

Entonces Anne le miró.

Era imposible descifrar su expresión.

—¿Puedo confiar en que acatarás mis deseos con respecto a esta habitación? —preguntó él en voz muy baja.

Una parte de ella quería discutir. La otra estaba lista para arrojarse a sus brazos. Una parte de ella quería desesperadamente sentirse enfadada. Pero por algún extraño motivo no lo conseguía.

—Por favor.

El tono de Simon era muy débil, casi entre dientes. Sin embargo, esta vez la petición fue más una súplica que una orden, ¡y cien veces más efectiva!

Ella asintió.

Simon la acompañó hasta las escaleras. Anne las subió con rapidez. Aun así, seguía teniendo el incómodo sentimiento de que él la seguía con los ojos hasta que ella entró en el pasillo que conducía a su habitación.

Y durante todo ese tiempo, su mente le daba vueltas, como si estuviera montada en un carrusel.

Su marido era un hombre de secretos. Un hombre de tristezas. Nunca había estado más segura de algo en toda su vida.

Y de repente deseó con todas sus fuerzas saber por qué.

Capítulo nueve

La pérdida consigue cambiar a un hombre. La pérdida consigue cambiarlo todo.

SIMON BLACKWELL

A Simon le hubiese gustado poder ignorar a su seductora nueva mujer. Anne, sin embargo, hacía que fuera imposible.

En sólo unos días, había conseguido hacer patente su existencia. El cambio empezaba a notarse en Rosewood Manor. Se metieron cubos de agua y jabón. Se sacudieron y limpiaron las alfombras. Los suelos de roble de toda la casa relucían recién encerados. Donde antes había habido oscuridad y dejadez, ahora había luz y calidez, y una sensación a hogar empezaba a respirarse por toda la casa.

Simon estaba tan impresionado como molesto. ¿Quién se había creído que era para ocuparse así de su casa? Aunque ahora todo estaba, tuvo que admitir con un gruñido, mucho más habitable. Aun así, a veces sentía que a él solo se le daba el papel de espectador. Ella había invadido su vida, irrumpido en su casa. Pero no podía protestar, ya que le había dado permiso para hacer como le viniese en gana. No tenía otra opción que observar con aire sombrío cómo cambiaba todo a su alrededor.

Y Anne se conducía por los pasillos como si hubiese estado haciéndolo toda su vida. A su paso iba dejando ese olor a rosas tan irresistible…

Le volvía loco.

Se había puesto furioso el día que la encontró en la biblioteca. Por un instante, una ira salvaje le había nublado la vista. Ella se metía donde no tenía derecho. Invadió su santuario, y él no pudo pensar con claridad.

No había puesto un pie en esa habitación desde hacía muchos años: poco después de que Ellie y los niños fueran enterrados. Ese día con Anne volvió a aquella noche... aquella noche en la que una rabia profunda y vil había explotado dentro de él... la noche en la que destrozó los tesoros que tanto habían significado para él antes.

Había querido quemarlos, quemarlo todo. Quemarlos como *ellos* habían sido quemados.

De todas las de la casa, esa habitación era la que más recuerdos le traía. Recuerdos de los tres, tumbados en el jardín, el jardín que tanto le gustaba a Ellie. El jardín en el que tanto les gustaba jugar a sus hijos...

Él les había fallado, a todos ellos. No pudo protegerlos, a ninguno. No pudo salvarlos.

Simon no quería recordar. Había creído que el tiempo había mitigado el dolor, pero no era cierto. ¡Hubiese preferido ser un insensible! ¡Hubiese preferido estar solo!

Pero con Anne en su casa, se le había negado la soledad que tanto anhelaba.

No podía evitar ser desagradable. Había hecho lo que tenía que hacer. Se había casado con ella. La había traído a su casa. Y ahora ella invadía su santuario más privado... ¡su mente! ¿Es que no iba a permitirle ni un poco de paz? Ella le molestaba. Le molestaba su presencia en la casa. En su vida. Mirase donde mirase, allí estaba ella. Era casi una violación de toda la felicidad que había llenado una vez su corazón.

Pero no era una intrusa. No era una invasora. Ni tampoco alguien que tratase de seducirle.

Era su mujer.

Y quizás era esto lo que más le molestaba de todo.

Anne nunca había sido de las que bajaban la cabeza. En cuanto tomaba una decisión, no daba nunca marcha atrás. Simon podía conformarse si quería con el desastre que les rodeaba, pero ella no. Ella se había propuesto conseguir que Rosewood Manor fuera un lugar confortable, y nadie podría impedírselo.

Dos días después de su llegada, contrató a un ama de llaves, la señora Gaines. En la primera semana, tenía ya asegurado un servicio completo de criadas. Y antes de que terminase esa semana, la luz del sol atravesaba el arco de las ventanas recién limpias. Los suelos de todo el primer piso brillaban relucientes.

Aún quedaba mucho por hacer, pero Anne se sentía satisfecha con los progresos conseguidos. La reacción de Simon —o la falta de ella— le hacía daño. Hubiese deseado que reconociera de alguna forma su esfuerzo. No se quejó. No discutió. Hizo como si no viese el cambio. Como hacía con todo lo demás.

Pero al menos tenía algo con lo que entretener los días. Se levantaba temprano y caía exhausta en la cama por las noches. Pero en las comidas, cuando estaban los dos a solas, los momentos pasaban como en una prueba continua.

Eran, en suma, poco menos que una terrible experiencia. No había manera de disipar la tensión que se respiraba. La comida empezaba y terminaba con las obligadas palabras de saludo y despedida. Entre medio, lo único que se oía era el tintineo ocasional de la porcelana china o de los cubiertos. Anne se veía limitada a admirar la plata recién lustrada que había encontrado olvidada en una cómoda.

Odiaba esos momentos. Durante toda su vida, las comidas se habían producido entre charlas, risas e intercambio de pareceres. Con Simon, estaba empezando a odiar las comidas, pero desde luego no estaba dispuesta a esconderse detrás de una bandeja en su habitación porque su marido hubiese decidido ser un grosero.

Y parecía que esta mañana, en particular, no iba a ser la excepción.

Simon estaba ya sentado a la mesa.

Anne se acercó enérgicamente a la hermosa mesa Pembroke que utilizaban como mesa de servicio. En ella se habían dispuesto una gran variedad de platos.

—Buenos días —saludó ella con alegría.

—Buenos días. —Rodeaba la copa con su largo dedo. Ni siquiera se molestó en mirarla.

Cogiendo un cruasán, se dirigió a la mesa principal. Como de costumbre, el desayuno de Simon consistía en un café, fuerte y solo. Anne arrugó la nariz en señal de desaprobación. Cogió la tetera, mirándole por debajo de las pestañas. Y en ese instante, se propuso que esta comida no se produciría en el tenso silencio habitual. Con esto en mente, se limpió los dedos en la servilleta y se dirigió a su marido.

—¿Ya has comido?

Él dio un sorbo al café, con la mirada fija en el periódico.

—No.

Era evidente que encontraba la pregunta superflua. Anne se mantuvo en sus trece, determinada a entablar conversación.

—Queda un buen rato para el almuerzo. Y la señora Wilder prepara unos huevos pasados por agua maravillosos.

—Quizá deberías decírselo.

—De hecho lo he hecho. —Anne lo miró sin reparos. En realidad, no había que preocuparse de que él se diese cuenta. Podía haber sido un trozo de arcilla y él no se hubiese dado cuenta. Levantándose, volvió a la mesa auxiliar y se llenó el plato de distintos tipos de comida caliente. Colocando la silla en su lugar, volvió a sentarse.

Se metió en la boca un trozo de salchicha y la masticó a conciencia. No es que estuvieran reñidos, reflexionó ella mientras se untaba la tostada con mermelada. Él no la trataba con hostilidad, era más como si hubiese decidido hacer como si no existiera. Se limpió los dedos con la servilleta. Al tratar de coger el tenedor una vez más, el cuchillo se le cayó a la alfombra.

Ella se agachó a por él, pero la verdad es que Simon no se dio cuenta. Su cabeza rozó el borde de la mesa cuando estaba retirándolo. Al levantarse, un par de ojos grises la miraban en señal de reprimenda. ¡Parecía que al fin había captado su atención!

—¿Tienes que hacer tanto ruido? Me resulta difícil leer.

Anne no tuvo en cuenta el tono. Partió otro trozo de salchicha y se lo puso en la boca.

—Me temo —dijo con una dulzura irónica—, que ha olvidado la buena educación, señor. Quizá las costumbres de Yorkshire sean diferentes, pero a mí me enseñaron que era de mala educación leer en la mesa.

Simon se detuvo, con la taza suspendida a medio camino de su boca. La bajó lentamente y después se echó hacia atrás, mirándola con una leve sonrisa (si podía llamarse así) en los labios.

—¿De verdad?

—De verdad. —Anne saboreó las palabras y el momento.

Y parecía que por fin había conseguido acaparar su atención. Su sonrisa se tensó.

—Como me he criado en el mismo Yorkshire, no estoy del todo seguro de cómo se educa a la gente en Londres, pero a mí me enseñaron que era de mala educación hablar con la boca llena.

Anne terminó de masticar y después tragó. No iba a rendirse tan fácilmente.

—Escocesa —dijo por fin—. Admito que soy mitad inglesa, pero he pasado mucho más tiempo en Escocia. Mi padre fue escocés. Por tanto, prefiero considerarme...

—Deja que adivine —la interrumpió—. Escocesa.

—*Aie* —admitió ella con satisfacción.

Simon entrecerró los ojos. ¿Qué? ¿Acaso esperaba que se marchase? Los criados podían temblar y agitarse, pero podía estar seguro de que con ella no funcionaría. Y no funcionó. Se había criado con dos hermanos mayores; había aprendido pronto a cuidar de sí misma. Ni Alec ni Aidan la habían intimidado nunca (tampoco es que lo hubieran intentado), y tampoco él lo conseguiría.

—Quizá —sugirió Anne—, ese mal humor tuyo podría mejorar si comieras algo. La señora Wilder estaría encantada.

Sus ojos echaban chispas.

—No estoy de mal humor.

—¿Ah, no? Pues cualquiera diría que haces todo lo posible por parecerlo.

Su boca se había convertido en una línea recta. Agitó el periódico.

—¿Qué es exactamente lo que sugieres?

—Yo no sugiero nada. Me limito a observar que tal vez no eres un conversador particularmente brillante.

—Criticas mis modales. Criticas mi mal humor. ¿Hay algo más que quieras criticar de mí?

Anne sonrió dulcemente.

—No en este momento —dijo suavemente.

—Ah. ¿Y tengo permiso para hacer parecidas observaciones a cambio?

—Imagino que sí —accedió ella—. Después de todo, eres el señor de la casa.

—Estás acostumbrada a decir siempre lo que piensas, ¿verdad?

—Si no lo hago yo, ¿quién si no?

—Una explicación pragmática —observó—. Veo que también tú tienes tu carácter.

—Ésa no soy yo.

—Y te enorgulleces de tu franqueza.

—Sencillamente, me considero una persona directa.

—Directa. ¿Es así como te gusta llamarlo?

—¿Cómo lo llamarías tú?

—Si me preguntaran, diría que eres la mujer más obstinada que he conocido nunca.

—Tampoco soy yo —le respondió ella con satisfacción. ¿Creía que podía insultarla? Estaba hecha de un material más duro que eso.

—Tal vez he elegido mal las palabras. No eres obstinada, sino terca.

—¡Por supuesto que no! Aunque me precio de ser ligeramente independiente.

—Ah. —La miró directamente a los ojos—. Un rasgo familiar, ¿eh?

—Eso me temo —dijo ella suavemente.

—¿Hay algo más que quieras decirme, Anne?

Anne abrió la boca.

—No… —empezó a decir.

—Por el momento —terminó él.

Había sido una victoria de lo más gloriosa. A la mañana siguiente, no hubo periódico en la mesa.

Y participó de un sustancioso desayuno.

¡Incluso se dignó a preguntarle por cómo había dormido!

Varios días después, Anne tuvo la oportunidad de pasar al lado de una criada que acababa de recibir el correo. Como Simon no estaba por allí, Anne sonrió y cogió el paquete que traía la chica.

—Gracias, Mary. Yo se lo haré llegar al señor.

El despacho de Simon estaba situado en la parte este de la casa. Anne había echado un breve vistazo el primer día cuando estuvo inspeccionando la casa con Duffy. Como la biblioteca, lo consideraba parte de los dominios de Simon, algo que parecía ajustarse a él a la perfección, pensó con un toque de dureza. Y en realidad, también la situación de la estancia, al final del pasillo, parecía ajustarse a él bastante bien.

Entró y miró a su alrededor. La habitación era grande, forrada con la misma madera de roble inglés que la escalera. Justo bajo las ventanas había un hermoso diván, tapizado de terciopelo color burdeos y dorado.

Un rayo de sol iluminaba el escritorio. Anne puso el correo en el centro de la mesa, después se detuvo y miró hacia arriba.

Una gran telaraña se extendía desde el techo hasta la pared de una de las esquinas. Se encogió de hombros e hizo ademán de salir de allí; después lo pensó mejor y volvió sobre sus pasos. Fijó la vista en la desagradable telaraña. No le quedaba más remedio que hacerlo… sencillamente, *eso* no podía estar allí.

Había un armario de las criadas justo al otro lado del pasillo. Cogiendo una escoba, volvió al despacho y se subió encima del encantador diván de terciopelo de la esquina.

—¿Qué diablos estás haciendo?

El sonido de la voz de su marido estuvo a punto de hacerle caer. Si él no cuidaba sus palabras, pensó con determinación, ella tampoco lo haría.

Por el rabillo del ojo, vio que se había colocado delante del escritorio.

—¿Qué diablos crees que estoy haciendo? —La queja vino acompañada de un vigoroso escobazo.

Falló por bastante.

—Maldición —murmuró.

Simon levantó la cabeza. Ella lo miró por encima del hombro.

Tenía una ceja subida.

—Mis hermanos hablan mucho peor —se defendió ella.

—Preferiría que mi esposa no lo hiciera.

Ah, vaya. ¿Quién era él para reprenderla? Ignorándole, Anne cogió aire y se puso de puntillas. Con la boca apretada en señal de determinación, apuntó a su objetivo una vez más. Fue un intento aún más valiente que el anterior, pero esta vez estuvo a punto de caerse.

—Por el amor de Dios, déjame a mí. —El gruñido le llegó desde abajo—. Si te rompes el cuello, recaerá sobre mi conciencia.

Unas manos fuertes le rodearon la cintura. El mundo giró brevemente a su alrededor antes de poner los pies en el suelo. Se quedó mirándole mientras quitaba la telaraña sin ningún esfuerzo.... y sin tener siquiera que subirse en el diván.

Anne frunció el ceño al ver que se sentaba detrás de su escritorio. Sus miradas se encontraron un momento. «¿Qué —pensó ella—, acaso quería que lo dejase solo?» Apretó los labios. Si era así podía pedírselo. Después de todo, ella estaba allí primero.

Deliberadamente le dio la espalda. Se ocupó en colocar una pila de libros en la mesa de la esquina.

No se dio cuenta de que Simon la miraba con los ojos fruncidos mientras ella revoloteaba a la otra esquina y volvía.

—¿Por Dios... es que nunca paras?

Era menos una pregunta que una acusación. Anne se detuvo.

Él tamborileó la mesa con los dedos.

—¿Has terminado aquí?

—Usted perdone —dijo ella con expresión irónica—, ¿debo entender que quiere que no le moleste más?

—Si no es mucho pedir...

Su educación era impecable. Anne no tuvo tantos miramientos. Lo fulminó con la mirada, sin darse cuenta del sentimiento de culpa que había ya provocado en Simon.

Apenas un cuarto de hora más tarde, ella bajaba las escaleras ataviada con su ropa de montar. Simon estaba en la entrada con Duffy cuando ella descendió.

La miró interrogándola en silencio.

—Pensé que me vendría bien montar un poco. —Su tono era frío, a la defensiva.

Él desvió la vista al reloj de pie que acababa de dar la hora.

—Es casi la hora de comer.

—Por favor, no me esperes. Es posible que me retrase. —Debería sentirse agradecido de que fuera a dejarle solo.

Ella hubiese podido salir de allí sorteándole, pero él la cogió del brazo.

Anne frunció el ceño al notar que le apretaba el brazo. Sus dedos la dejaron libre... pero no sus ojos.

Su expresión era la de una persona contrariada.

—Anne, por supuesto que tienes el establo a tu disposición. Pero éste no es un buen momento.

Ella arqueó las cejas.

—¿Por qué no?

Su mirada se deslizó desde su hombro hasta la parte alta de la ventana que tenía a la espalda.

—Mira allí. —Con la barbilla, le indicó el cielo. Anne vio que había un banco bajo de nubes que se acercaba por el horizonte. Incluso en el momento en el que se volvía para mirar, la luz del sol pareció palidecer—. Se acerca una tormenta.

—Ah, pero olvidas —dijo ella alegremente—, que he vivido la mayor parte de mi vida en Escocia. Un poco de lluvia no me importa. Y creo que si me quedo en casa un minuto más terminaré por pudrirme.

—No conoces el terreno de aquí. —Había un leve nerviosismo en su tono.

Anne dejó de sonreír.

—¿Cómo podría conocerlo?

Sus ojos se encontraron.

—Hazme caso, Anne. Las tormentas de aquí no se parecen en nada a las que tú conoces. No saldrás con este tiempo, ¿me oyes?

—Es bastante imposible no hacerlo —dijo con los dientes apretados. Hubiese querido seguir discutiendo. Pero en ese momento se oyó el estruendo de un trueno. Él la miró como diciéndole: «¡Ves! ¡Te lo dije!»

Su sonrisa dolía. Anne lo fulminó con la mirada.

—Si quiere encontrarme, señor —¡ah, otra idea novedosa!— estaré en la biblioteca. Leyendo, quizá. O quizá, limpiándola.

No esperó a ver su reacción, por lo que se dio media vuelta y empezó a andar, determinada a poner algo de distancia entre ellos. Su carácter —ese que había asegurado no tener— era impredecible.

Una hora en la biblioteca hizo poco para calmarla. Otra hora en su habitación, y seguía aún inquieta. Después de tantos días enclaustrada, no se había dado cuenta de lo mucho que echaba de menos estar al aire libre. Necesitaba alejarse un poco de la casa; o para ser más precisos, necesitaba alejarse de él. Montar a caballo la despejaría. Frotándose las manos, se acercó a la ventana.

Las nubes habían pasado de largo. Sólo quedaban unas cuantas, y se veían altas y distantes.

Recuperado el buen humor, sonrió para sí y se precipitó escaleras abajo.

Los establos estaban a poca distancia de la casa. Un joven de mejillas sonrosadas llamado Leif salió al oír su animado «hola».

Poco después, Anne dejaba los establos a lomos de un lustroso caballo negro llamado *Lady Jane*. Se deleitó con el repentino sentimiento de libertad. El aire era fresco y revitalizante, justo lo que necesitaba. Era estupendo estar en una silla de montar de nuevo. No se había dado cuenta de lo mucho que lo había echado de menos. Se relajó y levantó la cara hacia el cielo. No lejos de la casa había un terreno de pasto, inundado de malas hierbas y demandando urgentemente un poco de atención. Tomó nota mental de ello. Guió a *Lady Jane* por el sendero que llevaba al camino principal, pasando setos de abundantes helechos y dedaleras.

El aire llegaba cargado de un olor a naturaleza salvaje. El campo circundante era a la vez tosco y delicado, una visión siempre cambiante de colinas y valles. Ella podría terminar por querer todo esto. El pensamiento le sobrevino de repente, y tomó forma con una tenacidad sorprendente. Ah, pensó con nostalgia, pero haría mejor en no encariñarse demasiado. Se recordó que su tiempo aquí era limitado. Era extraño, pero esto le hizo sentir un poco triste...

Cabalgó un buen trecho, con fuerza. Al norte, el páramo se extendía inmenso y salvaje. Una alfombra abundante de brezo suavizaba el contorno rocoso de la tierra. Atrapada por la tierra, por su belleza, siguió cabalgando, sin pensar en otra cosa que en el placer del momento.

Por fin tiró de las riendas de *Lady Jane* para que se detuviera en lo alto de un montículo cubierto de hierba. Al salir de casa, el aire era caliente. Ahora le llegaba cargado de una silenciosa humedad. Echó un vistazo al sol por debajo del ala de su sombrero.

Pero no había sol. La frontera entre la tierra y el cielo había desaparecido. Anne se dio la vuelta en la silla. El mundo se había vuelto de una quietud espeluznante. Entonces, de repente, como si fuera manejado por una mano maligna e invisible, el viento empezó a soplar, ganando fuerza a medida que atravesaba los campos. La temperatura descendió bruscamente en cuestión de segundos. El cielo se volvió de un inquietante color azul oscuro. Como si se convirtieran en seres vivos, las nubes empezaron a enfurecerse y revolverse, acercándose peligrosamente.

Anne tiró de las riendas con sus manos protegidas por los guantes. Simon se lo había dicho. Estaba disfrutando tanto del momento, que no se había dado cuenta de lo rápido que el tiempo podía cambiar.

Sonó un trueno. La oscuridad y las nubes parecían acercarse de forma simultánea. *Lady Jane* se echó a un lado nerviosa. Anne le puso la mano en el cuello para tranquilizarla. Ella respiró hondo. No había forma de distinguir el norte del sur, el este del oeste. Pero sabía que había cabalgado hacia el norte. Hizo girar a *Lady Jane*, y la puso al galope.

No creyó haberse alejado tanto. ¿Iba en la buena dirección? Se puso a rezar con todas sus fuerzas para conjurar el pánico. Azuzó a *Lady Jane* para que cabalgara más rápido, pero la yegua estaba muy nerviosa. Una ráfaga de viento le voló el sombrero que tan graciosamente llevaba sujeto a la cabeza. Las gotas de lluvia empezaron a hacerse constantes. Y no eran sólo unas gotas. La Madre Tierra estaba dando rienda suelta a su rabia con contundencia.

La lluvia le golpeaba en la piel como si fuera granizo. Le costaba respirar y los pulmones empezaron a arderle. Era como cabalgar a través de una pared de agua. El viento soplaba en todas direcciones. Apenas veía por dónde iba.

Entonces, de repente, sintió un escalofrío. Tuvo unas sensación de lo más inquietante, una sensación que le recorrió el cuerpo de la cabeza a los pies. Los rayos inundaban el cielo. Incapaz de ver nada, se tapó los ojos con el brazo de forma instintiva. *Lady Jane* dio un relincho asustado y se paró en seco.

Anne estuvo a punto de salir disparada. Bajándose del caballo, se abrazó a sí misma para protegerse del viento, sujetando las riendas y luchando por seguir avanzando.

El frío no la dejaba respirar. Llevaba las botas de piel llenas de barro. Resbaló una y otra vez. Si no hubiese estado agarrada a las riendas se habría caído de bruces sobre la tierra. Al fin vio la cancela de la entrada y el camino que transcurría por ella.

Había una casucha destartalada justo al otro lado de la cancela. La había visto antes y se había preguntado por su deprimente estado. Luchando contra el viento, se metió bajo el alero de la casa y tiró de *Lady Jane* para que se cobijara también.

Había una pila de madera carbonizada y ennegrecida en la esquina opuesta. El agua se colaba por un agujero del techo. El refugio dejaba mucho que desear, pero era mejor que estar al raso.

Una vocecita le decía que no debía quedarse allí. Simon había tenido razón. Y ella se había entretenido más de lo previsto.

Esperar que su marido no se hubiera dado cuenta de su escapada era mucho esperar.

Capítulo diez

¡Dios, cómo odio la lluvia!

SIMON BLACKWELL

*L*as sombras cubrían el suelo cuando Simon se levantó para estirar las piernas. Frotándose la frente, hizo una pequeña mueca al mover en círculos el hombro. El dolor era casi insoportable, un indicador del mal tiempo más preciso de lo que hubiese deseado.

El aire se había vuelto pesado, frío y húmedo. Miró afuera, preguntándose de qué tendría que estar preocupándose. La niebla avanzaba por la copa de los árboles, envolviendo las colinas distantes. Una lluvia plomiza caía con persistencia.

En el vestíbulo de entrada, una criada se disponía a encender las lámparas que colgaban de la pared.

—Ven aquí. —Movió un dedo. No se acordaba del nombre. Ni siquiera estaba seguro de haberlo sabido alguna vez, ahora que había tantas como ella.

Ella le hizo una reverencia.

—¿Señor?

—¿Está por aquí la señora?

La chica sacudió la cabeza.

—No he visto a la señora desde esta mañana, señor.

Simon no estaba seguro de si esa respuesta le gustaba. Se quedó pensando un momento y después se dio la vuelta en dirección a la biblioteca.

En algún momento ella —o alguien—, había estado allí. Los cristales habían sido retirados del suelo y también se habían retirado los libros. Si había sido hoy o cualquier otro día, eso ya no podía saberlo. Sintió un ligero pinchazo, pero eso fue todo.

Asomó la cabeza en el salón. Tampoco estaba allí. Subió las escaleras de dos en dos y se detuvo sólo al llegar a la puerta de la habitación de su mujer. Reprimió la necesidad de abrir la puerta de un golpe. Después de todo era su casa. Pasado el impulso, llamó a la puerta.

No hubo respuesta.

Volvió a llamar.

Nada.

—¡Anne! —la llamó.

Esta vez Simon no dudó. Abrió la puerta y entró. La habitación estaba vacía, pero el vestido con el que la había visto antes estaba sobre la cama.

Una criada le miraba con los ojos muy abiertos desde el umbral. Él se dio la vuelta, con el vestido en la mano.

—¿Dónde está lady Anne?

—No la he visto desde que salió para ir a montar, señor. ¿Aún no ha vuelto?

Un frío helador corrió por sus venas. Hubo un instante en el que se quedó paralizado. Después rodeó a la criada a toda prisa. Justo en el momento en que llegaba a los pies de la escalera, Duffy apareció.

—Voy a salir —dijo Simon secamente.

—¿Cómo? ¿Con este tiempo? —Duffy no daba crédito.

Un relámpago iluminó el vestíbulo, seguido de un violento trueno.

—Anne está ahí fuera —lo dijo de una forma mecánica.

Duffy se puso tan pálido como su señor. Sólo él podía entender el miedo frenético de sus ojos. Sólo él podía entender el odio que tenía a la lluvia… y a las tormentas.

—¡Ay, no!

—¡Ay, sí! —Simon abrió la puerta y salió.

Sucedió de una forma muy extraña. Oyó una voz que le llamaba… la voz de ella. Vio el caballo trotando entre la niebla… y después la vio a ella. Una pequeña figura desaliñada montada en *Lady Jane*. Y durante un horrible instante, temió que no fuera real. Que sólo fuese una aparición fruto de su imaginación.

Y quizá por eso se volvió un poco loco. No podía mantenerse cuerdo. No en una cosa así.

En alguna parte lejana de su cabeza, supo que había dejado de llover. Y Anne se reía. Se estaba riendo.

—¡Hola! Parece que tenías razón…

Él perdió el control. De repente se sintió furioso. Si había tenido que casarse, ¿por qué no había podido ser con una mujer dócil, apocada, que apareciese solo cuando él lo desease? Independiente, se preciaba de ser Anne. ¡Y vaya si lo era! Era como si estuviera dispuesta a retarlo cada vez que se daba la vuelta, como si le pusiera a prueba a la mínima ocasión.

La hizo bajar de la silla.

—Maldita estúpida.

Anne jadeó. Venía preparada para sus reproches, preparada para concederle que después de todo él había estado en lo cierto. Era típico de los hombres querer adoptar ese tipo de superioridad.

Pero no se esperaba una reacción así. Hubo dos cosas que le sorprendieron. La primera, que era la primera vez que le oía insultarla. La segunda, que no sólo estaba enfadado.

Estaba lívido de miedo.

Ella apretó la mandíbula.

—Ya te he dicho que soy una buena jinete.

Su tono fue tan abrasador como su mirada.

—No es tu forma de montar la que cuestiono, sino tu cordura.

Anne mantuvo la cabeza alta.

—Tu familia dijo que tenías una habilidad especial para meterte en problemas. ¿Tienes que ser siempre tan estúpida?

Quizá no se había comportado de una manera muy prudente. Pero viendo cómo la trataba, se dijo que no estaba dispuesta a reconocerlo.

—No soy —enfatizó— ninguna estúpida. Y usted, señor, ¡se puede ir al infierno!

Él entrecerró los ojos.

—Una mujer decente —dijo en tono amenazador— no debería hablar así.

—Bien, pues ésta sí que lo hace.

Con esto, se fue enfadada hacia la casa y subió las escaleras. Simon la siguió, dándole órdenes desde atrás. A mitad del pasillo, la cogió del codo con los dedos.

Anne trató de soltarse.

—No necesito que me ayudes.

—Aun así, lo haré.

Sólo la soltó cuando hubieron llegado a su habitación.

Simon abrió la puerta. Con la barbilla alta, Anne pasó por delante de él y entró en el dormitorio.

Nunca pensó que fuera a seguirla hasta dentro. Cuando se dio la vuelta, le costó un rato asimilar que seguía justo detrás de ella.

Sacudió la cabeza. Por su vida, que no se retiraría.

—No recuerdo haberte invitado a entrar —le dijo fríamente.

—No necesito una invitación. —Sus ojos centelleaban al mirarla, pero no se inmutó—. Quítate esa ropa mojada.

Anne abrió la boca.

—De eso nada —gimió.

—Estás calada hasta los huesos.

Ése, pensó ella con un ligero temblor, no era el problema.

—¡Puedes estar seguro de que no voy a desnudarme delante de ti!

Sonrió con dureza.

—¿Olvidas que soy tu marido?

«¿Olvidas que soy tu marido?», tenía una respuesta a eso en la punta de la lengua. Pero no había necesidad de echar más leña al fuego.

Audrey, la chica que había contratado para asistirla, entró y preparó la bañera. Tratando de evitar que la criada los viera discutir, Anne guardó silencio mientras llenaba la bañera y hacía prender el carbón de la chimenea.

Simon se acercó al palanganero. Cogió una toalla y se secó la cara con ella.

Anne se quedó donde estaba. ¿Qué diablos? Él no parecía dar signos de querer respetar su privacidad. Lo miró con incertidumbre, consciente de repente de que ella se había colocado al lado de la cama.

Tiró la toalla a un lado.

—Por el amor de Dios —le dijo enfadado—, métete en la bañera mientras el agua está caliente. Vas a enfermar si no lo haces.

Anne no se movió. No podía.

Arqueando una ceja, él dio un solo paso hacia ella.

—¡Está bien! Pero puedo arreglármelas sola, por favor.

Anne se cogió la chaqueta con la mano. Desplegó todo su ingenio para cubrirse. Volviéndose hacia un lado, intentó torpemente desabrocharse los botones de plata de su chaqueta de montar.

El intento fue en vano, y habían empezado a castañetearle los dientes. Por primera vez fue consciente de lo que era estar congelada. Tenía los dedos entumecidos. Trató de hacer que le respondieran… ¡lo trató con todas sus fuerzas!

Pero no respondían. Le era imposible contener los temblores.

Notó que le apartaban los dedos. La forma de Simon tapó los últimos rayos de luz del día. Conmocionada, sintió cómo le quitaba la chaqueta. La oyó caer mojada al suelo. Estaba, descubrió como a lo lejos, bastante destrozada.

Después siguió con su camisa blanca de volantes. Como había hecho calor durante el día, había preferido prescindir del corsé y de la combinación. Por eso la tela mojada se le pegaba al cuerpo, y se le transparentaba. Avergonzada, Anne descubrió que sus pezones se erguían firmes y totalmente evidentes. Se cubrió con las manos. Trató de separar la tela de su piel.

Pero Simon ya había empezado a desabrocharle los botones, con sus ágiles y certeros dedos.

—Puedo hacerlo yo —dijo ella casi sin aliento.

Conmocionada, vio que la palma de su mano le tocaba la parte alta del pecho. Anne se mordió el labio. Su único consuelo era saber que no estaba mirándola cuando ocurría. Tenía una expresión oscura e intensa.

Despachó el resto de la ropa con la misma eficacia impersonal. Cuando terminó, le cubrió los hombros con una manta. Todo pasó muy deprisa, de una manera casi brusca, mientras él movía sus eficientes manos por su cuerpo como si fuera la cosa más normal del mundo.

Pero el daño estaba hecho. Anne quería morirse allí mismo. Simon la había visto desnuda. «¿Por qué te importa?», le decía una voz burlona en su cabeza. Él no parecía mirarla como a una mujer, a pesar del beso arrebatador que se habían dado en Londres.

No podía estar más equivocada.

Se quedó allí de pie, temblando de frío, esperando a que la criada volviese con el último cubo de agua… esperándole a él. Sus ojos eran grandes, de un azul claro ribeteados con una franja azul zafiro; unos ojos que no le habían dado paz desde ese día en el que se conocieron en Hyde Park.

Ella no podía saber el temor frío que había sentido al darse cuenta de su partida. Ella lo tomó por ira. «¡Si supiera!», pensó él amargamente. Después, cuando la vio… ¡Jesús! Esa mujer le hacía perder la cabeza. Y ahora estaba haciéndole perder la cordura.

Hacía tanto tiempo… Demasiado. Le latía la sangre, un fuego abrasador le atormentaba el estómago.

Se miró las manos, tenía tan apretados los nudillos que se le habían quedado blancas. Era la única forma de poder dejarlas quietas. Se preguntó cómo sería apoyar esa carne femenina y cálida contra su largo… cómo sería el tacto de ella. Un temblor caliente le atravesó… no, fue más que eso. Fue un torrente. Un torrente que llegó a sus terminaciones nerviosas, un torrente capaz de inundar cada poro de su piel.

El deseo le comía por dentro. ¡Ah, lo que hubiese dado por poder desvestirla una vez más! Por dejar al descubierto eso que solo había podido ver de refilón… Desvestirla lentamente, deleitarse con ello hasta sentirse satisfecho. Deseaba tirar fuerte de ella y meterla entre sus muslos, hacerle sentir lo que le movía por dentro, el bulto abrasador del deseo, firme y pleno. Y tan doloroso...

Se atormentaba a sí mismo y la atormentaba a ella.

¿Por qué se había quedado?, se preguntó. ¿Le hubiese detenido ella? Sí. No. Al menos no lo hubiese hecho, recordó débilmente, la noche que llegaron a Rosewood. No, entonces no. Pero ahora…

Sus ojos le evitaban. Los tenía clavados en su barbilla. Casi le divertía que no se permitiese mirar más arriba. Podía sentir su incertidumbre, entrever la sombra que crepitaba en sus ojos, la manera en la que tragaba saliva. La manera en la que agarraba la condenada manta como si fuera un escudo de hierro.

Dios mío, ¿de verdad pensaba que iba a abusar de ella?

—El baño se va a enfriar.

Pudo oír la rabia que destilaba su respiración.

—Date la vuelta.

Simon cerró la mandíbula. Sus ojos se encontraron. Los de ella estaban muy abiertos, y le miraban desesperados y suplicantes.

Dándose la vuelta, la dejó para que se bañara sola. En el pasillo, oyó el sonido del chapoteo del agua. Simon sonrió con la boca tensa y se dirigió a las escaleras.

Pasó media hora antes de que volviese. Quizás algo más. Ella había terminado de bañarse y estaba sentada en una banqueta junto al fuego, pasándose un cepillo de bordes plateados por el pelo. Estaba descalza, y se cubría con un batín blanco atado a la cintura. Pudo ver parte de la puntilla al girarse. Entonces se detuvo, con el cepillo inmóvil en la mano. Su mirada expresaba tanto sorpresa como consternación de verle allí. Él hizo como si no se hubiese dado cuenta y cerró la puerta con la punta de la bota antes de avanzar hacia ella con determinación.

Sin decir una palabra, colocó la bandeja que traía en la mesa redonda lacada que había junto a Anne. La vio respirar hondo; sonrojándose, dejó el cepillo a un lado. Simon no podía dejar de mirarla. Era la primera vez que la veía con el pelo suelto. Lo tenía increíblemente largo, le caía por los hombros y le llegaba hasta las caderas, como cuando los rayos de luz se reflejan en la miel, de un color ámbar, topacio y whisky, todo mezclado.

Dios, era una dulzura. Tan condenadamente hermosa que creyó iba a morir de dolor.

Sin decir una palabra, acercó una silla a su taburete. Tuvo una punzada de humor negro. No podía decidir si la estaba poniendo nerviosa o si estaba molestándola.

En cualquier caso, su capacidad de recuperación era admirable. Se sentó allí como si lo hubiesen estado haciendo todos los días de su vida. Ah, pero si ella supiese el deseo salvaje que le inundaba la mente y le quemaba la sangre, ¿hubiese estado tan tranquila? Tenía el presentimiento de que habría salido corriendo de la habitación y dejado la casa.

Porque en realidad estaba siendo un imprudente, le dijo una voz en su interior. ¿Por qué demonios había vuelto? Podía haber enviado a un criado con la bandeja. No debería estar cerca de ella. No ahora. Lo que tenía que hacer era mantener la distancia: en corazón, en cuerpo y en alma.

Y aún seguía furioso por su comportamiento, se recordó a sí mismo.

Aunque nada de esto parecía importarle ahora.

Estirando las piernas, llenó dos copas de brandy y le ofreció una a ella.

—Bebe —le dijo en voz baja.

Sus dedos no se encontraron cuando ella lo cogió. ¿Lo había evitado intencionadamente?, se preguntó Simon. Descubrió de repente que esa idea le irritaba.

Anne hizo una mueca mientras dejaba que el líquido le cayera por la garganta.

—Más —dijo.

Ella tosió, poniéndose el dorso de la mano sobre la boca.

—Tengo la impresión de que estás intentando envenenarme. Primero whisky. Ahora brandy.

Simon tuvo que esforzarse por permanecer callado. Un nerviosismo inquietante le corría por las venas, aunque no diera signos visibles de ello. Él lo reconoció al instante: era el deseo. Casi con hambre, sus ojos se fijaron en la atractiva esbeltez de su garganta.

Levantó la cabeza para beber y la echó hacia atrás, dejando al descubierto la fragilidad de su cuello. Se imaginó deslizando los dedos por debajo de su pelo, acariciándole la nuca. La imagen era cautivadora. Y le cautivaba como si fueran los muros de una prisión.

Quizás estuviese destinado a esa prisión, pensó con amargura. Quizás era una prisión que él mismo se había construido...

Sabía cómo sería. Sabía exactamente cómo sería con ella. Su carne sería cálida, tan blanda como la de un bebé, la textura de su pelo sería como la seda entre sus dedos. Se imaginó poniendo su boca en el hueco de su garganta, pasando la lengua hasta el lugar donde el pulso es más intenso.

Sus ojos terminaron fijos en su boca. Tenía los labios rojos como el rubí, coloreados por el brandy... húmedos.

Cada tendón de su cuerpo se tensaba de deseo. Había un

ritmo de pulsaciones que crecía en su interior, como un puño que fuera apretándole y soltándole el estómago.

Cogió el vaso y sintió que los dedos le quemaban con la necesidad de acercarse a ella. Con la necesidad de tocarla.

Simon no negó el hambre ardiente que corría por sus venas. No lo saboreó. Y por supuesto no podría satisfacerlo. Quizá, pensó con tristeza, ésta era su penitencia, su precio… desearla con tanta fuerza que la necesidad le rasgase de cuajo el alma.

Anne se dispuso a meter los pies desnudos bajo el dobladillo de su batín. Una leve sonrisa suavizaba sus labios, una sonrisa que ella no veía. No había nada abiertamente provocador ni en su pose ni en su atuendo. Tanto el camisón como el batín eran modestos. No había desde luego nada que justificara la fuerza de su deseo…

Salvo el hecho de que la había visto desnuda. Y cada curva de su cuerpo de mujer se había quedado grabada en su consciencia como una marca.

Anne parecía haber olvidado su anterior incomodidad. Su postura era formal, tan poco en consonancia con el sesgo de sus pensamientos que casi quería reírse. De hecho, parecía completamente ajena al nudo de anhelo que tenía en las entrañas. Pero ¿por qué iba a ser de otro modo?, le dijo una voz burlona en su cerebro. Él le había dejado bastante claro que no reclamaría sus derechos como marido.

Sin embargo, le traicionaba el cuerpo. Y de alguna forma saber esto sólo conseguía multiplicar por diez la ola de calor que tenía entre las piernas. Simon decidió que era una suerte estar sentado, de otro modo estaba seguro de que les hubiese avergonzado a los dos.

Centró su atención en la bandeja que había puesto entre ellos. Había queso, unas gruesas rebanadas de pan crujiente, y pastel de carne cubierto de salsa. Simon le sirvió un plato con todo esto, y después se sirvió uno para sí.

Anne jugueteó con el pan, sirviéndose con bastante libertad del brandy. Después de un rato, Simon se dio cuenta de que había centrado su atención en él. Parecía estar observándole de cerca, con la cabeza inclinada a un lado. Ella tenía la costumbre de hacer esto, pensó Simon, cuando se debatía entre varias posibilidades. Era casi como si pudiera ver los pensamientos que se arremolinaban en su cabeza.

—¿Hay algo que quieras decirme? —preguntó él.

—En realidad, así es —declaró ella—. Es bastante ridículo, ¿sabes?

—¿El qué? —Probó el pastel de carne. Estaba delicioso.

—La manera en la que me evitas.

Las palabras no buscaban otra cosa que provocarle. Simon arqueó una ceja.

—¿Te estoy evitando ahora?

—Sabes que no. —Ella le miró con el ceño fruncido, ¿o estaba regañándole? Simon estaba aún considerando las dos opciones cuando ella volvió a hablar.

—Me gustaría, sin embargo, preguntarte algo.

—Por favor, hazlo. —Simon reprimió una sonrisa. Miró el vaso que ella tenía en la mano, y vio que estaba casi vacío. El brandy, sospechó, encendía su coraje y le soltaba la lengua.

—Muy bien. Me gustaría saber si eres siempre tan difícil.

¡Vaya, con la chiquilla!

—No tenía idea —dijo él bastante fríamente— de que lo fuera.

—Bien, pues lo eres —anunció ella—. Creo que haces todo lo posible por evitarme. Creo que quieres que piense que eres difícil. En realidad, creo que te esfuerzas para que no me gustes.

Simon se quedó callado. Quizás era así. Quizás ella terminase por detestarle.

—Te equivocas —se limitó a decir él.

—¿Ah, sí?

—Sí, vamos… —Maldición. Pudo tragarse la palabra justo a tiempo.

Empezó de nuevo.

—Yo no te evito —mintió—. Y desde luego no me disgustas. —Eso, al menos, era verdad—. Si ése fuera el caso, no me hubiese preocupado tanto cuando supe que estabas en medio de la tormenta. —«Contra mi voluntad», estuvo a punto de decir, aunque pensó que era mejor no hacerlo.

—Bueno, pues no tenías de qué preocuparte —fue su alegre respuesta.

Simon la observó mientras le daba otro buen sorbo al brandy. Estuvo a punto de quitarle el vaso de la mano. Ah, pero hacía solo un momento que le había llamado difícil.

—Estaba desesperado, Anne. —Su voz era apenas un susurro.

—¡Tonterías! —Como siempre, dio su opinión con vehemencia.

—Ah, pero lo estaba. —Su tono transmitía la gravedad de lo que decía—. Prométeme que no volverás a hacer una estupidez así otra vez.

Se dio cuenta de que la estaba asustando. Ella parpadeó, como si no supiera muy bien qué pensar. Sacudió la cabeza ligeramente.

—Simon —le llamó por su nombre—. Estaba bien. No tienes por qué preocuparte. De verdad. Estuve resguardada de la tormenta casi todo el tiempo.

Él frunció el ceño.

—¿Dónde?

—En la casucha que hay justo al entrar por la cancela. Esperé allí hasta que lo peor de la tormenta pasó.

Se tragó un gruñido.

—¿En la casa de carruajes? —preguntó con brusquedad.

—¿Es eso lo que es? No estoy segura. Pero allí debió de haber un incendio en el pasado. —Sus ojos estaban fijos en él, con una expresión muy seria.

Hubo un instante, lo que dura un latido, en el que Simon fue incapaz de respirar. O de pensar. Mucho menos de hablar. Todo en su interior se convirtió en un vacío negro.

—Dios mío —dijo bruscamente—. ¿Tienes idea de lo peligroso que es? Estoy seguro de que viste que el techo se está cayendo.

—Sí, sí, lo vi. Pero si es peligroso, ¿por qué no la tiras? ¿O la reconstruyes? Si alguien puede hacerse daño, ¿no sería mejor que...?

Una emoción tosca y extraña se apoderó de él. No podía soportarlo más. No podía oír nada más.

Soltó el tenedor en el plato. A continuación dobló la servilleta en un cuadrado limpio y perfecto (era la única forma de evitar que le temblaran las manos).

Anne se había callado y le miraba fijamente.

Echando la silla hacia atrás, se puso en pie. Anne le miró asombrada.

—¿Simon? ¿Qué ocurre?

Él podía oír la confusión que había en su voz. Podía sentir su preocupación. Pero no podía darle ninguna respuesta. ¡Ni siquiera podía mirarla! No era más que un maldito cobarde. Un perro. Pero era como si le hubiesen puesto una soga al cuello de repente.

—Te ruego que me disculpes. —Hizo una forzada reverencia—. Me temo que he perdido el apetito.

Sin mirar atrás ni una vez, salió de la habitación.

Capítulo once

Supongo que es una estupidez continuar con este diario. Pero sé que seguiré haciéndolo.

SIMON BLACKWELL

*E*ra tarde cuando Anne se despertó a la mañana siguiente, los ojos vidriosos y tan cansada como cuando se arrastró la noche anterior hasta la cama. Le palpitaban las sienes... ¿El brandy de la noche anterior? ¿O su marido? Decidió que tenía que ver con un poco de las dos cosas.

Miró hacia la ventana y lo que vio no le ayudó mucho a levantar el ánimo. Hacía un día gris y deprimente. Las nubes en el horizonte presagiaban que la lluvia del día anterior podría repetirse.

Había tardado mucho en conciliar el sueño la noche anterior. Sabía que Simon tampoco había dormido bien. Era casi de día cuando había oído el crujir de la puerta, y el eco de sus pasos en la habitación contigua a la suya. Algo que tampoco era inusual. Desde su llegada a Rosewood Manor, había oído casi cada noche el crujir del suelo de su habitación mucho después de medianoche.

Tampoco era la primera vez que se preguntaba qué era lo que le impedía dormir. ¿Una amante, tal vez? No. No sabía muy bien por qué, pero estaba segura de que no era una amante.

Esa mañana, Simon había salido temprano. Anne oyó el relincho de un caballo poco después del amanecer. Levantándose, fue hacia la ventana y miró al exterior para ver a Simon montar y salir de allí galopando.

Eran casi las diez cuando bajó las escaleras. No le sorprendió que Simon no desayunase con ella, dada la hora. Pero al ver que tampoco aparecía para comer, miró molesta el sitio que había vacío en la cabecera de la mesa.

Entonces oyó un ruido en la puerta. Se volvió esperando verle. Pero sólo era Duffy.

—Buenas tardes, señora.

—Buenas tardes, Duffy. —Y le dedicó una cálida sonrisa—. Hoy no he visto aún a Simon. Estaba pensando si no debería decir a la señora Wilder que esperase a que viniera el señor antes de servirnos la comida.

La sonrisa con la que Duffy le había dado la bienvenida se desvaneció. En su lugar, apareció una expresión de ligera consternación.

—El señor tenía negocios que atender con los arrendatarios esta mañana. Parece que le está llevando más tiempo de lo previsto.

A pesar de la rapidez de su respuesta, Anne tuvo la sensación de que había dudado en hacerlo.

Ella inclinó la cabeza.

—Sí —dijo, en tono agradable—, eso debe ser.

—¿Le digo que quiere verle, milady?

—No, gracias, Duffy. No es necesario.

—Que tenga buen día entonces, señora.

Anne respiró hondo.

—Tú también, Duffy.

No podía culparle por lo que hacía su señor. Pero no estaba bien que tuviera que ser él quien le disculpase. Aunque era mucho mejor que esperar que lo hiciera Simon.

Sintió un nudo en el estómago al darse cuenta de que todo ese tiempo había estado jugando con su anillo de bodas en el regazo, una y otra vez. De repente, le resultó insoportablemente pesado.

Tal vez era mejor que se hubiese ido, pensó Anne. Si hubiese estado allí, estaba segura de que lo hubiese estrangulado. Por ella, podía morirse de hambre si quería. De hecho, estaba de tan mal humor que hasta pensó que sería estupendo que pasara.

Mientras leía en el salón oyó pasos de botas en la entrada. Era él, reconoció su forma de andar. Entonces los pasos se detuvieron. Oyó su voz de barítono y la voz femenina del ama de llaves. No podía entender lo que decían. Levantando la cabeza, miró hacia la puerta, conteniendo la respiración mientras esperaba verle aparecer.

¡Ah, pero cómo podía pensar algo así! Sus pasos se alejaron en vez de acercarse. Se había ido o a su despacho o a su habitación. ¡Era una estúpida por pensar que vendría a buscarla!

Su abandono —no, su visceral rechazo hacia ella— le dolía profundamente. Se dijo amargamente que no tenía sentido que se preocupara por él, cuando él no parecía preocuparse por ella lo más mínimo.

Se puso en pie de un salto. Necesitaba tomar aire. Necesitaba salir. Dios, si se quedaba en esa casa un minuto más, estaba segura de que se ahogaría. Abriendo de par en par las puertas de la terraza, salió al exterior.

Justo en ese momento dejaba de llover. Un sol acuoso empezó a asomar entre las nubes. Anne caminó rodeando la casa, sin dirigir sus pasos a ningún sitio en particular.

Había un huerto justo en el flanco sur de la casa, rodeado por una pared baja de piedra en tres de sus cuatro lados. Se vio sin saber por qué siguiendo el sendero. Un pájaro salió volando de un matorral, cogiéndola por sorpresa.

Anne miró a su alrededor. Los grillos habían reanudado su canto. Una mariposa revoloteaba aquí y allá. Notó el zumbido de una abeja en el oído. Sonrió. La primera sonrisa verdadera en lo que llevaba de día. Las gotas de lluvia brillaban como diamantes por todos lados. El aire era pesado y húmedo, cargado con los olores a humedad, tierra mojada y una rica mezcla de fragancias campestres. El musgo y los helechos crecían a la sombra de la pared norte, aún mojada por la lluvia que acababa de caer.

Al otro lado había una fila zigzagueante de rosales.

Anne nunca había sido una admiradora de los jardines sofisticados y planificados por la mano del hombre. Ella veía la belleza en el orden de la naturaleza, en la caída cíclica de las hojas de los árboles, en el sueño reparador del invierno, y en los brotes frescos que daba la tierra en primavera.

Pero en este caso la Madre Tierra se había comportado de una manera un tanto retorcida, casi lastimosa, porque de otro modo este jardín hubiese sido un lugar encantador, un lugar lleno de paz en el que disfrutar del sol. Se fijó en las rosas. En el centro había tres matas con capullos de blanco cremoso y pálido. Aunque eran preciosos, se veían un tanto solitarios allí alejados de todas las demás flores. En cuanto a las otras, tenían las ramas partidas y enredadas unas con otras, como si estuvieran en medio de una batalla.

Anne se puso un dedo en la barbilla y trató de concentrarse. Estaría mucho mejor, reflexionó, si esos tres rosales blancos fueran intercalados con los rosales rojo intenso.

Se debería contratar a un jardinero, pensó. ¿Por qué no le sorprendía que no lo hubiese?

Sólo le llevó un minuto decidirse. ¿Por qué esperar a un jardinero? Es más, ¿por qué tenía ella que esperar a nada?

Volvió a casa precipitadamente y pidió prestado un delantal y unos guantes a una criada de la cocina. En el camino de vuelta, se detuvo en el cobertizo del jardín que había detrás de la pared y sacó una pequeña pala y un cubo; después se adentró enérgicamente en el jardín una vez más.

Duffy se encontró a su nueva señora justo cuando salía de la cocina.

—¡Milady! —Tuvo que reprimir un gesto de sorpresa. Con la pala apoyada en el vestido, el sombrero torcido, parecía tan joven y viva, que casi se le paró el corazón. Y a juzgar por su alegre sonrisa, su humor había mejorado bastante desde el almuerzo.

—¡Ah, hola, Duffy!

—Milady, el señor ha vuelto. ¿Le digo que quería verle?

Ella arrugó la nariz.

—Mejor no —dijo.

Él la miró fijamente.

—¿Milady?

—No es necesario, Duffy. Estaré ocupada con otra cosa un rato. Sin embargo, si desea saber dónde estoy, dile que estoy en el jardín.

—¿El jardín?

—Sí —contestó ella alegremente—. ¿Lo has visto últimamente? Necesita urgentemente que alguien se ocupe de él, ¿sabes?

Duffy tragó saliva.

—Milady, quizá debería...

—Sé lo que estás pensando, Duffy, y te lo agradezco. Pero no necesito ayuda. De verdad. Soy perfectamente capaz de mover unos cuantos rosales yo sola. La tierra es bastante blanda, sobre todo después de la lluvia que ha caído —se rio ligeramente—. ¡Sigue con lo tuyo, anda, que yo seguiré con lo mío!

Duffy la miró con los ojos muy abiertos mientras se alejaba. «No —pensó—, ay, no...»

Apesadumbrado, caminó hacia el despacho de su señor. Tocó ligeramente la puerta, y después entró.

—¿Señor?

El señor levantó los ojos de la mesa.

—¿Sí?

Duffy dudó. No le gustaba tener que ir con el cuento. Mucho menos si se trataba de cuentos que afectaban a la nueva señora de Rosewood. Ella le gustaba... vaya, había incluso llegado a quererla, porque en poco tiempo había conseguido traer la luz y la calidez a un lugar que solo había visto sombras y oscuridad durante demasiado tiempo...

Ojalá su señor pudiera verlo de la misma manera. ¡Ojalá se permitiera a sí mismo verla!

Pero no le correspondía a él hacer esos juicios. ¡Y diantres, no le quedaba otro remedio que hacer lo que estaba a punto de hacer!

—Es la señora, señor. Ella...

—¿Ella qué? Habla, hombre.

—Está en el jardín, señor —tragó saliva—. Allí. —Señaló por la ventana.

Los ojos del señor siguieron su dedo, hasta ver a una figura que correteaba alegremente por el sendero.

—Ella... dijo... dijo algo acerca de... mover los rosales, señor.

El señor estaba ya de pie y rodeando la mesa de su escritorio. Una maldición devastadora salió de sus labios.

Duffy hundió los hombros. No se sentía en absoluto orgulloso de lo que acababa de hacer. Era un traidor. Y sólo podía esperar que su nueva señora le perdonase...

Y lo entendiese.

Y

—¿Qué demonios estás haciendo?

Anne dio un brinco al oír la voz a sus espaldas. Resonó en cada poro de su cuerpo, como si fuera uno de los truenos que habían rugido en el cielo el día anterior.

Respiró. Una respiración tranquila y profunda. Después se apartó un mechón de cabello que le caía por la ceja y miró a su marido.

¿Qué diablos estaba haciendo *él*?, pensó enfadada. Parecía un loco, tan siniestro como la tormenta pasada. Colocando las tijeras de podar junto al rosal más grande, se echó hacia atrás, en cuclillas. No podía perder los nervios. No lo haría.

—Pensé que resultaría obvio —le dijo fríamente—. Estoy limpiando el jardín. —Se limpió las manos—. Creo que este rosal está mejor allí —señaló—. El blanco se ve mucho más bonito en contraste con el rojo. Además, míralo... ha crecido tanto que parece...

—No lo cortes. No lo muevas. No lo toques.

Unas manos fuertes la cogieron por los hombros y tiraron de ella hacia arriba.

Anne se deshizo de él.

—¿Qué? —gritó, furiosa—. ¡Déjame, Simon! Estoy harta de tus normas. Harta de tus cambios de humor. No vayas allí. No vayas allá... Estoy harta de que me digas dónde puedo ir y dónde no. No dejaré que me digas lo que puedo o no puedo hacer.

Él la miró con unos ojos que echaban chispas.

—Escúchame, Anne. No vas a cortar esos rosales. No vas ni a moverlos ni a tocarlos.

Sus palabras avivaron aún más su enfado, era como si fuera a salir ardiendo.

—¿Y por qué no? —gritó—. ¿Por qué no puedo moverlo? ¿Por qué no puedo tocarlo o cualquier otra cosa que vaya a ocurrírsete ahora?

Él la miró con una expresión de profunda intensidad.

—Porque mi mujer está enterrada ahí. Mi mujer... y mis hijos.

Capítulo doce

Si no hubiese encendido nunca la vela...

Simon Blackwell

*F*ue como si le clavaran una astilla en el pecho. Afligida, rota por dentro, Anne estuvo a punto de caerse bajo el ataque violento de su mirada.

Sus palabras la habían dejado fría. El suelo parecía hundirse bajo sus pies. No podía pensar con claridad, las dudas subían y después bajaban como las corrientes marinas. No, pensó. No era cierto. No podía haber oído lo que creía que había oído.

El momento de debilidad pasó. Levantó la barbilla y le clavó una de sus miradas más devastadoras.

—Creo que has perdido el juicio. Yo soy tu mujer, Simon, yo soy tu esposa. Por mucho que te disguste. Por mucho que no lo desees...

Su voz se quebró, porque vio que él no decía nada. Se limitó a quedarse allí de pie, con una expresión contraída en el rostro. Hasta el aire que había entre ellos parecía zumbar.

Entonces él movió los ojos. Algo corrió por su cara. Algo que hizo que la de ella se quedara blanca. Anne buscó en su cerebro, como si pudiera rescatar lo que acababa de oír. Su mente aún se rebelaba, pero su corazón...

Levantó los ojos y se enfrentó a los de él. Le miró fijamente, hasta que su vista se hizo borrosa y las lágrimas humedecieron sus ojos. En las entrañas sólo sentía un fuerte nudo de dolor.

—Dios mío —dijo, con una voz medio ahogada. Se puso los dedos temblorosos sobre la boca—. ¡Dios mío! ¿Quieres decir que...?

—Sí. ¡Sí!

Se le quedó la mente en blanco. Era más de lo que podía comprender. No podía moverse, ni siquiera podía respirar. Dolida por su aspereza, trató de reaccionar.

—Maldito seas —dijo en voz baja—. ¡Maldito seas!

Una vergüenza ardiente la inundó; en lo más profundo de su ser la rabia le quemaba. Reaccionó sin pensar, ya nada le importaba. Levantó la mano y le dio una bofetada. Le abofeteó tan fuerte como pudo, deleitándose con el dolor que sintió en la mano al tocarle la mejilla, deleitándose al ver la huella blanca que dejaba en su piel.

Él apretó los labios, pero no dijo nada.

—¿Lo sabe Alec?

—Sí. —Su tono era cortante.

—¿Se lo dijiste a mi hermano y a mí no? —le parecía increíble, ¡quería pegarle otra vez!

Era como si le hubiesen cubierto los ojos con una tela negra. No revelaban nada de lo que contenían sus pensamientos.

—Le dije que yo me ocuparía. Sentía que era algo que debías saber por mí.

—¡Dime! ¿Y cuándo exactamente planeabas decírmelo?

La vergüenza le subía a oleadas rojas por el cuello.

Anne quería morirse, era como si todo su cuerpo fuera a colapsarse de repente.

—¿Por eso me aíslas? ¿Por eso me odias?

—No seas absurda.

Una risa casi histérica brotó de su garganta.

—¡Bastardo! —gritó—. ¿Cuándo murieron?

Hubo un silencio, un silencio que parecía no iba a terminar nunca.

—Hace cinco años —dijo por fin.

—¿Cómo? —Sacudió la cabeza—. ¿Estaban enfermos?

Se le había tensado el músculo de la mejilla.

—No.

—Entonces, ¿cómo?

—Responderé a todas tus preguntas, Anne. Pero no aquí. No ahora.

Ella podía sentir la negrura de su ánimo, la negrura de su corazón. No le importaba. La ira cegaba cualquier otra consideración.

—¡No! —dijo ella fuera de sí—. Merezco saberlo. Tengo el derecho de saber...

—¿Qué tengo que hacer, Anne? ¿Pedírtelo? ¿Suplicártelo? —Extendió las manos ante ella—. Lo haré. En realidad, creo que debo hacerlo. ¡Te lo suplico, ahora no! —No esperó a que le respondiera y se fue.

Grabó en su cabeza la amplitud cuadrada de sus hombros, las líneas rígidas de su espalda. Para entonces ya había llegado al borde del jardín.

Anne estaba paralizada. Una furia incontrolable le impedía moverse. «Maldito seas», pensó. ¡Al infierno con él!

—¡Simon! —Fue casi un grito—. ¡Simon!

Si la oyó, no dio señales de ello. Las líneas de su espalda no se movieron. Hizo lo que estaba tan acostumbrado a hacer.

Salir huyendo.

Anne no quiso bajar a cenar. Audrey, la criada, le trajo una bandeja con la comida pero ella no quiso probarla. Pensar en comida le daba ganas de vomitar.

Un poco después alguien llamó a la puerta. Hizo como si no lo hubiese oído.

La puerta se abrió de par en par y Simon entró en la habitación.

Anne se acurrucó en el asiento de la ventana, con las rodillas pegadas al pecho. Fuera había empezado a lloviznar.

Al ver que era él, contrajo los labios. Apartó la cara a propósito.

—Vete —le dijo fríamente.

Pero no lo hizo. Podía oír sus blandas pisadas en la alfombra.

Le miró con los ojos encendidos.

—¿No me has oído? No te quiero aquí. ¡Estoy segura de que entiendes cuándo alguien quiere estar solo! —Sintió cierta satisfacción al poder devolverle sus propias palabras. Ah, pero no era sino pura y simple bravuconería. Por dentro, la entereza de Anne pendía de un hilo.

Él se detuvo frente a ella.

—Está bien —anunció Anne—. Parece que tendré que irme

a algún otro sitio. —Se cogió la falda y puso las piernas en el suelo.

Simon la observó.

—Anne, sé que tú...

—¡No! —exclamó—. No lo sabes. ¡No sabes nada! ¡No sabes nada de mí! ¡Ni lo que pienso, ni lo que quiero, ni lo que siento! No sabes cuál es mi color favorito, ni si prefiero té o café...

—Té. Dos terrones de azúcar y una cucharada generosa de crema.

Estaba tan indignada, tan fuera de sí... tenía la piel cada vez más roja. Y de alguna forma, Simon no podía hacer nada para tranquilizarla. Sabía que no podía.

Un lado de su boca se curvó en un asomo de sonrisa.

—¡Vamos, no te atrevas a reírte de mí!

—Es tu sangre escocesa, Anne.

Ella se dispuso a tirarle un cojín. Pero Simon fue más rápido y le cogió los hombros con las manos.

Trató de deshacerse de él, pero no la dejó. Anne siempre estaba en movimiento. En un cambio continuo. Tan apasionada. Tan llena de vida. Como el color de sus ojos, pensó, que cambiaban con la luz, con su estado de ánimo. Era tan condenadamente expresiva. Demasiado...

Era incapaz de esconder lo que pensaba, lo que sentía. Su angustia brotó desnuda y nítida, sus ojos se oscurecieron y brillaron llenos de lágrimas.

—Anne —le dijo suavemente—. Anne.

Ella rompió a llorar.

Tanta desolación le partía en dos. Verla así le conmovía profundamente. Sentía una emoción innombrable. No le hubiese dado la espalda aunque el mundo entero hubiese dejado de girar en ese mismo instante. Y no lo hizo. La rodeó con sus brazos y la atrajo hacia él. Sostuvo con fuerza su frágil cuerpo, colocándole la cabeza bajo su barbilla, y dejó que sus lágrimas le mojasen el hueco de la garganta.

¿Qué podía decirle? ¿Cómo podía explicárselo? Se merecía su cólera, no su comprensión. Se merecía su rabia, no su compasión. Las palabras habían salido de su boca sin pensar, antes de que pudiera detenerlas.

Nunca debió saber lo de Ellie y los niños de esa forma. Sólo él tenía la culpa. ¡Señor, qué estúpido había sido!

Mantuvo la boca sobre la piel suave de su sien. Ella le había puesto las manos en el pecho. Recostándose en él. Simon se preguntó si se daría cuenta de esto.

—Pérdoname, Anne. Nunca debí decir lo que dije.

Él bajó la cabeza, recorriendo la cara de ella con los ojos. Las lágrimas mojaban la punta de sus pestañas.

Enmarcándole el rostro con las manos, le secó las mejillas con el dedo gordo y después le rozó el labio superior de la boca.

Después la atrajo contra su pecho una vez más.

—Dios, he sido un zopenco —murmuró.

—Una observación bastante acertada. —Su voz sonó amortiguada contra la camisa de él.

Simon supo el momento exacto en el que ella había recuperado el control. Sintió su respiración profunda y entrecortada. Sus pechos suaves y voluminosos rozándole el pecho cuando inhalaba y exhalaba. Se le comprimió el estómago. Trató de pensar en otra cosa, porque ése era un terreno peligroso en el que no quería adentrarse: ni con su mente, ¡ni con sus manos!

Lentamente, Anne echó la cabeza hacia atrás. Sus ojos se encontraron.

—Simon —dijo, con un ligero temblor en la voz—, te juro que no quería hacerte daño. Pero hay tanto que no entiendo, tanto que no sé. Tanto que necesito saber. —Dudó, y después le puso la mano en el antebrazo—. Tu mujer, Simon. —Sacudió ligeramente la cabeza—. Yo... ni siquiera sé cuál es su nombre.

Simon se quedó en silencio. Sus ojos buscaron los de él, grandes y líquidos, con una mirada inamovible. Él reconoció lo que significaba: era una súplica.

Fijó los ojos en la mano pequeña y blanca que le sujetaba la manga de la camisa, y después volvió a mirarle a la cara. Una sensación vaga de irrealidad le invadió, una desolación insoportable. Con gran suavidad, se soltó de ella y se fue hasta la ventana, donde miró al exterior a través de la fina cortina de lluvia.

No se dio la vuelta.

—Eleanor —dijo por fin—. Yo la llamaba Ellie.

Sintió la cercanía de Anne incluso antes de que la viese acercarse con el rabillo del ojo. Se colocó de pie a la izquierda, a menos de un paso de distancia de él.

—¿Y tus hijos? ¿Eran dos?

El tiple de su voz era muy bajo.

—Joshua era el mayor. Tenía cuatro años.

—¿Y el pequeño?

La emoción era cada vez mayor. Luchó a medias contra ese sentimiento, pero pronto se rindió, sabiendo que era una batalla perdida de antemano.

Levantó la mano y la puso sobre la ventana. Lentamente, separó los dedos contra el cristal nebuloso.

El retazo triste y doloroso de una sonrisa tocó sus labios.

—Jack —dijo suavemente—. Se llamaba Jack.

Anne le miró fijamente. Una sospecha empezó a tomar forma en su mente. Ahogó un gemido. Ah, pero ahora empezaba a entenderlo todo. Todo empezaba a encajar...

Anne no tuvo consciencia de sus movimientos. Un momento estaba detrás de él, y al siguiente junto a él. Quería tocarle, pero por algún motivo no se atrevía.

—Cuéntame lo que pasó —le dijo en voz baja.

El silencio lo inundó todo. Durante un buen rato, se quedó sin decir nada. Sus ojos pasaban rozando los de ella y después miraban hacia otro lado.

—El día que llegaste —dijo—, ¿recuerdas las páginas del manuscrito que encontraste en la biblioteca?

¡Cómo si pudiera olvidarlo!

—¿Eres un coleccionista?

—Lo era —le corrigió—. Desde pequeño, mis padres me inculcaron el amor por todo lo escrito. A la edad de siete años, mi padre me dio mi primer diario. Escribía en él todos los días. Con bastante fidelidad, para ser un niño. Mi padre tenía una pequeña colección, yo empecé la mía un año después, cuando mi madre me regaló un diario escrito por un general en la guerra contra las colonias. A los veinte años, mi colección era bastante extensa. Prosa, poesía, libros en latín, griego, anglosajón. Era bastante variada, en verdad: cartas, sermones de un vicario, memorias, incluso un libro de conjuros mágicos. Me apasionaba. Para mí, eran retazos de la historia, una oportunidad de saber cómo eran, cuáles eran las personalidades y las actitudes de nuestros predecesores y del mundo en el que vivieron. Era una pasión que esperaba inculcar a mis hijos.

Había una mirada ausente en sus ojos. Era casi como si pudiera verle adentrarse en las páginas del tiempo.

—Estaba claro que Joshua sería un día el más estudioso de los chicos. En su escritorio tenía un libro de rimas. Cada noche, cuando se metía en la cama, insistía en que Ellie o yo se lo leyésemos. No se dormía hasta que no lo hacíamos.

Ellie. Era evidente que la había amado profundamente. Había una resonancia, una ternura en la manera en la que pronunciaba su nombre...

—Joshua recitaba todas y cada una de las rimas de memoria. Había incluso empezado a leer un poco... y acababa sólo de cumplir cuatro años.

—¿Y Jack? ¿Cómo era?

Hubo un momento de silencio. Algo doloroso corrió por sus facciones, algo que hizo que su garganta se contrajera.

—Jack era un año más pequeño que Joshua —dijo Simon lentamente—. Era... ah, ¡no quiero parecer el típico padre! Pero Jack era el niño más feliz de la tierra. Raramente lloraba, ni siquiera cuando era un bebé. Y Ellie siempre decía que no sonreía, sino que brillaba como el sol. ¡Lo juro, así era! Siempre estaba moviéndose, siempre explorando. —Hizo una pausa, y después dijo en voz baja—: Eran unos niños maravillosos.

—Puedo imaginármelo —murmuró Anne. En su mente apareció la imagen de una familia unida, feliz y llena de vida, justo como la suya. Y no pudo evitar pensar en Caro y John, en Jack e Izzie.

—Habías mencionado lo de tu colección —dijo ella.

Él asintió.

—Acababa de comprar las últimas páginas de un manuscrito ilustrado, un libro de cánticos del siglo XIV. Llevaba detrás de él desde hacía varios años. Incluso viajé a Irlanda, al monasterio donde estaba guardado completo. La obra era la mejor de todo lo que hasta ahora formaba mi colección. Fuimos al pueblo a conseguirlo... el vicario lo había recogido en mi nombre cuando estuvo en Londres. Recuerdo sostener las páginas en mi mano, deleitado por mi buena suerte. El papiro era tan frágil, y aun así los colores se mantenían tan brillantes. Tenía cientos de años, y era mío, lo más valioso (y costoso) de todo lo que había adquirido hasta entonces.

»Mi intención era esperar hasta el día siguiente para cogerlo. Pero no pude. Estaba tan ansioso por verlo, que salimos de casa por la tarde. Nos quedamos a cenar con el vicario, así que era casi de noche cuando salimos de nuevo para Rosewood. Ellie quería coger la calesa, porque era uno de los días más calurosos de primavera, y así lo hicimos. Iba riéndose cuando dejamos la iglesia. Ella tenía la risa más maravillosa del mundo, plena, pura y dulce. «Imagino que debes sentirte muy satisfecho», me dijo.

»Y así era. Era un día inolvidable. La vida era maravillosa. Más que maravillosa, pensaba yo. Dios nos había bendecido con dos hijos hasta el momento, niños fuertes que yo criaría para que se hicieran grandes y sanos, y buenas personas. Estaba extasiado con mi adquisición; mis preciosas páginas iban bien guardadas en una cartera bajo el asiento de la calesa. El tiempo era divino. Ah, había algunas nubes cuando dejamos el pueblo. Pero nada de lo que preocuparse, me dije a mí mismo.

La lluvia chocaba contra los cristales de la ventana. Los ojos de Simon estaban fijos en algún punto lejano. Anne era consciente de la respiración larga y profunda de Simon.

—Íbamos por el camino que asciende desde el pueblo. Empezaron a oírse algunos truenos que provenían del norte. Azucé a los caballos para que fueran un poco más rápidos. En lo alto de la colina, Ellie vio mi cara de preocupación. No quería preocuparla. Le aseguré que estaríamos en casa antes de que la tormenta nos alcanzara.

—¿Pero no fue así? —adivinó Anne.

—No —dijo él en voz muy baja—. Se acercaba a una velocidad trepidante. Ellie congregó a los chicos junto a ella. Se puso a cantarles para que no tuvieran miedo. El sol —sacudió la cabeza— pareció desvanecerse en un segundo. Las nubes se acercaban... ¡muy rápido! Ellie y los chicos temblaban. Un viento helador empezó a soplar. Para entonces íbamos ya al galope, tratando de escapar de la tormenta y del viento. El banco de nubes cambió de dirección y se puso directamente sobre nuestras cabezas. Hubo un gran relámpago. Ellie dio un brinco. Joshua lo vio. Se puso muy nervioso. Y Jack... Aunque era el más pequeño, no tenía miedo. Ni siquiera estaba asustado.

Al escucharle, al saber que todos habían muerto, Anne sintió un dolor en el pecho.

Simon continuó.

—La tormenta parecía venir de todos lados. El cielo se había vuelto de un color plomizo, como si estuviera enfermo. Había visto cielos así antes. Había visto tormentas como ésa antes, unas tormentas horribles. Quería que Ellie y los niños estuvieran a salvo, así que nos detuvimos en la casa de los carruajes.

A Anne se le pusieron los pelos de punta.

—El viento zarandeaba las puertas, por lo que nos costó mucho conseguir incluso que Ellie y los chicos entraran. Cuando lo conseguimos, Jack salió disparado y se escondió debajo de un carromato. Yo me enfadé. Cuando lo cogí, le reprendí bastante severamente y le dije que no era ningún juego. Pude ver su cara avergonzada mientras subíamos las escaleras que llevaban al altillo. Pero así era Jack, siempre moviéndose, incapaz de estarse quieto. El altillo estaba sucio y lleno de polvo, pero había una mesa y sillas donde poder sentarnos y esperar a que pasara la tormenta.

»Había cogido la cartera antes de salir de la calesa. Los postigos estaban cerrados, por lo que todo estaba bastante a oscuras. Encendí una vela y la puse en la mesa, cerca de la cartera. Justo en ese momento hubo un estruendo tremendo de truenos. El suelo se tambaleó por un momento a nuestros pies. Joshua empezó a llorar. Ellie trató de consolarle. «No llores, cariño», le dijo. Yo le despeiné el pelo y bromeé con él. «Los ángeles del cielo están montando un poco de jaleo», le dije.

Una sombra pareció cernirse sobre Simon entonces.

—Miré por encima del hombro. Vi que Jack había cogido la cartera. Era un diablillo, siempre inventando trastadas... Se sentó en el suelo, entretenido en sacar las páginas doradas del manuscrito, una detrás de otra. Volví a reñirle, pero Jack tomaba sus propias decisiones. No me hizo caso. Me acerqué a él y por fin dejó caer la cartera. Más páginas salieron de ella y se extendieron a sus pies. Entonces perdí la paciencia. Le... le grité, creo. Recuerdo que Ellie me miró, sin creérselo. Él se puso en pie, sujetándose al borde de la mesa para levantarse. Y entonces...

Anne contuvo la respiración.

—La vela cayó al suelo. Jack me miró, asustado. Yo... yo le volví a gritar. No estoy seguro. Y entonces vi el manuscrito... las páginas estaban aún en el suelo, y habían prendido fuego. Entonces la puerta se abrió de par en par. Era Duffy. Nos había visto y había venido a ayudar con los caballos. Pero la tormenta los había espantado y se habían ido.

Se quedó en silencio.

—Aún sujetaba a Jack —dijo por fin Simon—. Rodeando la mesa, lo senté en la silla junto a Ellie. «No te muevas», le dije muy serio... demasiado serio, ya que tenía la mente puesta en el manuscrito y en que no quería que lo volviese a tocar. No quería que lo estropease. Había rabia en mis ojos... en mi voz... «No te muevas hasta que yo vuelva», le dije.

Simon cerró los ojos un momento, como si tratase de reconstruir el pasado. Miró el hombro de Anne, y en sus ojos había tanta desesperación que a ella le dieron ganas de llorar.

—Pude ver el dolor en su carita. Le temblaban los labios. «Papá», lloró, levantando los brazos hacia mí. «Papá».

—«¡Quédate quieto!», le dije. «¡Quédate quieto y no te muevas!», le estaba gritando, creo. —Simon se pasó la mano por el pelo—. Jack empezó a llorar. No me importó. Estaba demasiado furioso con él.

Anne le miró a la cara. Había una horrible tensión que le recorría el cuerpo. ¡Cómo le hubiese gustado tocarle, rodearle con los brazos y quitarle tanto dolor! Pero algo se lo impedía.

—Duffy y yo llegamos a lo alto de la colina. De repente me detuve. Nun... nunca sabré por qué. Pero de repente tuve un extraño presentimiento. Pasó de una forma muy rara... Tantas imágenes. Tantos sonidos. El avance de los caballos, el sonido de mi respiración golpeándome en los oídos, el trueno... Me di la vuelta y miré a la casa de carruajes. Y entonces lo vi...

Anne sintió que se le secaba la garganta. Sólo podía mirarle. Se le había quedado el cuerpo frío. Una sensación de horrible impotencia se había apoderado de ella. No. No era posible...

—Algo golpeó el tejado. Recuerdo que me quedé mirándolo como un estúpido. Pensé que era niebla. —Hablaba en voz muy baja, por lo que Anne tuvo que hacer un esfuerzo para oírle—. No me di cuenta de que era humo hasta que no vi las llamas saliendo por las ventanas.

El control riguroso que hasta ahora había mostrado sobre sus sentimientos pareció derrumbarse.

Anne estaba asomándose a un pequeño pedazo de su pasado. Pero le dolía verle así. Le dolía escucharle. Tenía los ojos tan llenos de lágrimas que apenas podía verle.

—Corrí... corrí como un loco, pero no había rastro de Ellie y de los niños. Nunca olvidaré... cuando empezó a llover. No era suficiente. Y era demasiado tarde. —Su voz se hizo ronca—. No podía abrir la puerta. Lo intenté, pero... me di cuenta entonces de que Ellie y los chicos estaban atrapados. Atrapados e impotentes...

En la ventana, Anne podía ver el reflejo de su rostro. Demacrado. Cansado. Había tanta rabia contenida...

Tanta angustia...

—¡Tenía que haberme pasado a mí y no a ellos! —Golpeó la pared con la mano—. Por fin conseguí abrir la puerta... Pero no podía ver nada. Había demasiado humo, y entonces algo me golpeó. Una parte del techo, creo. Me hizo caer al suelo, pero me levanté. Seguí gritando. Llamaba a Ellie, a Joshua, a Jack. —Mirando una vez más a Anne, respiró profundamente—. Te juro que podía oírles. ¡Te juro que era así! Pero... no pude llegar hasta ellos. No pude salvarles.

Su expresión le partía el corazón. Podía escuchar el tormento en el que vivía con cada una de las palabras que pronunciaba.

—Nunca podré perdonármelo. Les fallé. A Ellie y a Joshua. A Jack. ¡Ay, Dios mío! Jack... nunca lo olvidaré... La última vez que le vi estaba llorando. Extendiendo sus bracitos hacia mí. ¡Cómo pude ser tan insensible! Le hice llorar. Hice que mi hijo llorara. Y Jack nunca lloraba. Nunca lloraba...

Hubo un silencio desgarrador. Y después susurró:

—Ojalá no hubiese encendido nunca esa vela... Ojalá no hubiese encendido nunca esa vela.

Capítulo trece

Las noches siguen persiguiéndome. Ahora más que nunca.

SIMON BLACKWELL

*S*e le habían contraído los músculos de la garganta, por lo que apenas podía hablar. Tenía el corazón desgarrado. Anne no se detuvo a pensar. No quiso detenerse a considerar las cosas. Sencillamente, hizo todo lo que el cuerpo le pedía. Le rodeó la cintura con los brazos y se pegó a él.

—Lo siento, Simon. Lo siento tanto...

¡Las palabras parecían tan fuera de lugar! Pero no sabía qué otra cosa podía decir.

Ese gesto le cogió por sorpresa. Anne lo supo al notar su rigidez. Bajó la cabeza y la miró.

Había tanta dulzura en su mirada que pensó iba a derretirse. Estaba a punto de romper a llorar. No podía decir nada.

Simon susurró su nombre. La abrazó, con una lentitud que era casi dolorosa.

—Estoy bien, Anne.

Pero no lo estaba. Esa lejana noche seguía persiguiéndole. Nunca le dejaba tranquilo, ni un solo momento. Estaba en su piel, un dolor que le pinchaba continuamente, todos los días, a todas horas. Anne podía sentir su dolor. Le resultaba insoportable. Y si ella no podía soportarlo, ¿cómo iba a hacerlo él? ¿Cómo?

Pero, ¡ah!... que él tratase de consolarla... Eso podía hacer que empezase a llorar de nuevo.

De repente entendió lo que no había entendido antes.

El día en Hyde Park, cuando ella y Caro paseaban con Izzie y Jack... el día en el que se conocieron, la forma en que la riñó después de salvar a Jack.

El que no quisiera coger a Jack esa misma noche, esa sensación de que ocurría algo que no sabía muy bien cómo definir.

Esa actitud de dejadez hacia Rosewood. El desastre de la biblioteca, su prohibición de tocarla.

Su enfado el día anterior cuando había desatendido sus deseos y se había aventurado en la tormenta. La expresión de su cara cuando la vio, una expresión que ella reconoció como un pánico ciego y profundo.

Ella no había entendido nada de esto. No le había entendido a él.

Pero ahora sí.

Cuando Ellie, Joshua y Jack murieron, las páginas de su vida dejaron de pasar. Simon se había encerrado en sí mismo, había intentando alejarse del dolor.

Ah, ¡pero que equivocada había estado todo este tiempo! Simon no era una persona fría como ella había pensado. No era alguien sin sentimientos. Sencillamente, era un hombre con una carga demasiado pesada sobre sus hombros.

Caro pensó que era una persona solitaria.

Pero ya no tenía por qué estar solo nunca más. Ahora la tenía a ella... tanto si lo sabía como si no... Tanto si lo quería como si no.

Incluso aunque fuera sólo por un año.

Cerrando mucho los ojos, apretó la mejilla contra el suave lino de su camisa. Tenía un nudo enorme en la garganta. No hubiese podido articular palabra aunque hubiese querido. Y de repente, su cercanía tuvo un efecto inesperado. Notó un temblor que le atravesaba el cuerpo. No estaba preparada para el deseo acuciante que la invadió; se apoderó de ella como si fuera una tormenta, tan intensa que por un momento no pudo respirar. Y cuando pudo, su respiración fue desesperada, precipitada.

El pulso empezó a latirle con fuerza. ¿Podía Simon oírlo? ¿Lo sabía?

Si era así, no dio señales de ello. Él seguía inmóvil. Se limitaba a abrazarla... algo que en ese momento le resultó más doloroso que placentero.

Contuvo una punzada cuando por fin él la soltó, ¿por qué

tenía que soltarla? Le deseaba. Se hubiese quedado así para siempre, atrapada en la cálida protección de su abrazo. Quería desesperadamente que él la abrazase una vez más. Esta vez con fervor y fuego, con pasión y promesas...

Ah, pero era absurdo desear cosas que no podía tener. Tan absurdo como pedir deseos a las estrellas.

Luchando por acallar el clamor de su corazón, Anne dejó escapar un suspiro. Le llevó un momento darse cuenta de que Simon tenía los ojos fijos en ella. Se le secó la boca al devolverle, impotente, la mirada.

Con una mano, le rozó la mejilla, una caricia tan increíblemente tierna que se le hizo un nudo en el estómago.

—¿Estás bien?

Anne sintió que iba a ponerse a temblar.

Él había empezado a separarse, pero Anne respiró hondo.

—Espera —dijo.

Él la miró sin comprender.

Ella le agarró las manos, agradecida de que la poca luz escondiese el rubor de sus mejillas. Por dentro era un manojo de nervios.

—Las condiciones de nuestro matrimonio están bien definidas —dijo, con un hilo de voz—. Entiendo que no me quieres en tu cama. Entiendo que no me quieras como... madre de tus hijos. Pero debemos vivir juntos durante el próximo año, Simon. Y... no tenemos por qué ser enemigos.

No sabía lo que iba a decir hasta que lo hizo. Ahora, bueno, no se arrepentía.

Hubo un momento de silencio.

—Nunca fue mi intención hacerte sentir mal aquí, Anne. Pero es así como te has sentido, ¿verdad?

Ahora fue Anne la que dudó. Podía sentir el peso de su mirada.

—Sí —dijo él lentamente—. Puedo ver que así es.

—Ha sido difícil —admitió ella.

Una especie de sonrisa se dibujó en los labios de Simon.

—No tienes que fingir, Anne. He sido una persona difícil. En realidad, bastante insoportable, ¿no es cierto?

Anne no sabía qué decir.

La sonrisa de él se desvaneció.

—Me gustaría —parecía estar eligiendo las palabras con mucho cuidado— que me perdonases.

Ah, Dios. ¡Dios! ¿Cómo no iba a hacerlo?

—Yo... claro, por supuesto. —Se sintió de repente muy torpe.

—Trataré de hacerlo mejor, te lo prometo. Pero tú debes prometerme algo también.

Anne parpadeó.

—Si soy insoportable, tendrás que decírmelo.

Anne se mordió el labio.

—Simon...

Él arqueó las cejas de forma apenas imperceptible.

—Muy bien —las palabras se precipitaron—, te lo prometo.

—Estupendo —murmuró él.

Y entonces la sorprendió, porque siempre hubiese pensado que iba a marcharse.

En vez de hacerlo, se acercó a ella, tan cerca que tuvo que contener la respiración. Tanto este movimiento como su cercanía la cogieron desprevenida.

Le tocó la barbilla con los nudillos, y con un pequeño movimiento, le levantó la cara hacia él.

Sus ojos se encontraron irremediablemente. Algo brillaba en los de él, algo que le aceleró el corazón. Era como si le estuvieran disparando al pecho con una flecha de fuego. Por un momento, se preguntó si iba a besarla. Sólo de pensarlo, se le hacía un remolino en las entrañas.

Pero todo lo que hizo fue pasarle el pulgar por el labio. ¿Se sintió aliviada? ¿O desilusionada?

Después esa sensación desapareció, tan repentinamente como había aparecido.

—Buenas noches, Anne —inclinándose, le dio un ligero beso en la frente, como un soplo de aire—. Que duermas bien.

El contacto fue breve, fugaz... y casto. Demasiado casto.

Lentamente, ella empezó a respirar, sin darse cuenta siquiera de que hasta entonces había dejado de hacerlo. Mucho después de que Simon se hubiese ido, ella seguía allí de pie, paralizada, tratando desesperadamente de calmar el ritmo desbocado de su pulso. Quizás era una locura. Quizás estaba loca.

Todo le daba vueltas, como el viento en el páramo. ¡Ese beso casto que le había dado no era ni por asomo el tipo de beso que hubiese querido!

Ella quería más. Mucho, muchísimo más.

Pero sabía que no se había imaginado la intensa mirada de Simon en el instante en que la tocaba. No era fruto de su fantasía. Pero ¿qué significaba? ¿Cariño? ¿Amistad? No. No. Era más que eso. Podía percibirlo en cada rincón de su mente.

Y en ese momento, Anne recobró la esperanza.

Simon no pudo evitar sentirse intranquilo esa noche. Se sentó en el despacho, haciendo girar su vaso de whisky en la mano. Era raro, pero no se avergonzaba de haberse sincerado con Anne. No es que se sintiera aliviado tampoco. Era lo que tenía que hacer, y eso era todo, no había mucho más que pensar.

No, no era esto lo que le impulsaba a beberse otro vaso de whisky. Era su conciencia. Le perseguía, le golpeaba como nunca antes lo había hecho. Le corroía por dentro. Era un sin vivir que como las ráfagas de viento iba ganando fuerza y terminaba por convertirse en una tormenta.

No le gustaba saber que se había comportado como un animal. ¡No le gustaba que su encantadora mujer pensase algo así de él! Había cambiado, pensó con pesadumbre. ¡Había cambiado más de lo que se atrevía a reconocer!

Se le había agriado el carácter. Un dolor amargo le inundó. Y pensar que él había sido una vez un hombre paciente... Tenía suerte. Suerte de que la maravillosa Anne se hubiese dignado a perdonarle.

Los minutos se convirtieron en horas. Otro vaso de whisky le quemó la garganta. Y después otro.

¿Qué era lo que tenía ella?, pensó. Sí, era muy atractiva. Pero Ellie había sido igual de guapa. Y Anne era una exaltada, casi beligerante... ¡al menos con él! Aunque tampoco podía culparla. Ocupaba toda su mente, de una manera que no le gustaba. De una manera que nunca pensó pudiera ocurrir. Nunca otra vez en su vida. Nunca otra vez en este mundo.

Levantó los ojos al cielo, una y otra vez.

La habitación de Anne estaba justo encima del despacho.

Casi al amanecer, subió por fin las escaleras tambaleándose.

Encendido por la bebida, exaltado por el deseo, se detuvo justo frente a su puerta.

Le asaltaba un deseo que no podía controlar; simplemente no podía evitarlo. Había perdido la conciencia. No le importaba. Los pensamientos vagaban por su cabeza sin control. «¿Dormiría desnuda?», se preguntó. No, Anne no. Anne llevaría puesto un fino camisón de encajes. Y si se levantase, si la luz del fuego le diese por detrás, quizá, se le transparentaría cada curva deliciosa de su cuerpo. Como si estuviese desnuda.

Rodeó con los dedos el pomo dorado de la puerta. Tenía que verla. Tenía que saberlo.

Antes de que se diera cuenta, estaba de pie junto a ella.

Mirándola. Tenía el pelo revuelto sobre la almohada, una tentación que nunca antes había creído posible. Tenía la mandíbula apretada, pero su mirada se despachó a placer, deslizándose por donde quiso. Agradeció fervientemente poder disfrutar de ese momento. Porque sabía que nadie le disuadiría. Que nadie le detendría.

Ella dormía boca arriba, con las sábanas cubriéndole el pecho. Había estado en lo cierto: no dormía desnuda. Pero el gran escote de su camisón caía hacia abajo, dejando al descubierto la forma de un hombro desnudo y sedoso.

Tenía la cabeza inclinada de tal manera que dejaba ver la delgadez de su garganta, una parte de su cuerpo que siempre le había fascinado. La necesidad de tocarla era insoportable. Simon tuvo que controlarse, porque no había nada que desease más que trazar con sus dedos la curva de sus cejas, el contorno de sus mejillas. Pero lo que más deseaba de todo era agarrar con sus dedos la tela del camisón y rasgarlo... ¡rasgarlo!, para poder verle los pechos, esos pechos redondos, pálidos y perfectos que recordaba de cuando la había desvestido la noche de la tormenta... Ah, era increíble que hubiese podido disimular tan bien. Se había dicho que tenía que hacerlo por su bien. ¡Y por el de él también! Y aunque había intentado no mirar, al final no había podido evitarlo.

Sin saber del escrutinio del que estaba siendo objeto, Anne dormía como un niño. Tenía las mejillas coloradas, los labios abiertos, las manos caídas a cada lado de la almohada, las palmas hacia arriba, con esos dedos esbeltos entrecerrados. Entonces se movió, y Simon estuvo a punto de echarse a reír, ¡aunque nunca se había sentido con menos ganas de reír que en ese momento!

Una gota de sudor frío le cayó por la frente. Incapaz de detenerse, le pasó un dedo por la línea delicada de su mandíbula, maravillado con la textura de su piel. Hizo un ligero movimiento y cogió un mechón sedoso de su pelo entre los dedos. Después se lo llevó a la boca.

Anne seguía dormida.

El tiempo se detuvo. Sus labios eran del color de las rosas, de un rosa profundo y brillante. Se inclinó hacia ella. Acercó los labios a su boca, tan cerca que podía sentir la calidez de su aliento sobre su boca. Quería tener una prueba caliente y prolongada de su boca. En realidad, quería mucho más... ¿Qué haría ella si se despertaba? Si se tumbase junto a ella y dejase que sucediese lo que tenía que suceder, ¡y mandase todo lo demás al infierno!

No se atrevía. Ella confiaba en él, al menos de forma implícita. Simon no sabía por qué, pero era así.

Su cuerpo se contrajo, su corazón se encogió. Si al menos pudiera dejar de pensar en Anne como en un ser deseable. No podía. Porque no lo era. No podía librarse de la pasión cálida que le invadía cada vez que ella se acercaba.

Aunque tampoco podía dejarse llevar por ella.

Una emoción oscura e inexplicable le sobrevino, como un manto de niebla. Anne no veía su deformidad. Él la escondía. No veía su fealdad. Ni la interior ni la exterior.

No, decidió, no podía dejarse llevar. No lo haría, se dijo con brusquedad. Podía soportar bastante, como lo había hecho antes.

Un año. Un año y se separarían. Sería más fácil así. Sería lo mejor.

Con un paso atrás, respiró profundamente. Pero por algún motivo Simon no podía olvidar la vocecita que le hablaba en su cabeza.

«No tenemos por qué ser enemigos», le decía.

¡Ah, pero todo sería más fácil si lo fueran!

Capítulo catorce

Me tienta. Acapara mis pensamientos por completo. ¡Nunca pensé que fuera posible!

SIMON BLACKWELL

Se había establecido una tregua entre los dos esa noche.

Después de aquello, las comidas dejaron de ser una fuente de tensión, un momento obligado que Anne tuviese que temer. En realidad, el tiempo que pasaba con su marido se convirtió pronto en el mejor momento del día, sobre todo las cenas. A menudo se quedaban haciendo sobremesa, Anne con un libro o cosiendo, Simon con un cigarro o un vaso de oporto. Algunas veces él le hablaba de cómo le había ido el día en el campo, de sus visitas a los arrendatarios. Poco a poco, se dejaba conocer y empezaba a compartir su vida con ella. Dejó de ser la persona formal y aburrida del principio. Anne dejó de sentirse incómoda o fuera de lugar. Un día, justo después de comer, Anne se sujetaba la barbilla con la mano mientras miraba por la ventana. Fuera, el sol brillaba en un cielo azul y sin nubes.

—Qué día tan bonito —reflexionó, más para sí misma que para Simon—. Demasiado bonito para quedarse en casa. Creo que iré a cabalgar esta tarde.

Simon puso la servilleta en la mesa.

—Tengo algunos asuntos que atender esta tarde, pero no me ocuparán mucho tiempo. ¿Te gustaría venir conmigo?

—Me encantaría —fue su pronta respuesta. Siempre disfrutaba del tiempo que pasaba con él.

Se precipitó escaleras arriba para ir a cambiarse. A la vuelta, *Lady Jane* y *Chaucer* (un nombre que se ajustaba perfectamente a los gustos literarios de su dueño) estaban listos y esperándoles.

A varios kilómetros de Rosewood, tomaron un camino flanqueado de setos y rosales silvestres. Al final había una casita de piedra. Simon desmontó y después ayudó a Anne a hacer lo mismo.

Un hombre algo cargado de hombros apareció en la puerta. Llegó arrastrando los pies y ayudándose de un bastón.

—¡Señor! ¿Así que ha vuelto pronto?

—Así es, señor MacTavish. —Simon mantuvo la puerta abierta para que el anciano pudiera salir por ella.

—Y veo que ha traído con usted a una joven belleza. —El señor MacTavish les dedicó lo que parecía una sonrisa sin dientes—. ¿Quién es?

—Es mi esposa, lady Anne. Anne, el señor MacTavish. El señor MacTavish fue el jefe de los establos de mi padre durante muchos años.

Anne sintió un escalofrío. Era la primera vez que Simon la presentaba como su mujer.

—¡Su mujer! —dijo—, y una verdadera lady, por lo que veo. —Los dedos del anciano, arrugados y llenos de manchas por los años, sostenían el mango del bastón. No obstante, estrechó la mano de Anne con afecto—. ¿Es usted de Londres?

—Mi madre es inglesa, sí. Pero mi padre era escocés, y pasé la mayor parte de mi infancia en Escocia. Por eso —Anne miró a Simon de reojo; su expresión era divertida— siempre me he considerado escocesa también.

El señor MacTavish volvió a sonreír.

—No hay un lugar mejor en la tierra que Escocia... —declaró alegremente— después de Yorkshire, claro está.

Anne se rio.

El señor MacTavish se dirigió a Simon.

—¿No fue justamente ayer que estuvo usted aquí?

—Así es. Y le prometí que buscaría un albañil para que arreglase la chimenea. —Simon señaló a un punto cerca del tejado, donde había varios ladrillos rotos—. Le tendrá aquí mañana a primera hora.

Hablaron unos cuantos minutos más. Antes de marcharse, Simon sacó una pequeña cesta de la alforja que tenía a un lado de la silla.

—Saludos de la señora Wilder —dijo al anciano.

Anne estaba a la vez encantada e impresionada por cómo Simon atendía las necesidades del anciano. De algún modo ella siempre había sabido que tenía un buen fondo, que era cariñoso, generoso y cuidadoso con los demás.

Desde allí trotaron por el viejo puente de piedra, pasando espesos árboles coronados de nidos de grajos, los dos en amistoso silencio. La casa no estaba tan lejos, pero la tarde era bastante cálida. Se detuvieron a descansar unos minutos bajo la sombra de un olmo.

En el cercado, había dos cabras de orejas caídas, blancas y negras. Al verles, levantaron la cabeza por encima de la valla.

—¡Ay, mira! —gritó Anne—. No las había visto antes. ¡Son preciosas! ¿Son mansas?

—Sí, desde luego —dijo Simon sin mostrar mucho entusiasmo—. *Fred* y *Libby* se quedarían todo el día ahí si alguien les rascase la cabeza.

Anne pasó una mano por la valla y empezó a hacer exactamente eso. Las dos se pegaban por llamar su atención. Anne se rio y accedió, utilizando las dos manos para poder rascar a las dos al mismo tiempo. Entonces perdió el equilibrio y cayó al suelo. Simon la ayudó a ponerse en pie mientras ella se sacudía la parte de atrás del vestido, sin dejar de reír.

Juntos caminaron de vuelta a los caballos. Simon unió sus manos para que ella le utilizara de estribo y pudiera subir a la grupa de *Lady Jane*. Seguía aún de pie cuando Anne se inclinó, con una expresión de entusiasmo en los ojos.

Se agarró a las riendas.

—Tengo una proposición que hacerle, señor. ¿Echamos una carrera?

Simon levantó los ojos.

—¿Una carrera?

—Sí —señaló—. Rodear el roble que hay en la cuesta del pastizal, y vuelta hasta aquí. ¿Aceptas?

Simon se lo pensó un momento... y después sonrió a medias.

—Acepto...

Anne clavó el talón en el flanco de *Lady Jane* y salió disparada antes de que Simon pudiese reaccionar. Sin embargo, sólo duró un instante. Él se abalanzó sobre la grupa de *Chaucer* y salió corriendo tras ella, haciendo todo lo posible por alcanzarla.

Pero Anne le sacaba ya ventaja. Inclinada sobre el cuello de la yegua, azuzó a *Lady Jane* para que corriera, rodeando el roble y dirigiéndose de vuelta al olmo.

Simon seguía aún bastante aturdido cuando por fin cogió las riendas de *Chaucer* y le hizo parar al lado de Anne.

—¡Anne, has hecho trampas!

—No —dijo—. ¡He ganado!

—Sólo esta vez —se defendió—. Hasta ahora no había querido aceptar que el pobre *Chaucer* se queja de su pata delantera izquierda.

—Así que *Chaucer* está cojo, ¿eh? Eres como Alec y Aidan. Ninguno de los dos quería admitir nunca su derrota. Además —dijo, altiva—, no es culpa del caballo, sino del jinete.

—Ah, sí, me había olvidado de esa insuperable destreza tuya como jinete.

Anne le miró, y vio que estaba burlándose de ella.

—Aun así sigo diciendo que has hecho trampas —añadió Simon.

—Yo no hago trampas —le informó—. Sencillamente, compito para beneficio de mis habilidades...

—¿Y para agravio de tus adversarios?

—Olvidas que me crié con dos chicos, mayores que yo... —Trató de hacerse la víctima—. ¿Cómo si no iba a ganar? Si tuviese que...

—¿Hacer trampas?

Anne frunció el ceño en un gesto de completa naturalidad.

—Si te sirve de consuelo, sólo hacía trampas con ellos.

—¡Y ahora conmigo!

Ella no respondió.

Ahora fue Simon quien saboreó la victoria.

—¡Ah, entonces lo admites!

Anne apretó los labios.

Simon levantó los ojos al cielo.

—Señor, ayúdame. Me he casado con un demonio disfrazado de ángel.

—¡Señor, me está hiriendo profundamente! —Anne fingió sentirse ofendidísima.

—Imagino que tus hermanos aprendieron rápido a no mirar a otro lado cuando tú estabas cerca —bromeó Simon—. Recuérdame que nunca juegue contigo a las cartas... o al menos, si no estoy muy atento.

Y se rio una vez más. Anne pensó que era maravilloso verle tan relajado y tranquilo.

Al final, había sido el día más maravilloso que habían pasado en Rosewood. Y en los días siguientes, Anne estuvo más segura que nunca de que su marido no era la bestia fría y sin sentimientos que ella había creído en un principio.

Sin embargo, había una cosa que no cambiaba... ¡y era lo que con más fervor Anne deseaba que cambiase!

Simon seguía sin tocarla, a excepción de un beso de despedida en la frente cuando ella se iba a dormir... ¡un beso tan breve que apenas podía considerarse tal cosa! ¿Qué haría él —se preguntó una noche—, si en una de esas ocasiones ella levantara la cabeza y le ofreciera los labios?

Pero Anne sabía que no tendría valor para hacer algo así. Tenía miedo de lo que pudiese ver en la cara de Simon. ¡Tenía miedo de lo que podría no ver! Si Simon la rechazaba, el dolor sería inmenso. Anne estaba segura de ello.

Por lo que al final, se quedaba sin hacer nada. No quería que nada rompiese la frágil paz que se había creado entre ellos. No quería volver a los primeros días. Sería demasiado duro para los dos.

Al menos se iba labrando cierta confianza entre los dos, aunque no tan rápido como ella hubiese deseado.

Anne era siempre la primera en desear buenas noches. Sabía que después de irse ella a la cama, Simon iba a su despacho a trabajar. Se sentía casi culpable por retenerle, pero Anne no se mentía a sí misma... se hubiese sentido sola si él no la hubiese acompañado.

Una noche, sin embargo, Anne se despertó a medianoche. Se quedó un rato acostada, con la mente aún adormilada. Dándose media vuelta, miró al reloj de la mesilla. Fue entonces cuando se dio cuenta de que la puerta que separaba su habitación de la de Simon estaba abierta.

Extrañada, apartó el cobertor. ¿Por qué estaba abierta? Ella no había estado en la habitación de Simon... en realidad, no había estado nunca en la habitación de Simon. ¿Habría entrado él en la suya, quizá?

Levantándose, Anne cruzó la habitación con la intención de cerrarla. Pero algo la detuvo. Una fuerza desconocida la hizo quedarse donde estaba, los dedos rodeando el pomo.

Miró dentro.

Un silencio profundo invadía el aire, todo estaba a oscuras salvo por la luz de la luna que llegaba de la ventana. Las cortinas estaban descorridas. En el cielo brillaban las estrellas.

Anne esperó a que sus ojos se acostumbraran a la oscuridad. La cama estaba vacía, la colcha puesta. Simon estaba sentado en la silla de patas doradas que había frente a su escritorio.

Se quedó petrificada. Los sentidos, alerta.

Al mirarle, vio que estaba completamente vestido. Bueno, se había quitado la chaqueta, pero tenía las botas puestas. Tenía una mano apoyada en la rodilla, sobre la pierna cruzada. Y en ella, el vaso de cristal.

Él aún no la había visto. Anne se mordió el labio. Quería desesperadamente romper el silencio, llamarle por su nombre, preguntarle si le pasaba algo y si por eso no se había metido en la cama todavía. En realidad, tenía su nombre en la punta de la lengua, pero se contuvo. Algo dentro de ella le dijo que era mejor no revelar su presencia.

El vaso se levantó en el aire. Simon bebió de él. Lo apuró hasta el final y después recuperó su posición, con la mirada perdida en la noche.

A partir de ese momento, Anne supo que no podría decir nada aunque quisiese.

En el cielo nocturno, las nubes se abrieron. La luz de la luna bañó su perfil.

A Anne se le hizo un nudo en el pecho al verle de aquella manera. La oscuridad le envolvía, pero era una oscuridad del alma más que de cualquier otra cosa. Esa expresión la desgarraba por dentro. Podía ver tanta desesperación, tanta desolación en su cara... que le dieron ganas de llorar.

Volvió silenciosamente a la cama y se acurrucó bajo las sábanas, con una sensación de malestar tan intensa que ni siquiera hizo el esfuerzo de intentar dormirse.

Mucho después, oyó a su marido cerrar la puerta que unía las dos habitaciones.

Anne tragó saliva. Todo le daba vueltas. El corazón le latía con fuerza. Simon había estado en su habitación. Aquí, junto a ella. Sobre ella.

En las noches siguientes, Anne confirmó sus sospechas. Cada vez que se despertaba a medianoche, volvía a ver la puerta abierta. Le oía moverse en las horas previas al amanecer. Y así todas las noches...

Se sentaba en la oscuridad. Se sentaba en silencio. Se sentaba solo.

Y todas las mañanas ella se despertaba con la extraña convicción de que Simon había estado a su lado, observándola.

Los días seguían siendo cálidos, algunos hasta calurosos, a pesar de estar ya llegando a la segunda semana de agosto. Anne pasaba los días muy entretenida. Casi todas las mañanas, se ocupaba de los asuntos de la casa. Las tardes eran para ella, normalmente, para cabalgar o dar un paseo.

También se responsabilizó de otra tarea, o más precisamente, de dos. Simon era predecible. Salía temprano por la mañana y volvía después para la comida. Después, salía de casa una vez más y no volvía hasta la noche, cuando se iba a trabajar un rato en su despacho hasta antes de la cena. Y este horario previsible le brindó a Anne una oportunidad que no pudo desaprovechar.

No terminaba de conformarse con el caos que reinaba en la biblioteca, o con la maraña del jardín. No solo tenía que ver con su naturaleza femenina, sino también con el hecho de que Anne se había criado apreciando el orden y la limpieza. Y quizás estaba metiéndose donde no le correspondía, pero se propuso empezar a limpiar la biblioteca. Quitó el polvo y barrió, ordenó y colocó todo en los estantes. En el jardín, cavó y plantó, podó y se ocupó con mucho cuidado de los tres rosales blancos que había al fondo. Lo hizo ella sola, sin la ayuda de ninguno de los criados.

Si Simon supo de esta ocupación, se cuidó mucho de decir nada.

Anne estaba bastante segura de que no lo sabía. Presentía que no había vuelto a poner un pie en ninguno de estos lugares.

Pero también quería pensar que un día cambiaría de idea. Que quizás un día pudiese recordar a Ellie y a los chicos con cierta paz, con ternura y alegría, sin esa angustia y ese dolor que le corroía ahora.

Esperaba estar en lo cierto. Rezaba para que así fuera.

Porque Anne no podía soportar pensar que Simon seguiría viviendo en el mismo infierno en el que había vivido durante los últimos años.

Un día particularmente cálido, Simon estaba de pie en el vestíbulo hablando con Duffy. Anne bajaba en ese momento las escaleras.

Duffy desapareció por una de las puertas del vestíbulo y Simon se dio la vuelta hacia ella.

—Buenas tardes —le saludó.

—Buenas tardes, señor.

Su tono era despreocupado, pero el pulso había empezado a latirle con fuerza. Tenía las mangas remangadas y mostraba sus fuertes bíceps. Sus antebrazos eran largos y musculosos. Llevaba desabrochados los primeros botones de la camisa, mostrando la masculinidad de su pecho cubierto de vello. A Anne se le secó la boca. ¡Era difícil no mirarle!

Él le ofreció el brazo.

—Creo que la señora Wilder es la mejor cocinera de Yorkshire. Huele estupendamente, ¿no crees?

Anne estaba segura de que no se había dado cuenta. Se quedó donde estaba, cruzándose de brazos.

—Simon Blackwell, ¿dónde demonios te crees que vas?

Él parpadeó.

—¿Cómo? A comer.

—Simon Blackwell —dijo ella—, sal ahora mismo de aquí.

—¿Qué?

Anne repiqueteó con el pie en el suelo.

—¿No ves que este suelo está impoluto? ¡La señora Gaines y las criadas han estado limpiándolo esta misma mañana!

Era evidente que Simon no veía lo que quería decir.

—¿Y?

—¡Y tú, señor, no! —Ella lo miró de arriba abajo.

—¿Cómo?

Apretó la boca.

—Quizá podrías decirme dónde has estado esta mañana.

Él volvió a parpadear.

—¿Por qué? Fuera, en el pastizal.

—Sí, como me temía. —Arrugó la nariz con desagrado—. ¡La próxima vez, señor, le agradecería que dejase las ovejas en el campo!

Hizo un gesto hacia sus botas. Los ojos de Simon siguieron el recorrido de su dedo.

Una sonrisa de niño travieso afloró a su boca, para terminar convirtiéndose en una carcajada.

Y Anne no pudo evitar reírse también. Dios, no podía. Esa sonrisa la desarmaba. Era la sonrisa más carismática que había visto nunca. Porque era tan inusual, tan preciosa, que creyó que se le había parado el corazón.

Más tarde, Anne entró en su despacho. Simon iba en ese momento a sentarse en la silla.

—¡Ah, no sabía que estabas aquí!

—Acabo de volver. Y mis botas, lady Anne, están inmaculadas.

¿Había visto una chispa en sus ojos? Desde luego que sí. Anne sonrió.

—Ah, tendré entonces que agradecérselo a Duffy, ¿no?

Simon se rio, después se echó hacia atrás en la silla, mirándola con curiosidad.

—¿Querías algo?

Anne levantó el trapo que llevaba en una mano.

—Iba a limpiar el polvo de tu escritorio mientras estabas fuera.

—No me llevará mucho tiempo. —Sacó un libro de contabilidad de uno de los cajones—. Tengo que anotar algunas entradas aquí y después...

De repente, se calló. Fijó la vista en la pared que había junto a la puerta.

—¿Dónde está el cuadro que había allí?

Anne sintió que un rubor caliente le subía por el cuello y le coloreaba las mejillas. Parecía que la habían sorprendido. Como solía pasar, un poco antes de lo que hubiese imaginado. No había tratado de esconderlo (¡cómo si pudiera hacerlo!). Pero no pensó que fuera a estar presente cuando él se diera cuenta de que el cuadro había desaparecido, y sobre todo, de que lo había sustituido... En realidad, era eso lo que más le preocupaba. Por eso es por lo que había pensado decírselo en la cena, antes de que lo viese...

—Lo puse en el salón —dijo ella alegremente—. Había allí una pared que estaba pidiendo a gritos que le pusieran un cuadro con un viejo puente...

En su lugar había puesto un tapiz con un mapa de Yorkshire, con Rosewood Manor en el centro. Lo había encontrado en la biblioteca, colgado en una esquina oscura. Se fue hacia el tapiz y se puso en una esquina.

—No pude evitarlo. Pensé que los colores de la alfombra de esta habitación resaltarían el rojo y el dorado de los hilos. —Anne contuvo el aliento.

Simon no había aún apartado la vista del tapiz que ella había colgado allí apenas media hora antes. Anne tenía los nervios de punta. De repente se dio cuenta de que se había precipitado. ¡Quizás había sido una estupidez! ¡Cómo deseaba que dijese algo! ¡Lo que fuera!

—Claro, si no te gusta... —se le habían entumecido los labios tratando de mantener la sonrisa—, lo quitaré inmediatamente...

—No —dijo él pensativamente—. Es como si perteneciese a este lugar, ¿no crees? —Sus ojos se volvieron hacia ella—. Gracias —dijo suavemente.

Estaba a punto de retirarse cuando él la detuvo.

—Espera —dijo. Se inclinó hacia el correo que había puesto en la esquina de la mesa—. Tienes una carta. De tu prima, creo. —Se la entregó.

Casi una hora más tarde, Simon la vio sentada en la banqueta de la ventana que había detrás de la escalera. Tenía las rodillas dobladas pegadas al pecho y la barbilla caída en una de ellas. Sostenía la carta entre los dedos de una mano.

Simon arrugó la frente.

—¿Anne? ¿Qué ocurre?

Anne giró la cabeza. Comprendió que la había asustado. Hizo una señal hacia la carta. Sabía que era de su prima.

—¿Todo va bien?

—Sí, sí, claro.

Trataba desesperadamente de convencerle de ello, pensó Simon.

—Parecería que no —dijo él con cierta seriedad, sentándose junto a ella—. Estás disgustada.

—No es verdad —se apresuró a negar. Demasiado rápido, pensó Simon.

Trató de esconder la cabeza para que no la viese, pero fue demasiado tarde, porque ya había visto su incomodidad. Él le cogió la barbilla con los dedos para poder verla. Se miraron.

—Lo estás —dijo él en voz baja.

Anne abrió la boca. Pensó discutírselo por un momento, pero luego rechazó la idea.

—Cuéntame qué pasa —dijo Simon.

—Sé que es una estupidez... —Hizo un gesto vago, con la esperanza de no parecer tan desgraciada como se sentía, pero con miedo de ser descubierta—. Es sólo que... los echo demasiado de menos. Nunca pensé que los pudiese echar tanto de menos. A mi madre y a Alec. A Caro y a los niños. A Aidan incluso, aunque confieso que me he llegado a acostumbrar a que esté siempre fuera.

Simon se sintió culpable. Bastante culpable. Recordó la mirada de Anne cuando dejaron Londres camino de Rosewood. Entonces le había sorprendido su entereza, considerando lo delicado de las circunstancias en las que se había producido la boda. ¿*Delicado?*, le dijo una voz burlona en su interior. ¡Vamos, era ridículo!

—No es extraño —dijo él—. Y desde luego no es ninguna estupidez. Ellos son tu familia. Por supuesto que tienes que echarles de menos. Os he visto a todos juntos, ¿sabes? Me sorprendería que fuera de otra manera.

Vio como Anne acariciaba la carta con los dedos, un gesto más elocuente que cualquier otra cosa que hubiese podido decir.

Suspiró con nostalgia, y le sonrió con tristeza.

—Caro dice que Alec ha decidido quedarse en la ciudad con nuestra madre hasta navidades —le confió—. Espero tener una carta de mamá pronto. Caro dice que ha estado escribiéndome un libro entero. Ella y John están casi listos para mudarse a su casa de la ciudad. Ella y mamá han estado bastante ocupadas comprando la cosas para el niño... Caro y John están esperando un bebé otra vez, ¿sabes? Izzie ha decidido que no quiere que le llamen más Izzie, sino Isabella Cecilia... su segundo nombre. Ah, y han comprado a Jack su primer poni.

—Su risa le quitaba el aliento—. ¡Habría que verlo! Caro dice que los gritos de Jack se han oído por todo el Thames...

De repente, se detuvo. Le miró a los ojos. Dudó.

Y Simon supo por qué.

Sacudió la cabeza.

—No pasa nada, Anne. Puedes decirlo. —Abrazándose, le cogió un mechón de pelo y se lo pasó por detrás de la oreja. Maravillado de su suavidad, trató de ser lo más convincente posible—. Puedes decir el nombre de Jack.

Ella buscó los ojos de él, una búsqueda sin fin, al parecer. Él se sorprendió al notar la palma de su mano sobre su mejilla.

—Gracias por sentarte aquí conmigo. —Su tono era serio, pero en sus labios se dibujaba una sonrisa—. Gracias por ser tan comprensivo.

Lo que hizo después le sorprendió aún más.

Inclinándose, lo besó en la boca.

El contacto fue breve, casi irreal... pero tan dolorosamente dulce que el corazón le dio un vuelco.

Simon sintió este beso en cada poro de su piel...

Le quemó como una llama.

Y se le quedó grabado en lo más profundo de su alma.

Capítulo quince

Un hombre no sabe cuáles son sus mayores temores hasta que se
enfrenta a ellos.

SIMON BLACKWELL

$\mathcal{A}$h, sí, Simon sabía muy bien lo mucho que su familia significaba para Anne. Sabía lo unidos que estaban.

Mientras cabalgaba de vuelta a Rosewood, no podía dejar
de pensar en lo que había pasado el día anterior.

Se sentía culpable. Nunca había pensado en cómo se sentiría Anne después de haber sido apartada de todos ellos. ¡Ni en
lo duro que debía de ser para ella!

No hasta que recibieron la carta de Caro.

Le molestaba. Le molestaba sobremanera. Una parte de él
casi deseaba que nunca se lo hubiese confesado. ¡Porque todo
sería mucho más fácil!

Pero ahora no podía apartarlo de su mente. No podía apar-
tarla de su mente.

¿Debía mandarla de vuelta a Londres? ¿De vuelta con su
familia? Pensó que podría ir a visitarles. ¡Diablos! Pero él no
podía acompañarla. La época de la cosecha estaba cerca y no podía permitirse estar lejos de Rosewood tanto tiempo. Pero si
Anne volvía a Londres tan pronto después de la boda... y sin
él... daría pie a las habladurías.

Incluso dentro de su familia.

No, no podía exponerla a esa situación. Se negaba a ponerla
en esa situación comprometida.

¿O tenía una razón mucho más egoísta?

Su conciencia le exigía que fuera sincero consigo mismo.

Le gustaba la manera en la que Anne cuidaba de su casa.
No podía negarlo. Después de esa primera semana en la que

las criadas habían inundado la casa (y lo cierto es que no podía culparlas porque la casa estaba hecha un desastre), los cambios se producían ahora con mucha más sutileza. Un jarrón aquí y allá, el olor a flores en el vestíbulo... Le gustaba. Le gustaban esos pequeños detalles que Anne había introducido en la casa.

También le gustaba la manera en la que cuidaba de él. Recordó el día en el que en el comedor se había atrevido a decirle que era de mala educación leer en la mesa... ¡Rio al pensar en lo testarudo que había sido al principio! Pero Anne era la única capaz de enfrentarse a él... ¡no le había llevado mucho tiempo descubrir que también ella podía ser muy obstinada! Era cortante y directa, siempre segura de sí misma, incapaz de aceptar una derrota.

Su sonrisa se desvaneció.

Aún le pinchaba la conciencia.

¡Si no podía ser completamente honesto con ella, al menos tenía que serlo consigo mismo!

No quería enviarla fuera.

Porque, ¿y si se iba... y nunca volvía?

Las horas del día se le hicieron interminables. No podía apartar ni un momento de su mente el tumulto de sus pensamientos... el desasosiego de su corazón.

Estaba adentrándose en aguas peligrosas. Ah, se había propuesto a sí mismo dar la espalda a la belleza de su joven mujer.

Pero Anne se lo ponía muy difícil.

Cada vez que la miraba... cada vez que se acercaba a él... el deseo crecía, como un invasor implacable. Doblemente poderoso. Doblemente peligroso. Todas y cada una de las veces. De forma incuestionable.

De forma infalible.

Y Simon se sentía indefenso contra él.

Ésta era la verdad más escalofriante de todas.

Tan ensimismado iba en sus pensamientos, que no vio a la pequeña liebre que se cruzaba en su camino.

El caballo se asustó. Lo siguiente que supo fue que se cayó de la silla. Utilizó el brazo para amortiguar el golpe. Y al caer, sintió un dolor insoportable. Tanto, que le costaba respirar.

No estaba seguro de qué era peor, si la horrible sensación de no ser capaz de respirar o el dolor que paralizaba su hombro derecho.

Sudando, cogió las riendas y se arrastró para subir de vuelta a la silla.

En la casa, Anne canturreaba una canción mientras pasaba por el vestíbulo de camino al comedor.

De repente, la puerta principal se abrió de un golpe. Anne se detuvo en seco. No podía creer lo que veía.

Era Simon, a quien Duffy traía apoyado en el hombro izquierdo. Estaba despeinado y llevaba la camisa sucia. Parecía andar con dificultad. Por un instante, pensó que estaba bebido.

Pero al mirarle a la cara supo que no era así.

—¿Qué ha ocurrido?

—Me tiraron.

—¡Se ha hecho daño en el hombro, señora! —gritó Duffy.

Simon le dirigió una mirada fulminante.

—¡Hombre de Dios, aún soy capaz de contestar yo mismo!

Anne apretó los labios. Volvían a los tiempos en los que su marido era insoportable. ¡Ingrato! Duffy le veneraba en cuerpo y alma. ¿Acaso no lo sabía?

Tenía la cara pálida, casi desencajada.

—Hay un médico en el pueblo, ¿verdad, Duffy?

—¡No necesito ningún médico!

Duffy asintió con la cabeza. Sus ojos azules la miraron con preocupación. Duffy apenas podía sostener a su señor. Con una sonrisa llena de confianza y agradecimiento, Anne se puso el brazo de su marido bajo los hombros y relevó al devoto criado. A Simon le reprendió con los ojos.

—¡No estaba hablándole a usted, señor! —le dijo entre dientes—. ¡Hablaba con Duffy!

Cuando por fin llegaron a la habitación, Simon estaba ya a punto de caer al suelo. Anne podía notar su respiración entrecortada sobre su oreja. Dando tumbos, llegó a la cama y se tumbó en la cama sin deshacer.

Anne tenía ya los dedos puestos en su camisa, y buscaba los botones para desabrochársela. Él trató de deshacerse de ella.

—Duffy puede ayudarme.

—Yo también puedo.

Anne no quería ser brusca. Pero cuando esos ojos grises de tormenta se encontraron con los de ella, dejó de importarle.

Simon apretó la mandíbula.

—Estaré bien. Sólo necesito sentarme. Ahora, di a Duffy que vuelva.

Anne no iba a ceder.

—Soy tu mujer, Simon. ¡No permitiré que me dejes a un lado!

Su insistencia sólo consiguió consolidar la de él. Como desafiándole, le quitó la camisa de dentro de los pantalones, abriéndosela por los extremos. Pero no estaba preparada. La camisa cayó sobre su estómago. Una mata de vello oscuro y rizado le cubría el pecho y el estómago. Era la primera vez que le veía desnudo.

Y era maravilloso. Él era absolutamente maravilloso.

Con la boca seca se sentó junto a él.

Fue entonces cuando lo vio...

La horrible cicatriz que cruzaba la parte superior de su espalda... En ese lado la piel era más gruesa, dura y oscura, tan tirante como la piel de un tambor. Anne nunca había visto ese tipo de cicatriz antes. Pero supo inmediatamente de dónde procedía... De repente recordó que le había visto de vez en cuando rascarse el hombro.

«Había demasiado humo, y entonces algo me golpeó. Una parte del techo, creo. Me hizo caer al suelo, pero me levanté. Seguí gritando. Llamaba a Ellie, a Joshua, a Jack.»

A Anne se le encogió el corazón.

«Te juro que podía oírles. ¡Te lo juro! Pero... nunca pude llegar hasta ellos. No pude salvarles.»

Sabía que había ido a buscarles. Que había intentado salvar a Ellie y a sus hijos. ¡Qué tonta había sido! No se había dado cuenta de que se había quemado...

Respiró con rabia. Había querido entenderle... saber por qué era tan distante, ¡tan huraño! Y ahora que sabía lo que pasaba, ¿podía culparle? No era frío. No era de piedra. Y desde luego no era una persona insensible. Pero las heridas que tenía estaban también en su interior... y esas eran las más difíciles de curar, pensó con dolor.

¿Cómo podía alguien soportar una pérdida así? Un dolor así. Ahogó un gemido, porque le dolía sólo de pensar en ello.

Simon movió la cabeza, con una expresión llena de rebeldía.

Lentamente, como probando, le acarició la espalda con suavidad, en el lugar en el que comenzaban sus terribles heridas.

Simon se contrajo. Visiblemente. Físicamente. Se escondió dentro de él, en un lugar en donde Anne no podía verlo. Y ella lo supo como si pudiera leerle la mente.

Tenía los músculos contraídos.

—No —le dijo con sequedad. La miraba de frente—. Estoy seguro de que te revuelve el estómago.

No era cierto. Lo que le dolía era ver cómo se escondía.

Lo que le dolía era saber la agonía por la que debía de estar pasando.

—La verdad es que no —dijo ella de forma inexpresiva. Pero mientras hablaba, sus ojos dudaron, y su mano también. Pero no se apartó. Le pasó los dedos por el hombro. Empezaban a hacerse visibles, unos moratones oscuros y grandes. Anne sacudió la cabeza, preocupada—. Esto no tiene buena pinta, Simon. Tiene un color diferente al otro lado. Espero que no esté roto.

Él lo negó con sequedad.

—Estará bien por la mañana.

Anne levantó la barbilla. Si quería ponerle las cosas difíciles, tendría que vérselas con ella.

—No lo creo —dijo Anne.

Alguien llamó a la puerta. Duffy asomó la cabeza.

—¿Señora? El médico está de camino.

—Gracias, Duffy. Por favor, haz que suba en cuanto llegue.

Vio que Simon estaba a punto de estallar. ¿Era porque Duffy se había dirigido a ella en vez de a él? Ah, ¡le daba igual!, pensó. ¿Por qué todos los hombres pensaban que eran indestructibles? ¿Por qué no podían mostrar ni un poco de debilidad? Se acordó de aquella vez en que su hermano Aidan tenía fiebre, poco antes de salir para la India. Nunca lo admitió. Nadie supo nada hasta que se desplomó en las escaleras un día, dando un susto de muerte a su madre. No se podía ser fuerte todo el tiempo. Ni Aidan. Ni Alec. Ni Simon, ni ningún otro hombre. ¡Era ridículo!

Al parecer, no quería que se quedase a su lado. Bien, pensó

ella sin alterarse. Y se levantó. Con la vista fija en la silla con brazos que había frente a la chimenea, la cogió y la acercó a la cama. Después se sentó, moviéndose un poco hasta encontrar la postura más cómoda.

Simon la miró.

Anne saboreó el triunfo.

Cuando llegó el médico, Simon estaba recostado en los cojines, con el brazo encima del estómago. Tenía los ojos cerrados, y sus largas pestañas oscuras contrastaban con la palidez de su piel.

Anne se levantó y se apresuró hacia la puerta.

—Buenas —dijo el hombre que entró con Duffy—. Soy el doctor Gardner.

Un hombre grande y robusto. El doctor Gardner se quitó el sombrero. Sus modales eran impecables. De algún modo su tamaño daba seguridad, y sus manos se correspondían con su envergadura. Anne se quedó de pie junto a él mientras inspeccionaba el hombre de Simon.

Por fin se apartó.

—Bien —dijo alegremente—. No está roto. Pero tendré que colocárselo. —Levantó el brazo derecho de Simon y lo extendió por completo—. Le advierto que esto le va a doler como mil demonios.

Anne apenas tuvo tiempo de contener la respiración. Fue visto y no visto. Oyó un sonido como de «pop» y Simon se puso rígido. En sus ojos pudo ver un brillo de dolor contenido y la cara se le puso blanca como la cera.

Al menos fue rápido. Simon seguía respirando con dificultad mientras el doctor le ponía el brazo en cabestrillo.

—Llévelo así unos cuantos días —le ordenó—. Un poco de descanso y volverá a estar bien —dijo a Simon.

Anne acompañó al doctor a la puerta.

—No es serio —dijo el doctor Gardner—. Le he pedido que lleve el cabestrillo unos días. Compresas calientes si las necesita. —Hizo una pausa—. Es una pena que le haya ocurrido en el mismo hombro. Debo imaginar que aún sigue molestándole... —La miró como interrogándola.

—Simon... no es de los que se quejan. —Anne se sintió bastante torpe. No sabía muy bien qué decir.

Estaban ya en el descansillo.

—Nunca olvidaré esa noche —decía el doctor Gardner—. Tardó tanto en recuperarse... Vi la viga que le golpeó. —Sacudió la cabeza—. Es un milagro que no le destrozara el hombro. Y esas quemaduras... solo soy un médico rural. No estaba siquiera seguro de cómo tratarlas. —El médico volvió a sacudir la cabeza—. Tuvo suerte, como le digo siempre. Mucha suerte.

Al principio de las escaleras, se detuvo.

—Hemos oído de usted en el pueblo —dijo—. Es un placer poder conocerla por fin.

Anne le estrechó la mano.

—Gracias, doctor. Le agradezco que haya venido tan pronto.

Lentamente, cerró la puerta, con la cabeza aún aturdida por tanta información.

Cuando se dio la vuelta vio a Duffy de pie detrás de ella, con una expresión de ansiedad en la cara.

—Se pondrá bien, Duffy. De verdad —suspiró—. Siento que fuera tan maleducado contigo antes. A veces pareciera que quiere ponernos a prueba, ¿sabes?

—No se preocupe, señora.

Anne se mordió el labio.

—¿Puedo preguntarte algo?

—Desde luego, señora.

—La noche en que Ellie y los chicos murieron... Simon dijo que tú estabas allí.

—A... así es, señora.

—Entró a buscarles, ¿verdad? ¿Y tú entraste a buscarle a él? Duffy asintió lentamente.

—Acababa de entrar cuando se cayó el techo. Nunca olvidaré lo que dijo cuando despertó... Dijo que tenía que haberle dejado allí. Que yo —las lágrimas aparecieron brillantes en los ojos del viejo criado—, que yo tenía que haberle dejado morir también.

Un dolor abrasador le quemó la garganta. Le cogió la mano.

—Tiene suerte de tenerte, Duffy.

El anciano tragó saliva.

—Iba a decir lo mismo de usted, señora. —Le estrechó los dedos y después volvió a la habitación de Simon.

Lo encontró tirando del talón de su bota derecha, sudando.

—Vaya, eso debe de doler una barbaridad —observó Anne desde la puerta—. ¿Quieres que te ayude?

Frunciendo el ceño, exhaló con impaciencia.

—Pensé que sería obvio. Necesito ayuda con mis botas.

Anne no se movió.

—Como Caro y yo decimos siempre a Izzie y a Jack —dijo sin inmutarse—, es de mala educación pedir cosas de mala manera. Además de que así no suele conseguirse nada, me parece que un poco de cortesía...

—Por favor —la cortó.

Anne arqueó una ceja.

—¿Por favor...?

—¿Podrías, por favor, ayudarme a quitarme las botas?

Anne sonrió dulcemente.

—Señor, solo tenía que pedírmelo.

Poco le faltó para caer de culo al tirar de cada bota, pero por fin consiguió sacárselas. Arrojándolas a los pies de la cama, se incorporó.

Simon estaba de pie, tratando de desabrocharse torpemente los botones del pantalón.

Anne elevó los ojos al cielo.

—Dios, ¡eres un cabezota! Deja que lo haga yo.

Dio un paso hacia él. Bajó la mirada y subió las manos a la altura de sus caderas...

Y de repente, Anne dejó de sentirse tan segura de sí misma.

Tenía ya los dedos en el primer botón. Lo desabrochó. Sus nudillos rozaron la piel que había debajo, una piel cálida y cubierta de un vello áspero.

De repente, el corazón le latía con fuerza. Estuvo a punto de apartar la mano. «¡Ahora, ya lo has hecho, Anne!», le dijo una voz en su interior. Se dio cuenta de que había sido una atrevida. ¿En qué diablos estaba pensando? En nada, claro.

El primer botón estaba desabrochado. El segundo también. Controlando los nervios y tratando de parecer segura de sí misma, atacó al tercero.

Se abrió rápido.

Se concentró todo lo que pudo, sin reparar en el nudo de pánico que se había formado en su garganta. «¡Deja de ser tan remilgada, Anne! Puedes hacerlo. Pero sin mirar.»

Se retorció más fuerte, introduciendo el índice en el espacio libre del músculo, entre el pliegue de sus caderas. En su determinación, ni siquiera pensó en intentar evitar su...

Por todos los cielos, no lo hizo.

Bajó los ojos. No podía no mirar. Lo sintió entonces, el calor que ascendía de su cuerpo. Sintió como él ascendía.

Directamente bajo su mano.

Simon levantó la cabeza. Aterrorizada, pensó que el corazón iba a detenérsele. El cuerpo se le puso rígido... respiraba con dificultad.

—¡Ay, señor! —dijo ella a punto de desmayarse.

Simon le cogió las manos.

—Yo me ocupo —dijo con un deje extraño en la voz—, yo me ocupo.

No duró más que un instante.

¡Ay, Señor, pero pareció una eternidad!

Anne se dio la vuelta y le dio la espalda. Podía oír el roce de las sábanas mientras él se metía en la cama.

Un momento después se dio la vuelta de nuevo. Sintió una especie de sacudida. «Está desnudo», pensó temblando. La sábana le cubría hasta el regazo; se había girado ligeramente hacia la izquierda. Vio la forma redonda de su nalga.

El corazón empezó a latirle con fuerza. Aunque estaba tapado con la sábana, era como si su pecho desnudo la llamara. Anne se sentía absolutamente desconcertada, pero al mismo tiempo tenía curiosidad... ¡estaba fascinada!

Así, tumbado en la cama, su poderosa figura parecía más grande que de costumbre. Alguien hubiese podido decir que sus proporciones eran exageradas, pero honestamente, a Anne no se lo parecían. No, pensó para sí misma, no era que le intimidase. Era sobre todo que se le hacía... irresistible.

El aire salía con dificultad de sus pulmones. Tanto la sábana como el cabestrillo que le había puesto el médico se veían muy blancos contra el pelo oscuro de su pecho. Tragó saliva al bajar la mirada. Por nada del mundo hubiese dejado de mirarle... y no lo hizo. Siguió con la mirada el camino del vello que se rizaban en su pecho y le llegaba hasta el estómago, arremolinado, más claro en la parte en la que desaparecían bajo las sábanas. Anne sintió un pequeño y extraño escalofrío.

Pensó en la elegancia y en la gracia silenciosa con la que se movía. El ancho de su pecho, la amplitud de sus hombros, la vigorosa longitud de sus brazos. No necesitaba verle desnudo para saber lo duro que estaba. No necesitaba tocarle. Pero quería hacerlo... ah, ¡lo deseaba tanto! Le dolía pensar en lo mucho que necesitaba extender la mano, pasar los dedos por la densa mata de vello de su pecho y abrir sus manos sobre él. Deseaba saber cómo sería sentir a un hombre. Sentirle a él.

¿Era la curiosidad lo que le provocaba estos pensamientos? ¿Lo que provocaba este clamor en su corazón? Un poco, tal vez. Pero Anne sabía instintivamente que había algo más. Mucho más.

Fascinación. Deseo. Un clamor ferviente de la sangre. Una ola de algo que le provocaba un temblor por todo el cuerpo.

La luz de la lámpara parpadeó, contorneando el perfil de su prominente nariz, el arco orgulloso de su ceja, la cautivadora belleza de su boca. Movió la cabeza en la almohada, y le vio los ojos, pálidos y plateados.

Sus piernas se movieron inquietas. Anne contuvo la respiración. ¿Habría notado la forma indecente en la que estaba mirándole?

Se movió una vez más. Esta vez la sábana descendió por debajo de su cadera, mostrando la fuerza hercúlea de sus muslos. Y por un instante mínimo, un instante arrebatador, ella permitió que sus ojos fueran adónde no debían ir.

Esta vez no podía negarlo. Vio el contorno de su sexo contra su vientre.

Anne no podía respirar. Le abrasaban las mejillas. Por supuesto era incapaz de recuperar la compostura para mirarle. Ruborizada, con el pulso a cien por hora, consiguió por fin murmurar:

—Vendré a ver como estás dentro de un rato.

Segura ya en su habitación, se recostó detrás de la puerta, tratando de encontrar un poco de aire. Audry entró en la habitación y fue entonces cuando levantó la cabeza de la madera. La chica le ayudó a desvestirse. Hasta que no tuvo puesto el camisón de gasa blanco no pudo calmarse.

Audry le trajo algo de comida. Con el cepillo de plata en la mano, pensó que debía ir a ver cómo estaba Simon. Sin duda tendría hambre. Había estado fuera casi todo el día y seguramente no habría comido desde el desayuno... No es que tuviese miedo de verle otra vez, pero ¿cómo podía mirarle sin...?

En ese momento, se oyó un ruido de algo que se caía en la habitación de Simon.

Anne abrió la puerta de par en par. Una cigarrera de madera yacía abierta en el suelo; los cigarros se habían desparramado por la alfombra como ramitas de un árbol.

Simon trataba de salir de la cama.

Anne corrió hacia él.

—¿Qué haces?

Él la miró con una expresión que parecía de lo más feroz. Su tono desde luego lo era.

—No soy un inútil, Anne. Ni tampoco un niño.

—Entonces no te comportes como si lo fueras —dijo ella sin inmutarse—. Gritas a Duffy. Me hablas de mala manera. Te enfadas por tu torpeza. Te sientes infeliz y es como si todos los que estamos a tu alrededor también tuviéramos que estarlo.

Apretó la mandíbula.

—Quiero un trago —gruñó.

—Bebes demasiado —le retó.

—Así es —accedió él con frialdad—, pero eso no me hará cambiar de idea.

Anne entornó los ojos.

—¿Vamos a tener una discusión? —preguntó ella.

—No —dijo él bruscamente—. Y si tratas de disuadirme, Anne, debes saber que no lo conseguirás. Quiero mi whisky. Y tendré mi whisky. No tengo ningún problema en ir a buscarlo yo, aunque creo que podría ofender tu sensibilidad.

¡Ah, era un bruto insoportable! Cuando vio que sacaba una pierna larga y la ponía en el suelo, se dio cuenta de que haría lo que decía. Aunque no estaba segura de qué hubiese hecho si no hubiese sido por las arrugas de dolor que vio dibujadas en la comisura de sus labios.

—¡Ah, por el amor de Dios! Quédate donde estás. Yo te lo traeré.

Esta vez fue Anne la que le fulminó con la mirada. Y Simon saboreó el triunfo.

Anne fue al escritorio, donde estaba la botella. Después le entregó el vaso con expresión resignada.

Simon disfrutó del trago. Sus ojos se encontraron; los de Anne se ruborizaron sin que pudiera hacer nada por evitarlo.

Un momento después, Simon sonreía abiertamente.

Anne no llevaba el batín. Su camisón era un vestido de gasa sencillo. Sin bordados. Sin ninguna intención provocativa, con un escote amplio y ningún adorno, la tela de fina batista holgada y esponjosa.

Pero era justo como él había sospechado. La luz quedaba detrás de ella. Y dejaba al descubierto cada palmo de su cuerpo... sus piernas largas y esbeltas, la redondez de sus caderas... cada línea sinuosa de su figura. Como si estuviera desnuda.

Siguió con los ojos cada uno de sus movimientos. Al inclinarse para recoger la cigarrera y su contenido, le regaló sin saberlo una vista inmejorable de su hermoso trasero. Simon se detuvo, con el vaso suspendido a medio camino de su boca.

Era como si no tuviera prisa. De repente, se balanceó apenas una fracción de segundo, adelante y atrás, mientras cogía los cigarrillos. Con los ojos entrecerrados, Simon siguió su figura que, al incorporarse y echar hacia atrás la melena de color castaño dorado, dejaba al descubierto la línea elegante de su cuello y de su hombro.

—Estoy bien, Anne. No tienes que estar pendiente de mí.

—No estoy pendiente de ti. Estoy ordenando un poco todo esto.

Inclinándose sobre él, ahuecó los almohadones que tenía a la espalda.

El escote se hizo más amplio. Sus pechos se hicieron claramente visibles, anacarados y suaves, contundentes y temblorosos con cada uno de sus movimientos.

Simon se quedó paralizado... y a punto estuvo de dejar caer el vaso.

Anne le miró con suspicacia.

—¿Qué? ¿Qué ocurre? ¿Te he hecho daño?

Simon no tuvo ninguna consideración. Podía ver todo lo que escondía hasta la concavidad de su estómago, el oscuro triángulo que había debajo... Aunque eran esos maravillosos pechos los que le dejaban sin respiración. Si estaba en lo cierto, sus pezones debían de ser del mismo rosa lustroso que sus labios.

Era endiabladamente desconcertante, ¡eso es lo que era!

—¿Sería mucho pedir —le dijo en voz baja— que te cubrieras?

Ella parpadeó. Por un precioso instante, no se movió. Simon pudo notar que su sexo se excitaba una vez más. Se preguntó si Anne hubiese podido seguir allí de saber el caos que provocaba en su cuerpo. Se le pasó por la mente dejarle ver exactamente el efecto que su presencia y su proximidad provocaban en él. Pero incluso aunque lo viese, ¿hubiese sabido lo que significaba?

Pareció confundida. Se miró a sí misma.

—Ah —gimió, y después una vez más—, ¡ah!

Se incorporó, con las mejillas coloradas. ¡Y después le miró, como si fuera culpa de él!

Dando un paso atrás, irguió los hombros.

—¿Hay algo más que necesites?

Su tranquilidad era admirable, su tono cuidadosamente neutral. Simon respiró.

—Mi diario. Está en el cajón superior de mi escritorio.

Fijó la vista en el cabestrillo de su brazo. Frunció el ceño.

—Pero no puedes...

Algo en su expresión debió de hacer que se diese cuenta. Cogió el diario de pastas de piel y se lo puso en el regazo.

Simon respiró otra vez.

—Gracias.

—Te deseo buenas noches, entonces —dijo suavemente. Pareció dudar—. Simon...

Él dio un rugido.

—¡Buenas noches, Anne!

Levantó la barbilla.

—Llámame si necesitas algo.

—Gracias, lo haré.

Los dos sabían que no lo haría.

En la puerta, ella se detuvo y volvió a mirarle. Simon sintió el contacto de sus ojos como si le marcasen.

La puerta se cerró. El rugido de una docena de maldiciones llenó su pecho.

Terminó el whisky y después se recostó sobre los almohadones.

No podía evitarlo. Su cuerpo le traicionaba. Le descubría de la forma más cruel y traidora.

Una y otra vez la imagen de Anne aparecía en su mente. El dolor que sentía en el hombro no era nada comparado con el que sentía en las entrañas, hasta que finalmente dejó de pensar en ello.

Puso el vaso a un lado. Era extraño que no hubiese sentido el menor atisbo de deseo hasta que Anne apareció en su vida.

Se sentía enfadado consigo mismo, por desearla, pero no podía evitarlo. Estaba duro como una piedra. Se dio media vuelta en la cama.

Metió la mano bajo las sábanas. Se agarró con fuerza... Apretando los dientes, cerró con fuerza los ojos, como si al cerrarlos pudiera borrar la imagen de Anne de su mente. Ay, que Dios le ayudase, era imposible. No podía evitarlo. No podía luchar contra ello. Anne, sin duda, diría que era un cretino. Un bruto. Pero por Dios, también era un hombre. Con las necesidades propias de un hombre. Su cuerpo no dejaba de recordárselo.

«Anne —pensó—. Mi querida Anne. ¿Qué me estás haciendo? Eres tú la que me pierdes. Eres tú quien me hace arrastrarme por el suelo. Eres tú quien me envía a las sombras de la desesperación, como un zorro escondido en el bosque.»

El movimiento de su mano se hizo más rápido. Su cuerpo se tensó. Se retorció. Entonces empezó a temblar. Jadeó en busca de la liberación.

Y cuando por fin la tuvo, se abrió de piernas y brazos, boca arriba, riéndose en silencio. La liberación no sería completa. No esta noche, ni ninguna otra noche.

No sin Anne.

Capítulo dieciséis

Mi corazón está en peligro. Lo sé... pero no puedo detenerlo.

SIMON BLACKWELL

*E*sa mañana temprano, Anne echó un vistazo a la habitación de Simon, con cuidado de no despertarle. Normalmente, se despertaba mucho antes que ella; algunas veces le oía moverse, oía el crujir de la madera del suelo, el clic de la puerta...

Pero hoy seguía dormido, tumbado sobre el lado bueno, con el cabestrillo pegado cuidadosamente al estómago. Entró silenciosamente y se acercó a la cama.

¿Qué diría si supiese que le observaba de esa manera? Se le cerró la garganta de una forma extraña. Verle de esa manera, con la guardia bajada, le provocaba un cúmulo de sensaciones tan intensas que pensó que iban a temblarle las piernas. Tenía la oportunidad de observarle a placer, ¡por fin!, una oportunidad que tal vez no se volvería a repetir. No tenía necesidad de contenerse. No había tensión, ni incomodidad, no había rechazo, ni dudas, ni resistencia.

Con la punta del dedo, trazó el contorno de sus patillas, rozándole apenas arriba y abajo con la uña.

Maravillada con él.

Contuvo la respiración. Sin saberlo, una mano misteriosa le había penetrado el pecho y le había robado el corazón.

Le amaba. Amaba a Simon.

Movió la cabeza sin terminar de creérselo, confundida. No podía decir cuándo había ocurrido. ¡Pero era así!

Había pasado justo como Caro le había dicho que sucedería la noche antes de la boda: «Algunas veces está ahí y uno no puede explicar dónde ni cómo ni por qué, ni siquiera cuándo sucedió. Simplemente está ahí».

Su sonrisa se desvaneció. «Su matrimonio sería mucho mejor —pensó con una punzada en el pecho— si Simon no fuera tan contrario a hacerlo posible.» Su vida podía ser mucho mejor. Podía ser feliz de nuevo, estaba segura de ello, ¡al menos en cierta manera! ¡Pero él se había empeñado en cargar con la culpa, un peso que ningún hombre podía soportar! Y Anne no tenía ni idea de cómo hacer que la carga fuera menor.

O ni siquiera si podía hacerlo.

Si todo salía como Simon había planeado, cuando terminase el año se separarían para siempre. Y ella nunca podría olvidarle.

Porque le amaría para siempre.

¿Pero, cómo iba a decírselo? ¿Cómo, sabiendo que sólo conseguiría hacerle más daño?

Él ya había sufrido suficiente.

Pero quizá no tenía por qué ser de esta manera.

Quizás hubiese otra manera...

A media mañana, Simon estaba levantado y trajinando por la casa. Anne acababa de entrar con un cesto lleno de flores cuando le vio hablar con Duffy. Agarraba a Duffy por el hombro mientras iba de camino al vestíbulo. Anne se detuvo. No tenía ningún interés en escuchar la conversación, pero vio que Duffy asentía con la cabeza. La expresión de Simon era seria. Y cuando el anciano levantó la cabeza hacia él, vio que sonreía de oreja a oreja...

Cuando Anne entró en la casa, su andar era tan ligero como su corazón.

Se dejaría guiar por el corazón. Amaba a este hombre y no iba a dejarle escapar sin luchar; si Simon no veía las cosas de la misma manera... bueno... terminaría por hacerlo. Una carcajada resonó de repente en el vestíbulo. Una de las criadas miró hacia ella, asombrada. Anne le dedicó una sonrisa y después siguió caminando, balanceando alegremente la cesta.

Su testarudez le sería de mucha ayuda esta vez, decidió. Y Anne había tomado una decisión inamovible. Haría todo lo que estuviese en su mano, lo que fuera necesario. Sería zalamera y mimosa. Persuasiva y persistente. Tenía casi un año, se recordó a sí misma, un año para convencerle de que se pertenecían el uno al otro.

Solo tenía que ser paciente.

No flaquearía, ahora que sabía lo que quería.

Y lo que quería era a su marido.

Pero primero —¡ah, sí, primero!—, tenía que hacer que él también la quisiese.

Desde el principio, no podía mirarle sin sentir una especie de temblor... un sentimiento de reconocimiento. Incluso cuando no sabía lo que era, estaba allí. Con cada mirada, con cada latido. ¿Sentía Simon lo mismo? O aún peor, ¿cómo podía hacer que él sintiese lo mismo?

En los días siguientes, Anne estudió minuciosamente la estrategia que debía adoptar.

Algo en su interior le decía que en lo concerniente a Simon, el descaro no la ayudaría mucho. Además, nunca había ido con ella lo de adular y conquistar. ¡Ay, cómo deseaba que Caro estuviese allí para aconsejarla! Debía ser sutil, decidió, pero también llamativa. ¿Pero cómo se podía ser provocativa y audaz sin serlo demasiado?

Como de costumbre, Anne se retiró esa noche antes que Simon. Pero no pasó mucho tiempo antes de que le oyese en su habitación. Armándose de valor, se detuvo frente a la puerta que unía las dos habitaciones. Una esposa tenía todo el derecho a entrar en la habitación de su esposo, se dijo a sí misma. No estaba mal. Y desde luego, no era extraño.

Aun así, le costó más de lo que pensaba levantar la mano y llamar a la puerta... aún más abrirla y pasar por ella como si lo hubiese hecho un millón de veces antes.

Simon estaba sentado en el escritorio, escribiendo en el diario. Al entrar ella, se volvió ligeramente, con la pluma en la mano.

Parecía que se le iba a parar el corazón... aunque afortunadamente no fue así. Simon tenía la camisa a medio abotonar. Estuvo a punto de caerse de espaldas al ver la intensa masculinidad que irradiaba su pecho.

—Me temo que tendré que molestarte, querido. Necesito que me ayudes. No soy capaz de abrir el broche de este collar. Si no te importa... —Gracias a Dios su voz no sonaba tan temblorosa como había temido. Incluso consiguió reírse cuando se dio la vuelta y le dio la espalda.

Detrás de ella, oyó el crujido de la silla al moverse. Supo el momento preciso en que él estuvo a su lado. Cada uno de sus sentidos se lo decía.

—Desde luego, Anne, no me molesta.

Ella se había detenido enfrente de su mesa de afeitar. Doblando la cabeza ligeramente, consiguió verse en el espejo. Simon miraba lo que estaba haciendo con profunda concentración.

—Me alegro de que aún no estuvieras acostado... —Las palabras salían oscilantes de su boca, así como su respiración. Le pareció que había pasado una eternidad antes de que él levantara las manos y se las pusiera en la espalda.

—¿Qué tal tienes el hombro?

—Fresco como una lechuga. No te muevas, ¿sí? Se te ha enredado la cadena en el pelo.

Su tono era bastante áspero. Ah, pero escondía algo que la hizo temblar. Anne no se hubiese movido aunque hubiese querido. Sentía escalofríos que le recorrían la espalda de arriba abajo, los escalofríos más maravillosos que hubiese sentido nunca.

Con Simon tan centrado en su tarea, se atrevió a echar otro vistazo al espejo. No podía verle los ojos, pero había algo en su expresión que hizo que se le cerrara el estómago.

Y con razón.

Simon trataba de mantener la compostura. En realidad, resistía. Todo dentro de él era un torbellino, se sentía atrapado. Encerrado en su cercanía, cautivado por su calor.

Ella tenía la cabeza baja, lo que le dejaba al desnudo la nuca. Fijó la vista durante un buen rato en la tierna curva de su cuello. Quería plantar su boca allí, contra ese lugar frágil y vulnerable, quería recorrer con la lengua los mechones rizados de su pelo. El olor que desprendía le explotaba en las fosas nasales, ese olor a rosas delicado y único que siempre había conseguido volverle loco.

Trató de centrar su atención en la pelusa suave de su nuca. Respiró hondo y después apretó los dientes. Diablos, no servía de nada.

—Ya está.

Levantando la mano, abrió la palma hacia él. Él dejó caer el collar sobre ella.

Anne no se movió.

—Ya que estoy aquí, podrías también desabrocharme el vestido.

Su tono era bastante inocente, y tenía un perfil que parecía haber sido cincelado en mármol.

Simon volvió a respirar hondo.

—¿Dónde está Aggie?

—Audrey —le corrigió—. Se fue a pasar la noche a su casa.

Con la mandíbula apretada, Simon accedió, liberando los pequeños botones de los ojales, uno a uno. Y durante todo ese tiempo fue incapaz de separar las ojos de su espalda. Poco a poco el vestido fue abriéndose, desde la nuca hasta la parte inferior de la espalda, dejando al descubierto una piel suave y cremosa. Simon trató de no tocar... trató también de no mirar... pero era inevitable. Con los nudillos rozó el valle de su espina dorsal. ¡Tenía que ver lo que estaba haciendo!

Ah, Dios, ¿a quién quería engañar? Mucho menos a sí mismo. Hacía tanto tiempo... demasiado tiempo. Y Anne era tan cálida, su piel era como el alabastro, blanca como la leche; y con una textura exquisita, casi traslúcida. Estaba a punto de ponerse a temblar por la necesidad de meter sus manos entre la tela y rasgarla en jirones. Desnudarla, bajarle el vestido. Y bajarla a ella también, o ponerla encima de él. Entre él, contra él, de forma que pudiera cogerle las nalgas y estrecharla contra su sexo endurecido.

—El corpiño también, por favor.

Pero bueno, ¿cómo podía hablarle con tanta naturalidad?

Una vez terminado, ella se quedó inmóvil donde estaba, como si quisiera regalarle unos minutos de vista gratuita. En una parte lejana de su mente, se dio cuenta de que se había soltado el moño. Unos mechones sedosos se enroscaban en su cuello. Un tirón, y la tendría a su lado, debajo de sus manos.

Diablos, pensó de repente. Si a Anne no le importaba, ¿por qué tenía que importarle a él?

Sus ojos descendieron ardientes por la piel de ella, bajaron por sus ballenas sueltas, por el suave valle de su espalda... ¡y alcanzaron incluso los hoyuelos de sus nalgas!

Era todo lo que podía hacer para no darle la vuelta y estamparla contra él. En su pecho debía librar la mayor de las batallas, una batalla llena de contradicciones que hasta ahora no había conocido.

Justo cuando pensó que no podría soportarlo más, ella se dio la vuelta.

Fue como si le diesen una patada en el estómago. Cada nervio de su cuerpo se puso rígido.

Ah, parecería que su dulce y encantadora esposa sabía los efectos que estaba provocando en él. Pero sabía que ella era inocente. Sabía que era virgen. Nunca tuvo dudas sobre esto, en realidad, ¡no se atrevía a ponerlo en duda por un momento! Aunque le pasó por la cabeza que todo era una táctica, una estrategia. ¿Un juego, quizá?

No. Anne no jugaba a ese tipo de juegos. Anne no jugaría a esos juegos.

Pero de repente lo supo, y se le paró el corazón; supo que Anne estaba lista para que la tomaran, lista para que él la tomara. Podía hacer todo lo que quisiese con ella...

Porque no le rechazaría.

No le detendría.

Esta certitud le puso nervioso. Le tentaba en lo más profundo de su alma. Otros hombres le habrían sin duda envidiado, ya que Anne era una belleza. Para algunos, el hecho de que aún no hubiese consumado el matrimonio hubiese sido inconcebible. El hecho de que ella compartiese su casa y su apellido, pero no su cama, lo hubiesen visto como algo absurdo. Que se lo hubiese negado él mismo, que deliberadamente reprimiese su deseo... era sin duda ridículo.

¡Cómo le tentaba! Le ponía a prueba. Por Dios, le torturaba.

Apretó la mandíbula. Abrió y cerró los dedos. Trató de echarse atrás, de tragarse su deseo y darle la espalda. No podía detener ese remolino de deseo que le quemaba en las entrañas. Era lujuria, se dijo. Tenía que serlo, porque cualquier otra cosa hubiese sido... sencillamente, no podía ser. Sencillamente, no dejaría que fuera nada más.

Empezó a sudar. Un sudor frío. ¡Qué estúpido era! Qué arrogancia la suya, pensar que podía negarlo o esconderlo.

Se moría por ella.

Ella le puso los dedos en el centro del pecho.

—Estabas muy masculino esta noche en la cena.

Él le miró a la cara.

—Tú también —dijo solemnemente.

Anne se rio suavemente.

—Vaya, gracias. No creo que nunca me hayan llamado masculina antes.

Él sonrió a medias.

De repente, el aire se cerró y se hizo espeso. La respiración que entraba en sus pulmones era caliente. Y ahora la sangre le golpeaba el pecho con violencia, llena de deseo.

Dejó de sonreír. Le puso una mano debajo de la cabeza, y después la otra. Abriéndose paso entre su cabellera, enredándose en su pelo, le echó lentamente la cabeza hacia atrás.

La expresión de la cara de ella le hizo estremecerse. No se escondía. No se retiraba. No flaqueaba. Tenía una expresión dulce, unos ojos luminosos.

La cogió más fuerte, un poco más. El ritmo de su corazón se aceleraba por momentos. Empezaba a zumbarle la cabeza. Sólo una prueba, se dijo a sí mismo. Sólo probar un poco. Sólo una caricia. Sólo un beso.

Sus labios se cerraron sobre los de ella.

Probó el vino y le supo a gloria. La probó a ella.

Y la besó como nunca la había besado antes. La besó como nadie la había besado antes. Como nunca él había besado antes.

Tenía la boca caliente. Húmeda. Jugosa. El pelo le caía entre las manos, espeso y abundante. Se llenó el puño con él y con los dedos de la otra mano le tocó la cadera. Entregado a un reino estremecedor de sensualidad, atrajo su cuerpo contra el suyo.

Y Anne se deleitó con él. Lo saboreó como no lo había hecho antes. No era un beso casto lo que ella quería. Y no era casto el beso que ahora le daba.

Se expandió por cada parte de su cuerpo. Sintió la palma de su mano alrededor de uno de sus pechos, acariciándole el pezón a través del vestido. Fue como una punzada de fuego. Se preguntó cómo sería sentir algo así de nuevo, sin ropa que se interpusiera entre ellos.

Anne quería más, mucho más. Estaban pegados desde el pecho al estómago. Anne era plenamente —crudamente— consciente del roce de sus muslos. Con una mano, él la atrajo para hacer que sus caderas se acoplaran a las de él.

Se le paró el corazón. Sabía lo que ese bulto masculino significaba. Incluso a través de las capas de tela de su vestido, podía sentirlo, grueso y rígido.

Simon la deseaba. Puede que lo escondiese. Que lo negase. Pero su cuerpo no podía hacerlo.

No le sorprendió, y tampoco la asustó. Sabía lo que significaba. Era nueva en todo esto de la pasión, en los sentimientos que recorrían su cuerpo. Era nueva en esto, en la reacción que una mujer podía provocar en un hombre. Pero sabía lo que significaba, sabía lo que era este calor conmovedor de la excitación.

Se sentía feliz. Capaz de cualquier cosa. Triunfante. Eufórica. Le rodeó el cuello con los brazos y se colgó a él, sin reservas, sin vergüenza alguna.

Entonces, de repente, Simon se quedó helado. Se apartó, levantando la cabeza.

Anne abrió los ojos. Sus miradas se encontraron, conscientes los dos de su cercanía. Los dos respiraban fuerte y de manera acelerada.

Bruscamente, Simon la soltó.

—Por Dios —dijo, como si volviese a la realidad. Había algo violento en sus ojos, algo que cruzó por su cara, algo que Anne no acababa de captar. ¿Confusión? ¿Culpabilidad? Quizás un poco de las dos cosas...

Él se pasó la mano por el pelo y después le dio la espalda. Apoyando las manos en el escritorio, bajó la cabeza. Cuando por fin se dio la vuelta, su expresión era indescifrable.

—Lo siento, Anne —hablaba en voz baja y tosca—. Por favor, perdóname.

Con una inclinación casi majestuosa de su barbilla, Anne le miró directamente a los ojos.

—No lo sientas —le dijo a las claras—, porque yo al menos no lo siento.

Υ

Que pudiera volver a su habitación fue seguramente un milagro, decidió Anne. ¡Era un milagro el simple hecho de que pudiese caminar! Medio mareada, se apoyó sobre la puerta, porque de otro modo se hubiese caído irremediablemente.

Aún le temblaban las rodillas, y el mundo giraba a su alrededor fuera de control. Incapaz de detenerse, se tocó la punta de los pechos con los dedos, como si así pudiera desahogarse. Aún los tenía erguidos; y le dolían, sensibles. Con estos mismos dedos se tocó después los labios, aún palpitantes por el efecto de sus besos.

Anne había sentido el hambre en él. Había saboreado la ferocidad de su boca contra la de ella. Por Dios, había sentido la contundencia de su excitación sobre su propio estómago. A través de la tela de sus pantalones... a través de las capas de tela de su vestido.

Un hombre no podía besar así y no sentir nada.

Hubiese deseado que ese beso durase siempre. ¡Estaba tan lleno de emoción, tan lleno de él! Quería seguir entre sus brazos, entre sus brazos tiernos y apasionados. ¡Hubiese jurado que había temblado tanto como ella! Deseaba que la hiciera suya. Deseaba ser de Simon. De todas las maneras posibles —¡de todas!— que un hombre podía poseer a una mujer.

Con el corazón aún enloquecido, se metió en la cama. Anne había descubierto muchas cosas esa noche... la mayoría de él.

Por ejemplo, que no era tan indiferente a ella como había creído. Y tenía el presentimiento de que también Simon se había dado cuenta de eso mismo. Luchaba con todas sus fuerzas para contener la atracción que sentía hacia ella. ¡Ah, tener esta certeza le parecía la cosa más maravillosa del mundo!

Estaba más convencida que nunca, y por supuesto seguiría intentándolo.

No renunciaría. No dejaría que la olvidara. No le dejaría ir. Y si él no venía a ella, ella iría a él.

Capítulo diecisiete

Me acosa por las noches. Me tienta por el día.

Simon Blackwell

*N*o hablaron de lo que había pasado esa noche en la habitación de Simon. Tampoco había necesidad. Simon no podía olvidarlo. ¡Y tenía la extraña sensación de que Anne no quería que lo hiciera!

O estaba perdiendo la cabeza, o su mujer estaba coqueteando con él.

Aunque esta idea iba tomando forma en su mente, Simon no podía estar seguro. En realidad, le costaba creerlo. Estaba asombrado. Maravillado. Incluso un poco asustado.

Anne buscaba cualquier excusa para tocarlo. Un roce casual de dedos mientras le llenaba la copa de vino. La mano en el hombro cuando él la acompañaba a su habitación cada noche. Una sonrisa provocativa y encantadora cuando por casualidad se encontraban en el vestíbulo.

Había otras pequeñas cosas que también podían interpretarse así. Todas las noches, cuando aparecía para cenar, llegaba recién bañada, peinada y perfumada, cada vestido más bonito que el anterior, su escote más grande que el anterior. Por tres noches consecutivas, su servilleta —accidentalmente, por supuesto— se le caía del regazo e iba a parar al suelo que había entre ellos. Como caballero que era, Simon se agachaba a recogerla. También, las tres noches seguidas, ella se inclinaba justo en el momento en que él levantaba la cabeza...

De esta forma le permitía ver sus provocadores y exquisitos pechos. Y después se reía, haciendo que temblaran de una manera cautivadora.

La reacción de Simon era inmediata e intensa. Su cuerpo

gemía de hambre. Un calor animal recorría sus venas, un calor que llevaba días avivándose. Y así era precisamente como Simon se sentía en ese momento. Primitivo y tosco, salvaje.

Y de repente recordó lo que ella le había dicho la noche que llegaron a Rosewood...

«Si pudiera elegir si quiero dormir en los brazos de mi marido noche tras noche, lo consideraría un privilegio...y no una obligación.»

Estas palabras le quemaban en el cerebro. Le marcaban. Le quemaban por dentro y por fuera.

Por tres noches seguidas, Simon pensó que no iba a poder hablar. Tenía que hacer uso de toda su fuerza de voluntad para no abalanzarse sobre ella, para no bajarse los pantalones y dejar que el deseo se apoderase de él.

Anne era una mujer vitalista y sensual. Y él no era de piedra.

Trataba de seducirle. Los signos eran evidentes. ¿Cómo iba a ignorarlos? ¿Cómo podía ignorarla? Y lo más importante: ¿cómo iba a resistirse a ella?

El día empezó de lo más inocente, pensó. O tal vez no tan inocente, dependiendo del punto de vista desde el que se mirara.

En el desayuno, Simon le hizo saber lo que tenía pensado hacer ese día. Iría al pueblo a ver a un semental que él creía podía ser un excelente ejemplar para su establo. Después de un rato, se dio cuenta de que era él el único que hablaba.

Anne se limitaba a observarlo, algo que le puso muy nervioso. Le observaba con una mirada intensa, inclinando la cabeza primero a un lado y después al otro... ¡no había duda de ello!

Le subió un extraño rubor por el cuello. Dio un sorbo al café para esconder su malestar. Demonios, él también podía ir al grano.

La miró.

—¿Ocurre algo, Anne? ¿Tengo restos de huevo en la barbilla? ¿O sopa en el pelo?

—No —respondió ella sin dudarlo.

—¿Es otra cosa?

—En absoluto.

—¿Hay algo que quieras decirme, entonces?

—Nada en particular.

Ella se sujetaba la barbilla con la mano, el codo sobre la mesa, en una postura de lo más relajada.

—Anne, me estás mirando.

—¡Ay, perdóname! ¿En serio?

—Sí —le dijo con severidad—. Está claro que tienes algo en la cabeza.

Arrugó la frente.

—No es tan raro que tenga algo en la cabeza...

—¡Anne!

—Es más bien una pregunta, en realidad. Tengo bastante curiosidad por saber algo...

—¡Suéltalo, Anne! —No podía soportarlo más.

Le miró sin estar muy segura.

—¿Estás seguro?

—¡Sí! Di lo que quieras. ¡Pregúntame lo que quieras! —Echándose hacia atrás en la silla, cogió la taza de café.

—Está bien... ¿Te das placer a ti mismo?

Simon estuvo a punto de atragantarse.

—¿Cómo has dicho?

Ella apretó la boca.

—Creo que me has oído perfectamente.

—¡Pero no termino de creérmelo!

—Entonces se lo preguntaré otra vez, señor. ¿Te satisfaces a ti mismo?

—No creo que tengas derecho a hacerme esa pregunta.

Ella le miró con toda la tranquilidad del mundo.

—Es una pregunta lógica, creo. Tuviste una mujer y dos hijos. Estoy segura de que esos hijos no salieron del aire. Está claro que no tenías una relación casta con Ellie. Y desde entonces, debes estar necesitado de... compañía. Necesitado de... —sólo entonces vaciló— placer físico.

—Quieres saber si he sido célibe desde que Ellie murió.

Su tono fue sorprendentemente plano.

—¿Lo has sido?

—Eso no es asunto tuyo —le dijo, cortante.

—Creo que sí. —Levantó un poco la barbilla—. Sobre todo cuando soy tu mujer. Sobre todo porque quiero saber si tienes una amante.

—No tengo ninguna amante —le dijo entre dientes—. Fin de la conversación. —Se había puesto ya de pie.

A Anne le brillaban los ojos.

—Bien —murmuró—, me dijiste que podía preguntar lo que quisiera.

Esta conversación se quedaría en la mente de los dos. Simon no podía creer que hubiese sido tan audaz con un tema semejante.

Y Anne estaba sorprendida de saberse tan descarada.

No le importaba que no hubiese respondido a su pregunta. Su silencio hablaba por sí mismo. Simon no había estado con ninguna mujer desde hacía cinco años. ¡Con cuánta desesperación había amado a Ellie! ¡Con cuánta desesperación seguía amándola!

Y con cuánta desesperación la echaba de menos.

El suspiro que dejó escapar Anne estaba cargado de un sabor agridulce y doloroso. Sentía un vacío profundo en el pecho. ¿Era la culpa lo que le hacía apartarse? Anne no quería borrar el amor que había sentido por Ellie; ¡desde luego que no! Pero le aterraba pensar que su corazón se hubiese cerrado para siempre. Y eso no la dejaba descansar. Si Ellie había amado a Simon de la forma en la que Simon la amaba —y por algún motivo sabía que era así— ¿querría que la llorase por el resto de su vida?

Estaba segura de que no. Debía agarrarse a esta esperanza. No podía olvidar la forma en la que Simon la había besado —a Anne—, con fuego, con pasión y deseo. No eran imaginaciones suyas, ¡de eso estaba segura! Entonces, ¿por qué se echaba atrás? ¿Por qué la echaba a ella atrás?

Un dolor agudo, como el de un cuchillo, le partía el pecho. Querer que los dos compartieran la cama, que compartieran sus vidas... no podía ser malo. Quería este matrimonio. Lo quería a él. Y Anne empezaba a saber lo que había llevado a este hombre a que se casaran. Su vulnerabilidad, ¡porque era muy vulnerable!... y su fuerza.

Pero era esta misma fuerza la que se le estaba clavando en el corazón y partiéndole en dos... esa tremenda fuerza de voluntad.

Necesitaba curarse. La necesitaba a ella.

¿Cuánto tiempo podría mantenerla alejada? ¿Cuánto tiempo podría ignorarla? ¿Cómo podía ella penetrar esa coraza de hierro que se había puesto? ¿Qué necesitaba para llegar a él?

Todas estas preguntas se arremolinaban en su mente y no la dejaban dormir. Llevaba ya un rato dando vueltas en la cama, moviéndose inquieta. Por fin se puso el batín. Quizá le vendría bien un vaso de leche caliente.

La casa estaba a oscuras y llena de sombras cuando bajó las escaleras. Se deslizó sin hacer ruido, descalza, por el pasillo. Cuando pasaba por delante del despacho de Simon, vio que una de las puertas estaba abierta. Cruzó el vestíbulo para ir a cerrarla.

Y entonces lo vio.

Estaba sentado en su escritorio, con la silla mirando a la ventana. Se fijó más atentamente en él. Se había quitado la chaqueta, pero llevaba la misma ropa de la cena. Era evidente que aún no se había ido a la cama. Tenía las piernas estiradas y miraba por la ventana; la luz de la luna dibujaba su perfil. Parecía tan cansado, tan angustiosamente solo, que todo en su interior le pedía acercarse a él.

Sin estar segura, Anne se detuvo, con los dedos aún puestos en el pomo de la puerta. No quería verle de esta manera. No quería dejarle de esta manera. Tenía miedo de hablar, pero algo en su interior le dijo que debía hacerlo.

—Simon —dijo en voz baja.

Él la miró.

Anne era un amasijo de nervios. Haciendo de tripas corazón entró en el despacho. Los ojos pálidos de Simon la siguieron, pero no dijo nada. Ni siquiera se movió.

Verle así era un suplicio.

—¿Estás bien?

—Desde luego. Estoy bien. ¿Por qué no iba a estarlo?

Se rascó, incómodo, la nuca.

Anne se mordió el labio.

—¿Estás trabajando?

—No.

Ella insistió.

—Entonces, ¿por qué estás aquí a estas horas de la noche?

—No duermo bien —se limitó a decir.

—¿Por eso te acuestas tan tarde todas las noches?

Se hizo un profundo silencio.

Nerviosa, se mojó los labios.

—Te he visto antes, ¿sabes? —Se le escapó antes de que lo supiera—. Sentado en tu habitación. Sentado en la oscuridad...

A través de las sombras, vio una especie de sonrisa en la boca de él.

—¿Me estás espiando, Annie?

«Annie.» Era la primera vez que la llamba así. Al oírlo, sintió un extraño dolor en el pecho. Como una tonta, se le empezaron a humedecer los ojos. Furiosa, contuvo las lágrimas.

—Bueno... dejas la puerta abierta.

Y así era. La sonrisa de Simon se hizo más evidente. Durante demasiado tiempo, había guardado lo que tenía en su interior. Era más fácil esconder sus sentimientos en alguna parte remota de su alma. Donde no necesitase pensar en ellos.

Pero Anne lo hacía imposible.

Durante cinco largos años, la noche no sólo había sido su refugio, si no también su consuelo.

Ya no. No con Anne allí. No, desde el momento en que se conocieron, pensó él con una sinceridad que le daba miedo. No había tenido paz desde entonces, ni un solo minuto de paz.

Y ahora estaba allí de nuevo, partiéndole en dos.

—Anne —le dijo suavemente—. Vuelve a la cama.

El suspiro que dejó escapar fue profundo y decidido.

—No, si tú no vienes conmigo.

A Simon le dio un vuelco el corazón. Por Dios, le estaba pidiendo...

—Ven conmigo, Simon. Ven conmigo ahora.

Una docena de emociones le atravesaron el pecho. Que Dios le ayudase, se sentía atrapado. Perdido. Asediado por la tormenta de su corazón, una tormenta de necesidad, deseo y temor.

Una a una, ella había ido derribando las barreras que les separaban. Simon no sabía cómo detenerla. Ni siquiera sabía si podía hacerlo.

Era una locura desearla. ¡Una locura incluso pensar en ello! Nunca podría hacerlo y dejarlo ahí. Él no era así. No podía hacerle el amor sin sentirlo, sin amarla.

Por eso no había estado con ninguna mujer desde la muerte de Ellie.

No, nunca podría hacer el amor con Anne y volverle la espalda después. Sus sentimientos le comprometían demasiado. No podía permitirse tocarla. Cuidar de ella. No podía permitirse a sí mismo amarla. Se había dicho que seguiría el camino más fácil. El único camino. Mantener las distancias.

Pero Anne no se lo ponía fácil.

Ahora se acercaba a él. Rodeando la mesa de su escritorio...

Se arrodilló entre sus botas.

El corazón le latía con fuerza. Pisaba un terreno movedizo... a medio camino entre el deseo y la desesperación. Se había dicho que no permitiría que se acercase a él. Que no la dejaría. No podía darle lo que quería. Lo que se merecía. Un hombre con esperanzas y deseos tan constructivos como los de ella misma.

Había demasiado en juego. Era demasiado arriesgado.

Era el todo por el todo.

No podía amarla...

Y desde luego, no podía utilizarla.

Pero allí estaba ella... de rodillas frente a él. Y Simon quería gritar con todas sus fuerzas. Quería gritar de rabia, y de ira. El amor y la pérdida le habían amargado el corazón. No lo negaba. No podía hacerlo.

Y le aterraba pensar que no podía tener lo uno sin lo otro.

Durante mucho tiempo había conseguido vivir apartado del mundo, apartado de la vida. Era mejor estar solo que arriesgarse a la devastación y a la pérdida... ¿Era eso egoísmo? ¿Estaba mal?

Había pasado tanto tiempo... y quizá ya era demasiado tarde.

Pero cualquier hombre tenía un límite. Un límite de lo que podía soportar.

Pero si la llevaba ahora a su cama, nunca se lo perdonaría. Y tenía la horrible e inequivoca sensación de que Anne no le perdonaría tampoco.

Respiró hondo, tratando de tranquilizarse. De tranquilizar su voz.

De tranquilizar su corazón.

—Anne —dijo, en voz muy baja—. Convinimos que esto no pasaría.

No, pensó Anne. No había habido ningún acuerdo.

—¿No lo ves? No puede ocurrir. Yo... eso lo cambiaría todo.

—¿Cómo? —preguntó ella con voz temblorosa—. ¿Cómo cambiaría las cosas?

El silencio tenso y profundo que siguió estuvo a punto de terminar con la poca fuerza que aún le quedaba. Le temblaba el labio. Le puso las manos en los muslos. Con el corazón en un puño, como su voz.

—Simon —susurró—, ¿por qué no me deseas?

Bajo sus dedos, notó que sus muslos se ponían rígidos. Algo pasó por su cara, una mirada llena de agonía, pensó Anne, algo que le partía por dentro y por fuera. ¿Estaba tan equivocada, entonces? ¿De verdad era tan ciega?

Justo cuando pensó que iba a romperse en dos, le oyó.

—Te deseo demasiado —susurró, un susurro que era a la vez débil y furioso.

Se le contrajo el corazón. Ese tono de furia la hizo sentirse débil.

—Entonces demuéstramelo, Simon. Demuéstramelo esta noche. Demuéstramelo ahora.

Él le cogió la cara con las manos.

—Anne... —No podía hacer nada. Se sentía impotente.

Levantando la mano, sin separar ni por un segundo los ojos de los de él, le tocó la mejilla...

Y lo besó.

Su dignidad le desarmó. Su valentía le hizo flaquear.

Su ternura le derritió.

Con esa misma rapidez, en lo que dura un latido, la barrera de su corazón cayó. La lucha que venía librando en su interior desapareció.

«Anne, Anne —pensó fuera de sí—, haz que me excite. Haz que sienta. Haz que olvide.»

Antes de dejar que el corazón se le saliese por la boca, tiró de ella hacia arriba... alto... hacia arriba hasta tenerla en sus brazos.

Ella hundió la cara en él. Era un gesto tan confiado, que Simon se sintió desarmado por completo.

Cualquier pensamiento racional desapareció de su mente. Se olvidó del tumulto de su alma; todo lo que podía sentir era pasión, una pasión que le bombeaba la sangre, le palpitaba en las sienes. Ellie no era sino un recuerdo. Sólo un momento en la vasta amplitud del tiempo. Pero la mujer que tenía en sus brazos era de carne y hueso. Y era suya.

Sin una palabra, la llevó cogida escaleras arriba hasta su habitación. Una vez allí, la puso en el suelo. Pero no quería dejarla ir. No todavía. Ella poseía un encanto que ningún hombre en su sano juicio podía ignorar, ¡un encanto que él no podía ignorar!

No por más tiempo. No ahora que había probado su pasión desenfrenada, su cuerpo rendido contra el de él. Estaba madura para la cosecha, madura para él. Saber que ella le deseaba con tanta desesperación como él a ella era embriagador y dulce... y le conducía a un estado de excitación insoportable.

Las ventanas tenían las cortinas descorridas. Unos rayos plateados de luna inundaban la habitación... y el deseo le inundaba a él. Le tenía hipnotizado. Preso de un encantamiento. Bajo la seda fina de su camisón, sus pechos sobresalían erguidos, tentadores y plenos. Podía ver perfectamente sus pezones, el color castaño de sus aureolas empujando contra la tela... era una visión que se le antojaba increíblemente erótica. Tenía la boca seca. Estaba seguro de que serían del mismo color rosa que sus labios.

Su cercanía... su olor... le volvían loco. Era como si el deseo le fuera a partir el pecho. Una parte de él quería aplastarla contra él. Quería cubrirla por completo, rodearle la cintura con las piernas y penetrarla hasta el infinito. Con dureza, con furia, con rapidez.

Sin embargo, otra parte de él, la más racional, quería saborear cada momento, grabar cada caricia dulce y embriagadora en su mente y hacer que durase toda la noche.

Pero ella tenía clavados los ojos en él, unos ojos tan claros, puros y azules, que le quitaban el aliento y le robaban el corazón. Adentrando una mano bajo la mata sedosa de su pelo, le acarició la nuca. Apresó sus ojos, midiéndolos, como si así pudiera desenterrar todas las emociones que escondía su alma.

Ella se acercó, y se puso directamente entre sus pies.

—Simon —le dijo suavemente—. Bésame. Tócame. Ámame.

Sonrió de una manera tan delicada e insegura que Simon pensó que iba a desmayarse. Sus ojos se oscurecieron. Arrebatado de deseo, apresó el cinturón de su camisón con los dedos.

Tiró lentamente para abrirlo, y después se lo quitó por los hombros y dejó caer la tela en el suelo. En un chasquido de dedos, la tuvo desnuda frente a él.

Y esa sonrisa delicada e insegura no desapareció.

Bajó la mirada.

Anne, por el contrario, la alzó.

Simon recorrió con los ojos sus pechos erguidos y Anne hizo lo mismo con su boca.

Ella levantó las manos y le tocó los hombros con los dedos.

—Simon —dijo en un susurro—. Simon, por favor...

Una vez más se sintió perdido.

La rodeó con los brazos. En un momento la puso sobre la colcha. Las botas golpearon el suelo. Se quitó la camisa de un manotazo, se desabrochó los botones del pantalón. Con impaciencia, tiró la ropa que le sobraba a un lado.

Anne se apoyaba sobre un codo. Él vio la manera en la que se aventuraba a mirarle las partes bajas... No tuvo más remedio que gemir al ver el asombro inocente de su cara, la redondez de sus ojos.

Abrió la boca.

—Ay, querido —dijo como en un desmayo.

Simon no podía ocultar su deseo. No podía esconder la excitación que le producía, no ahora. Tampoco quería hacerlo. Tumbándola boca arriba, contuvo el sonido en la garganta y contuvo la de ella con su boca.

No pudo evitar recordar la noche anterior, en su habitación. Había jurado que sólo sería un beso. Una caricia...

Estuvo a punto de estrujarla contra él. Ella se aferraba a él con los brazos, con la boca, de una forma que le hacía perder la razón. Le ardía todo el cuerpo. La sangre. Quería hacerlo lentamente, con cuidado, de una forma sencilla. ¡Rezó para que así fuera!

Nunca había sentido una pasión tan exquisita, tan intensa como esta que le robaba el sentido ahora. Le latía el pulso.

Abrió la boca y la apretó contra la de ella. Unos brazos desnudos y esbeltos se cerraban alrededor de su cuello. Ella se pegaba a él ciegamente. Ciegamente, se daba a él, le daba sus labios sin dudar. Simon introdujo su lengua por una fila de dientes cremosos, saboreándolos. Su beso era cálido y ferviente, desenfrenado. Notó una pierna desnuda rodeándole, y celebró que la forma de su cuerpo fuera a dar directamente contra su sexo. Llevaba varios días ya en estado perpetuo de excitación. Sólo una gran fuerza de voluntad hizo que no diera rienda suelta a su erección en esos momentos.

Ella era tan servicial. Tan cálida. Tan entregada. La manera en la que se entregaba a él le llegaba directamente al corazón. El deseo pasó por él como una ráfaga de aire. La tocó con la mano. La vio con los ojos. La exploró con la boca.

Su beso era brusco y desesperado. Quizás incluso egoísta, porque cuando la besó, el mundo desapareció, como la arena entre sus dedos.

Ella era cálida. Vital. Estaba viva. Y él recorrió con su boca caliente, casi agónica, la longitud de su cuello. Con total deliberación, colocó la boca en la base de su garganta, para sentir el latido de su sangre bajo la lengua, su corazón acelerado. Y con cada latido se excitaba un poco más. Un poco más. Tanto como no lo había estado en su vida.

Entonces levantó la cabeza y dedicó un momento a saborear la esbeltez de su cuerpo. Para Anne, esta mirada la devoró y la hizo temblar de la cabeza a los pies.

Tenía el pecho lleno. Su mirada era tan intensa que fue como si la estuviera tocando. Se le ruborizaron las mejillas, pero a Anne no le importó. Deseaba que él la quisiera. Necesitaba que la quisiera. Necesitaba verlo. Sentirlo. Oírlo.

Y por Dios bendito que así fue. Tuvo su recompensa al ver el brillo caliente de sus ojos, una mirada que le hizo temblar por dentro y le aceleró el pulso.

Era como si hubiese esperado siglos a que esta noche sucediera. Como si hubiese esperado por él. ¡Se sentía tan bien! Ahora lo sabía más que nunca. Esto era lo que necesitaba. Lo que él necesitaba.

—Eres tan hermosa como recordaba. Tan maravillosa, Anne... Tan insoportablemente increíble.

Lo dijo en un susurro bajo y brusco. Un susurro que le paró el corazón y le puso la carne de gallina. Le llegó hasta la médula. Lo sintió con cada fibra de su ser.

Incapaz de apartar los ojos de él, vio cómo una mano fuerte se posaba sobre uno de sus pechos. Admiró el color anacarado de su propia carne, pálida y fascinante. Los pezones se pronunciaron altos y erguidos, listos para hincharse y retorcerse. Él empezó a rodearlos con la punta de sus dedos, atormentándola, una y otra vez hasta que sintió enloquecer de deseo. Su cuerpo se arqueó contra el de él, suplicándole sin palabras.

Estuvo a punto de gritar cuando por fin le cogió uno de los pezones con la boca y empezó a jugar con él utilizando la lengua, de la misma manera irresistible a como lo había hecho antes con los dedos. Fue como si le clavaran cientos de pequeñas agujas en el centro de los pechos. Empezó a sentir un calor profundo entre sus muslos. Aturdida, sólo podía mirar a la lengua que rodeaba sus pezones, que los lavaba con la humedad de su saliva, sumergiéndolos en el interior de la boca y chupando fuerte. Le faltaba el aire. Por un instante, fue incapaz de respirar. Era la primera vez que sentía algo tan dolorosamente intenso.

Al oírla, Simon levantó la cabeza. Lo que vio hizo que le temblara el cuerpo.

La atravesó con la mirada. La mandíbula tensa.

—Haces que arda por dentro.

Lo dijo con la boca apretada, con un tono lleno de ferocidad. Había un deje de rudeza en su voz. Sin embargo, tembló de la cabeza a los pies al oírle.

Poniéndole un dedo en el labio inferior, disfrutó de ese sentimiento, hipnotizada por la expresión ardiente de su rostro. No le importó mostrarle con la mirada lo que decía su corazón.

—Tú también me haces arder. —La confesión salió de su boca con total espontaneidad.

Sus ojos se encendieron como la luz de las velas.

—¿De verdad?

Con la garganta contraída, solo pudo mover la cabeza en señal de asentimiento. Que Dios la ayudase, porque era cierto. Él la besó otra vez, un beso abrasador y sofocante que hizo que se derritiese en lo más hondo... y que se diera cuenta de la forma en la que su mano oscura descendía más allá de su estómago.

Su respiración era un furioso jadeo. Daba igual dónde tocase, su cuerpo ardía al contacto con sus dedos. Sus dedos se enredaron entre sus muslos, terminando en una búsqueda que le rasgaba el alma... o tal vez fuera sólo el comienzo. Con un dedo solitario, se adentró en la maraña suave y húmeda de la carne, a tientas, acariciándola, abriéndose paso entre los pliegues exteriores y adentrándose después en los pliegues más profundos, suaves y rosados. Y esta vez encontró el centro de su deseo en un pequeño refugio de carne escondida entre las piernas.

Fue una caricia tan íntima... Sorprendentemente atrevida, sorprendentemente audaz. Anne sintió como si le quemaran por dentro; no, más bien como si se derritiese allí donde sus dedos dibujaban círculos infinitos. Se sentía resbaladiza y mojada, y notó cómo empapaba sus dedos con un calor líquido. ¿Debía avergonzarse? Porque no lo estaba. No podía estarlo. No con Simon.

—Quiero darte placer, Anne. —Su mirada era abrasadora, su caricia devastadora. Se movía con imprudente precisión—. Quiero darte placer.

A Anne se le hizo un nudo en la garganta. Apenas podía articular palabra.

—Lo harás —le dijo entre balbuceos—, ya lo haces.

Pero lo cierto es que no sabía muy bien a lo que se refería, hasta que... de repente, se sintió agonizar, retorcerse de placer entre sus dedos. Era como si todo su cuerpo se viera invadido por miles de sensaciones.

Se agarró a él, gimiendo, gritando su nombre. Él ahogó el sonido de su orgasmo con su boca. Los ojos de Simon ardían como dos brasas, y prendían en los de ella.

Simon se apartó un poco para verla. Ella recorrió con las manos el contorno apretado de sus brazos. Tenía la piel resbaladiza y tersa. Durante días se había preguntado cómo sería estar en los brazos de Simon. Acostarse desnuda junto a él, sin barreras que les separasen, sin nada excepto el deseo.

Sobre ella, sus hombros se perfilaron a la luz de la luna. Él era tan sumamente atractivo, pensó Anne atemorizada. Hipnotizada, supo que esa imagen se le quedaría grabada para siempre en el recuerdo.

El corazón le latía con tanta fuerza que le dolía.

—Simon... —Su nombre fue un sonido débil y ahogado. Un sonido de necesidad, una pregunta sin formular que él ahogó entre sus labios.

—Anne —dijo—. Annie.

Al ver su expresión creyó que iba a llorar. Podía sentir su ferocidad, la veía crecer y recorrerle la cara. Pero no le asustaba. No tenía miedo. Él parecía... hambriento. No había otra forma de decirlo.

Y esa mirada la cambió para siempre.

Sus ojos se encontraron. Los de él eran dos llamas ardientes. Dos llamas que se hacían más grandes cada vez que Anne respiraba. Anne podía sentir la tensión en él, la manera en la que se contenía, la agonía que se dibujaba en su cara. Sobre ella, contra ella, parecía que iba a salir ardiendo todo él. No podía dejar de mirarle, allí, elevándose sobre ella. Sentía su deseo, lo sentía duro e hinchado en la parte baja de su vientre. Tuvo un escalofrío.

Ella estaba fascinada. Él, fuera de sí.

—Abre las piernas.

Fue un susurro abrasador que exigía una respuesta.

—Más... más.

Se puso a horcajadas sobre ella.

Tenía la cara contraída. Inclinó la cabeza. Su frente tocó la de ella. Su aliento caliente le rozó la mejilla.

Sus dedos se entrelazaron. Se tocaron uno a uno. Se confundieron... se perdieron en sus manos... y después los de él le acariciaron la cabeza.

—No te haré daño —dijo entre dientes—. Ya verás.

Respiraba con fuerza. Con brusquedad.

Anne había dejado de oír los latidos de su corazón.

—Lo sé —gimió—. ¡Lo sé!

La ternura que vio en sus ojos le hizo decidirse.

Era tal y como había imaginado. Ella le encendía. Le abrasaba. Lo desarmaba. Y Simon no tenía forma de evitarlo. No podía luchar contra ello.

Sus estómagos se pegaron. La punta redonda e hinchada de

su pene trató de abrirse paso por la densidad de su vello rizado. Le sudaba la frente. La necesidad de empujar fuerte, de penetrarla hasta dentro era casi insoportable. Inmensa. Fue entonces cuando se encontró con la frágil membrana de su virginidad.

¿Estaría siendo demasiado brusco? Tendría que haberla preparado más. Tendría que haberla preparado para él. Trató de serenarse, de controlar su deseo, recordándose que era su primera vez.

Un sonido sordo llenó el aire, mitad frustración, mitad renuncia.

Oyó una voz ahogada contra su cuello.

—No te detengas —gritó—. No te detengas ahora.

Dios bendito, no sería él quien lo hiciera.

Y con un gemido de derrota, con un temblor de sus caderas, la hizo suya.

Nunca imaginó que una derrota pudiera ser tan maravillosa.

Lentamente, levantó la cabeza. Miró hacia abajo, allí donde acababan de unirse. Allí donde el vello oscuro y basto de él se unía con los rizos castaños y suaves de ella. La carne caliente y sedosa de ella rodeaba con fuerza su pene. Era como si se lo tragase. Se lo había tragado de tal forma que ya no sabía dónde terminaba su cuerpo y dónde empezaba el de ella.

Anne sonrió, con un temblor en el labio.

—Sabía que sería así. ¡Lo sabía!

Pero Simon no lo sabía. O quizá no había querido admitirlo.

Cerró los ojos y dejó que el placer le inundara. Era fervor lo que le atravesaba. Un río de sangre hirviendo. El aire se hizo sofocante de repente... también él. No podía dejarla. No podía parar. No podía volverse atrás. No podía ir más despacio. Ahora no. No con ella retorciéndose debajo de él. Había durado demasiado.

La deseaba demasiado.

Y ella era mucho, muchísimo más maravillosa...

Entrelazó sus manos con las de él. Le besó la nariz, los ojos, los labios. Rebosante de un placer oscuro y dulce, la penetró aún más, la poseyó hasta que los dos se vieron zarandeados por la tormenta.

Se le nubló la mente. Era su cuerpo el que mandaba. Todo lo que podía hacer era sentir... y todo lo que podía sentir era a ella. Una y otra vez, en un éxtasis irracional, en un frenesí inagotable. Sentirla pegada a su cuerpo, a su miembro, le resultaba insoportablemente erótico. Con el corazón en una pura llama, buscó su boca. Ella se la ofreció sin respirar, con un gemido sordo.

Un escalofrío le recorrió la espalda. Un temblor que le partió en dos. El calor le quemaba la sangre y le precipitaba hacia el orgasmo. Apretó los dientes, pero fue incapaz de detenerse. No podía contenerlo por más tiempo. No podía. Rugía dentro de él, bramaba por salir, por inundarla, por ahogarla con el calor espeso de su semen.

Fue el orgasmo más potente e intenso de su vida.

Poco a poco, la fuerza le fue abandonando. Incapaz de respirar siquiera, se puso de lado y la rodeó para que se pegara a él. Un único pensamiento resonaba en su mente.

Era como volver a casa después de un largo y difícil viaje.

Capítulo dieciocho

Pensé que me habían robado el corazón para siempre... Pero ahora, ya no estoy tan seguro.

SIMON BLACKWELL

*E*n general, decidió Simon, había sido un día de lo más deprimente.

No había habido un solo momento del día en el que no hubiese pensado en lo que había ocurrido la noche anterior entre ellos. La deseaba, la deseaba con todas sus fuerzas. Y la noche anterior...

Recordó cómo se había derretido en sus brazos... cómo ella le había derretido a él. Recordó el sabor de sus labios... como cerezas en verano. Recordó la forma en la que se había abrazado a él, lo cerca que la había tenido. Lo bien que se había sentido al tenerla. Era la cristalización de todo lo que había imaginado.

En el desayuno, su sonrisa le pareció maravillosa. Había revoloteado todo el día de acá para allá, moviendo las caderas por la casa de una manera que... Era como si se le retase para que la cogiese en brazos, la subiese al dormitorio y le hiciese el amor durante todo el día... diablos, ¡durante todo el mes!

Algo que era ridículo, desde luego.

No podía olvidarlo. No podía ignorarla. Y desde luego no podía pretender que no había pasado.

Le remordía la conciencia. Le mortificaba su debilidad. Se había jurado mantener las distancias, no traspasar los límites de su corazón. Pero ahora tenía miedo, le aterraba haber cometido un gran error. ¡No debía de haber permitido que se acercara tanto a él! No podía dejar que siguiera cerca de él.

Y tampoco, descubrió, podía seguir mintiéndose a sí mismo.

Lo que sentía por Anne le asustaba. Ella le asustaba. Si bajaba la guardia, ella entraría en él... hasta el mismo centro de su alma.

Le daba pánico sólo de pensarlo.

Se veía en medio de una tempestad, y que Dios le perdonase, ¡pero no sabía hacia dónde debía tirar! Incluso se le pasó por la cabeza mandarla de vuelta a Londres, con su familia. Pero tenía la extraña sensación de que su encantadora esposa no aceptaría esa solución. Además, sabía que tendría de inmediato a Alec reprochándole su negligencia.

Sinceramente, Simon sabía que no lo haría. No podía. Sería una humillación para Anne. La avergonzaría. No querría hacerle daño. No a Anne, no a la dulce y valiente Anne.

Dios, ¿a quién pretendía engañar? ¡Lo cierto era que no quería dejarla marchar!

Le gustaba tener esos sentimientos que ella le provocaba. Se había sentido perdido por tanto tiempo... Y ahora su vida volvía a tener sentido.

Ella hacía que volviera a tener esperanza. Sueños. Retos.

Pero Simon era de esas personas a las que les aterrorizaba creer que había nuevos comienzos, nuevos destinos. Un hombre que había perdido todas sus esperanzas la noche que perdió a su familia.

Por no hablar de lo grande que era su miedo. De hecho, nunca antes había sentido un miedo así.

Anne nunca lo entendería. Simon no estaba seguro de que él mismo lo entendiese.

Lo único que sabía era esto... Que nunca se atrevería a amar a Anne. Porque tenía miedo de amarla para después perderla...

No podía hacer esto. No podía soportarlo. No una vez más. Nunca más.

A las once de la noche de ese día, Simon salió de su despacho y subió las escaleras en dirección a su dormitorio. En el pasillo, sus pasos eran seguros y decididos. Fue directo a su habitación sin apenas mirar la puerta de la habitación de Anne.

En realidad, se sentía bastante orgulloso de sí mismo, y bastante decidido a no volver a pensar en su esposa hasta el desayuno.

Se dio cuenta, sin embargo, de que ella no se había acostado aún, algo bastante inusual dada la hora.

Sobre todo cuando había entrado revoloteando en su despacho después de las nueve, bostezando sonoramente y anunciándole su deseo de retirarse. Naturalmente, él se había despedido de ella deseándole unas educadas buenas noches. Ella había procedido entonces a salir revoloteando de allí (lo cierto es que no había otra forma de describirlo) después de peinarle la mejilla con la boca.

Al salir, tenía una sonrisa beatífica en los labios.

Simon, sin embargo, no sonrió de la misma manera.

Aún tenía la cara caliente por ese dulce beso. Mientras subía las escaleras, se había prometido que esta noche no sería diferente a las demás.

Finalmente, el reloj de la planta de abajo dio la medianoche. Al oírlo, Simon se echó hacia atrás en su escritorio, mirando con el ceño fruncido la línea de luz que se dibujaba en la alfombra. El diario descansaba abierto sobre la mesa, sin ningún añadido para el día. De hecho, le dijo una vocecita en su mente, ¿qué iba a decir? ¿Que deseaba a su esposa quien, incluso ahora, le esperaba para que se acostara con ella? ¿Que le enviaba señales, siempre tan atractiva...? ¿Que se hacía la encontradiza para seducirle de la forma más irresistible que nunca había imaginado? ¡Dios santo, y que lo había conseguido de manera admirable!

Tirando la pluma, Simon apretó la mandíbula y se decidió. Una noche, se repitió. Una sola noche había bajado la guardia y le había dejado traspasar la línea. No volvería a ser tan descuidado otra vez. No volvería a ser tan débil.

Bastante a menudo durante la hora que siguió, vio el parpadeo de su sombra al pasar por la puerta de la habitación contigua. Finalmente, la luz de su habitación se apagó. Se maldijo a sí mismo, con todas sus fuerzas, furioso de repente consigo mismo.¿Era esto a lo que iba a resignarse? ¿A jugar al gato y al ratón cada noche, hasta bien entrada la noche?

No lo haría. No podía hacerlo. Así que buscó refugio con la única cosa que conocía... con la única cosa que podía permitirse.

El whisky le abrasó la garganta, tanto como la imagen de su hermosa mujer le quemaba la mente.

Pasó una hora. ¿O fueron dos? Medio inconsciente ya, Simon no podía estar del todo seguro.

Con el ánimo tan negro como la noche, se quedó mirando fijamente al fondo del vaso. Beber no era lo que necesitaba. Lo que necesitaba era a Anne.

Debajo de él.

Alrededor de él.

Sobre él.

Demonios, pensó. Si Anne estaba dispuesta, ¿por qué tenía él tantos remilgos?

Antes incluso de que se diera cuenta, tenía ya la mano en el pomo de la puerta. La abrió de un golpe. Los rayos de luna se colaron por el suelo, iluminando el camino que llevaba a la cama de Anne.

«Demasiado para mantenerse firme», le dijo una voz llena de sarcasmo.

Ella dormía boca arriba, con las sábanas enredadas a la altura de su cintura, y una expresión en el rostro de pacífico reposo.

Simon nunca se había sentido con menos ganas de sonreír que ahora, y sin embargo, todo lo que le provocaba esa visión era una gran paz en el pecho.

Encendido de deseo, por dentro y por fuera, le recorrió el cuerpo con la mirada. Se le secó la boca. El delicado camisón que llevaba no escondía nada. Con cada respiración, la tela temblaba sobre sus pechos que empujaban erguidos y voluminosos, los pezones rosados pegados a la tela. Una punzada de deseo le traspasó las entrañas. Quería verlos, pasar su lengua por ellos, sentir cómo se endurecían al contacto con su boca, y oírla gemir de placer.

De repente se quedó helado.

Una negrura ácida le sobrevino. Un asco profundo por sí mismo. ¡Por Dios bendito! ¿Qué era lo que estaba haciendo? ¿Tan bajo había caído como para dejar que el deseo le nublara la razón?

No podía hacer esto. Por Dios, no debía.

Hubo un estruendo que atravesó la noche.

Anne abrió los ojos, de inmediato consciente de la procedencia del ruido. El sonido venía de la habitación de Simon. Apartando las sábanas, corrió hacia la puerta.

—¿Simon? ¡Simon!

Un fuerte olor a alcohol le dio en la cara. No necesitó más que un segundo para darse cuenta de la situación. La lámpara de su escritorio estaba bajo mínimos. Emitía una tímida esfera de luz. En la pared que había a la derecha del escritorio, había un círculo de líquido color rojo brillando aún contra la pintura blanca. El suelo estaba lleno de cristales.

Simon estaba sentado en la mesa, con las piernas espatarradas. El sonido de su nombre pareció cogerle desprevenido, pero después se echó hacia atrás.

—Lo siento —dijo—. ¿Te he despertado?

—Oí algo. —Se movió hacia él, con cuidado de no pisar los cristales. Con la mirada puesta en él—. ¿Estás bien?

—Perfectamente. No tienes por qué preocuparte.

¿Que no tenía por qué preocuparse? Anne no opinaba igual. A pesar de su estado de ebriedad, su habla era más clara que nunca, su mirada más tranquila que nunca. Pero sus ojos estaban inyectados en sangre. Unas líneas profundas marcaban sus mejillas. Se le encogió el corazón. El desánimo que reflejaba su rostro era desolador.

El diario descansaba abierto sobre la mesa y la pluma reposaba encima de las páginas. Anne sabía lo que contenían... lo que significaba. Contenía su corazón. Su vida. Lo más profundo de su alma.

Y aun así...

Él notó la manera en la que Anne miraba el diario.

—¿Por qué sigues escribiéndolo? —Las palabras le quemaban en la garganta. No podía guardárselas—. ¿Por qué... si te atormenta tanto?

Algo lóbrego pasó por su cara. Era como si, por un horrible momento, viese claro su interior: y lo que vio le rompió el corazón. Hubiese podido llorar por su angustia... y por la de ella.

Entonces, de repente, todo cambió. En ese mismo instante lo vio retirarse. Vio cómo cerraba su corazón. Cómo se encerraba para que ella no pudiera verlo.

Estiró el brazo hacia la esquina de la mesa, hacia el otro vaso que había en la bandeja.

Anne fue más rápida. Tapó el vaso con la mano.

—No —dijo.

Él entrecerró los ojos, recuperando la máscara de acero. Anne se sentía tan exasperada como furiosa.

Se había propuesto ganar esta batalla.

Levantó la barbilla. Estaba ya acostumbrada a ese rígido control que sabía ejercer sobre sí mismo. Cuando lo utilizaba, era una fortaleza impenetrable, formidable.

Quizá fuese el momento de obligarle a ver que ella también podía tener voluntad.

La mirada de él pasó de su cara al vaso... y vuelta otra vez.

—Anne...

—No —dijo otra vez.

Anne no iba a permitir que la hiciese callar. No iba a permitir que la dejase a un lado.

Simon entrecerró los ojos. Estaba bebido, y no sólo un poco, a decir verdad. Estaba furioso, pero a la vez también se sentía excitado. Una parte de él quería sacarla de allí. Físicamente, si fuese necesario. De la manera en la que había querido sacarla de la biblioteca aquel día. Ella le pinchaba, le ponía a prueba, le provocaba. Sabía dónde tenía que atacar.

Pero otra parte de él quería tirarla al suelo y besarla hasta hacer que perdiera el sentido.

—Mi querida Anne —le dijo con una corrección heladora—, aprecio tu preocupación, pero puedes estar segura de que soy capaz de decidir por mí mismo...

—No lo necesitas, Simon.

—¿Ah, no? —Dejó escapar una risa nerviosa—. Es la única forma que tengo de llenar mis noches...

—Yo llenaré tus noches.

Algo feroz brilló en sus ojos, una emoción que no pudo reprimir. Y en ese instante, en el intervalo que existe entre un latido y el siguiente, un silencio de otra índole se cernió sobre ellos. El aire se llenó de repente de expectación. Una tensión abrasadora, como si el aire hubiese cobrado vida. Supo por la forma en la que apretaba los dientes, que estaba librando una batalla consigo mismo.

—No me dejas ni un momento de paz.

—No me dejas otra alternativa.

Simon apretó la mandíbula. Sus ojos descendieron lentamente a sus labios y se quedaron allí. Anne se dio cuenta de que no estaba tan desolado como pretendía. Ni tan inmune a su presencia como pretendía estar.

Poniéndole una mano en el pecho, le obligó a sentarse. Agachándose, se sentó en uno de sus largos y duros muslos, adquiriendo el papel de seductora con pasmosa naturalidad. El cuerpo de Simon se endureció por completo. Aunque esta vez, Anne pensó que nada le había excitado tanto antes. Unos ojos ardientes y plateados se posaron lentamente sobre sus mejillas, su mandíbula... y por fin sobre su boca.

Le rodeó la cintura con su poderoso brazo. Y la apretó contra él. Ella se dejó hacer. Quizá tratase de levantarla, pero era como acababa de decir: no le dejaba otra alternativa.

—Bésame, tonto.

Un susurro que excitó a los dos. Los dos respiraban con fuerza cuando Simon buscó su boca. Tenía una mirada tan llena de deseo que Anne sintió que iba a desmayarse.

Él se movió, tanteándose los botones de los pantalones. Anne bajó la vista, justo en el momento en el que él conseguía desabrochárselos... Justo cuando él dejaba al descubierto la materialización de su deseo.

Anne le miró fascinada. El corazón le dio un vuelco. Simon la acercó más a él. Sin dejar de mirarla.

—Tiéntame —dijo—. Tócame.

Y ella lo hizo. Le tocó allí, donde nadie le había tocado desde hacía tanto tiempo... Se le entrecortó la respiración. El dolor que provocaba el placer era exquisito.

Anne descubrió que el pene se iba hinchando y endureciendo cuando lo acariciaba arriba y abajo vigorosamente.

Él la animaba a que continuase.

Tenía un nudo en el estómago, las mejillas acaloradas. No podía evitar sentirse un tanto avergonzada, a pesar de las múltiples maneras en las que se habían tocado la noche anterior. La visión de su mano en esa parte de su cuerpo era desconcertante. No había habido miramientos entre ellos la noche anterior.

Tampoco iba a haberlos ahora.

Sus dedos, mojados de un calor lechoso, se cerraron alrededor de la cabeza de su pene, haciéndole gemir con un sonido bajo y ronco.

Él le cogió la mano y le fue mostrando el camino. Se los puso contra él, alrededor de él. Uno a uno, fue apretándolos fuerte alrededor de su miembro caliente. Envuelta por su mano, envolviéndolo a él, le enseñó a pasarle la mano por el centro mismo de su deseo... y volver. Una y otra vez, más rápido y más fuerte cada vez, hasta alcanzar un ritmo asombroso... Era una caricia tan explícita, tan increíblemente sexual, tan animal y explosiva, que se le hizo un nudo en la garganta.

Simon empezó a respirar con más rapidez. Vio que temblaba. Anne sintió un escalofrío dulce y oscuro. Era ella la que le hacía temblar. No podía evitar mirarle. Tenía la expresión tensa, las cuerdas de su garganta estiradas. Sus ojos eran de un color plateado brillante, un reflejo líquido del deseo más puro e irracional.

El ritmo se hizo más rápido, como los latidos de su corazón.

—Por dios. —Con un gemido, Simon se echó hacia atrás. Pero no dejó que le soltara.

Le subió el camisón hasta la cintura. Tenía los ojos calientes y brillantes. Unos dedos fuertes le cogieron la nalga, y tirando de ella hacia abajo, la sujetó con una rodilla. Se sintió transportada. Elevada, como si no pesara nada. Respiró hondo. Ay, Señor, nunca hubiese imaginado...

Él la apretó entre sus muslos. A horcajadas, se vio sobre él, rodeándole. Tenía el camisón hecho un revoltijo a la altura de la cintura. Más abajo, estaba completamente desnuda. Más arriba, también. Las manos de Simon imprimían un ritmo acompasado a sus caderas.

Sobrecogida, abrió mucho los ojos. Abrió la boca, incluso cuando sus dedos la partieron en dos.

—Simon... —pronunció su nombre en busca de una bocanada desesperada de aire.

—Ábrete para mí, Anne —le susurró él, sofocado—. Sí, amor, así...

Sus ojos se encontraron, y después bajaron. Como su cuerpo. Unas manos fuertes le sujetaron por las caderas. Y la hicieron descender. Palmo a palmo, fue descendiendo sobre la fuerza de su sexo.

Sus pies habían dejado de tocar el suelo. Tenía los muslos tensos. Agarrotados. Era una indicación de lo profundo que la estaba penetrando. Tan profundo como un hombre podía entrar. Tan profundo como él podía entrar.

Anne jadeó.

Simon gimió.

Su boca se cerró contra la de ella... y la de ella contra la de él.

La sensación era tan intensa que le pareció tener un millón de fuegos artificiales en el vientre.

Tan intensa, que era como si un centenar de llamas hubiesen prendido fuego ahí dentro.

Las caderas de Simon empezaron a subir y a bajar, lentamente... ah, tan lentamente al principio...

—Dios —gimió él con voz ronca—. Dios.

Era como si el deseo fuera a romperle por dentro. Bombeó con fuerza, conduciéndose hacia dentro... y Anne se precipitaba y se revolvía, en una unión salvaje y frenética que les hacía a los dos crepitar. Simon emitió un grito rasgado. Anne apretó los ojos, porque era casi más de lo que podía soportar. Un último empujón, un empujón desesperado... y después explotó dentro de ella. En ese mismo instante, las paredes de su cueva se contrajeron, una y otra vez.

Anne se dejó caer sobre él, con la cabeza apoyada en su hombro. Poco a poco, fue recuperando el sentido.

—Dios mío —dijo débilmente.

Simon se rio.

—Bueno —murmuró—, no es así como yo lo hubiese dicho pero, creo que valdrá.

Anne se sonrojó.

Y él volvió a reírse.

Poco antes del amanecer, Anne se encontró instalada en su cama. Tenía un vago recuerdo de haber visto que Simon la llevaba allí, la ponía en la cama y la arropaba con las sábanas. Se estiró adormilada.

—¿Simon?

—Calla. Vuelve a dormir. —Sintió el roce suave de una mano en su mejilla. Al darse media vuelta, sintió la respiración de un beso sobre sus labios. Sonriendo, volvió la cara contra la almohada y volvió a dormirse.

En el desayuno, Simon fue insoportablemente educado. Anne sintió una pequeña punzada en el pecho, que trató de ignorar rápidamente. Trató de hacer lo mismo que él, pero no le resultaba fácil. Duffy se dirigió a él con algún que otro asunto, y después de colocarle un beso mecánico en la frente, Simon salió de la habitación.

Anne estaba furiosa. Apretó los labios. Lo taladró con la mirada. Si hubiese podido hacerle un agujero en la espalda, lo habría hecho. No podía apartar de su mente la sensación de que parecía aliviado...¡el muy sinvergüenza! No volvió a verlo hasta la cena.

Para entonces... ¡ah, para entonces! Anne se había hecho una promesa. La promesa de que no volvería a ser ella la que lo buscase. Si quería tenerla, tendría que ser él el que se acercase.

Una parte de ella no esperaba que lo hiciese...

Pero lo hizo. Esa noche, y casi todas las demás noches a partir de entonces.

A veces le hacía el amor de una forma lenta y apacible. Otras veces era la pasión la que los unía como el fuego, tórrida, fiera e incontrolable.

Sus ansias de poseerla la emocionaban. Sus caricias la derretían. Él compartía su cuerpo. Le susurraba cuánto la deseaba. Pero a la luz del día, no hablaban de todo lo que pasaba entre ellos en esas horas posteriores a la medianoche.

Él venía a ella sólo cuando ya era noche cerrada. Solo en la oscuridad.

Como si se avergonzase.

No es que fuera un amante egoísta. Trataba de darle placer... pero después se negaba el suyo. Anne no era tonta. Ni tampoco estaba ciega. Estaba ahí, en la rigidez de su cuerpo sobre el suyo, en la aplastante tensión de sus brazos rodeándola. Lo veía en su expresión torturada, mitad de placer, mitad de dolor, en la manera en que respiraba con dureza y dificultad sobre su oído.

La llevaba hasta el clímax, poniendo en peligro el suyo.

¿Por qué se lo negaba de esa manera? ¿Por qué la negaba a ella de esa manera? Cuando llegaba la mañana, se marchaba. Y dejaba a Anne sola.

Se sentía confusa. A veces estaba enfadada y a veces desesperada. Simon la quería. Eso no podía negarlo. Lo supiese o no, lo quisiese o no. ¿Pero la quería lo suficiente? ¿Llegaría algún día a quererla lo suficiente?

Anne quería más. Lo quería todo... todo lo que le pudiese dar, y más.

De la manera en que se había entregado a Ellie.

¿Era eso tan malo? ¿Codiciar, capturar su corazón? ¿Era eso ser egoísta?

Ella nunca lo negaría. Nunca lo rechazaría. El deseo disimulaba su amor, sin embargo. Si él quería proteger su corazón con tanta fuerza... entonces ella también protegería el suyo.

La piedra angular de su matrimonio había sido tan pequeña... en realidad, apenas un momento de deseo.

Habían pasado seis semanas desde la boda. Seis largas semanas en las que había habido tanto éxtasis como tormento. Ah, ¡habían andado un camino tan largo!

Pero ahora... ahora ella temía que hubiesen llegado a una situación inamovible.

Quizás, especulaba Anne varios días después, tanta tensión le estaba pasando factura más de lo que hubiese imaginado. Por las mañanas, se levantaba tremendamente cansada. Deseaba darse la vuelta y seguir durmiendo. Al final del día, terminaba exhausta.

Trató de no pensar en ello, ya que no era de esas personas que se preocupaban por cualquier cosa; y tampoco era muy dada a ponerse mala.

Pero esa misma mañana, inmediatamente después de desayunar, se había sentido tan mareada como si estuviese en alta mar. De hecho, cuando echó un vistazo a los menús del día siguiente, mencionó a la señora Wilder si cabía la posibilidad de que se hubiese cortado la leche.

Acababa de dejar la cocina cuando vio a Simon en el vestíbulo.

—Aquí estás —le dijo alegremente—. Voy a ir al pueblo a visitar al vicario Townsend. ¿Quieres venir conmigo?

Normalmente, Anne hubiese aceptado gustosa. Ahora acompañaba a su marido bastante a menudo cuando tenía que visitar a sus arrendatarios, o cuando iba al pueblo. Quizás era una estupidez, pero temblaba cada vez que la sacaba del carruaje y ella le ponía la mano en el codo. Temblaba cada vez que la presentaba como su esposa.

Sacudió la cabeza.

—Hoy no.

—¡Cómo! ¿Tan mala compañía soy?

—¡En absoluto! Sin embargo, creo que prefiero ir a descansar un rato.

Simon levantó una ceja.

—Ni siquiera son las doce —sonrió—, ¿y quieres ir a dormir?

Esa sonrisa encantadora le hizo sentir cosquillas en los dedos de los pies. Era tan alto, tan increíblemente guapo, que le quitaba la respiración.

—Quizá quieras traerme uno de esos maravillosos bizcochos de la tahona. Ése con el glaseado tan rico.

—Está bien. Pero será mejor que no le digamos a la señora Wilder que los prefieres a los suyos —con una chispa juguetona en los ojos, bajó la voz para que nadie le oyera—, si no tendremos que ponernos a buscar otra cocinera dentro de poco.

Nosotros. Nunca había pensado que una sola palabra pudiese significar tanto... Sintió una emoción tan grande en su interior, que temió no poder contenerla.

—¿Quieres algo más?

«¡Solo a ti!», quería gritar. Con la garganta ardiendo de repente, Anne sacudió la cabeza. Demonios, pensó impotente, ¿qué le pasaba? Le observó mientras se daba la vuelta y salía de allí.

—¡Simon! —balbució.

Simon se giró. Desanduvo el camino andado haciendo resonar los tacones de sus botas en el suelo.

Al llegar donde ella estaba se detuvo, con una ternura en los ojos difícil de describir. Le cogió la barbilla y le dio un beso.

Anne sintió como si el coro de la catedral cantase en su estómago.

Sin pensar, se abrazó a su cuello. Fue un gesto impulsivo y cariñoso.

Simon se rio. Pero también él parecía conmovido por su espontaneidad. Sus ojos se encontraron. Él frunció el ceño.

—¿Estás bien? Me quedaré, si quieres que yo...

«Si quería que él...» Ah, Dios, le hubiese querido a su lado todo el tiempo. Lo necesitaba todo el tiempo.

—Estoy bien —dijo, casi sin aliento—. Un poco cansada.

Simon la miró con gesto comprensivo. Aun así, Anne vio algo más en sus ojos, algo que hizo que le diese un vuelco el corazón... que hizo que quisiera volver a abrazarse a él. Después le acarició el labio inferior con el pulgar.

—Descansa entonces. Volveré pronto.

Después de irse él, Anne subió a su habitación y se tumbó en la cama. Estaba agotada, pero los nervios no le dejaban dormir. Por fin se levantó. Se colocó un chal de cachemira por los hombros para defenderse del frío otoñal que empezaba a refrescar el ambiente. No en vano las hojas de los árboles habían empezado a ponerse doradas y rojas.

Suspirando, se dirigió al escritorio que había frente a la chimenea. Se trataba de una exquisita pieza de palo de rosa, muy a la moda esos días, terminada en madera de tulipero. Había enviado una carta a su madre el día anterior, pero hacía ya una semana que no escribía a Caro.

Entonces se acordó de que había terminado el último papel que le quedaba con la carta de su madre. Quizá Simon tuviese en su escritorio.

Se sintió un poco culpable por husmear en el cajón superior del escritorio de su marido, pero sí, resultó que tenía. Cogió media docena de hojas y se dispuso a volver a su habitación. Entonces se detuvo.

El diario de Simon estaba abierto en la esquina de la mesa.

Algo se agitó dentro de ella. Por un instante, la necesidad de cogerlo y leerlo se antepuso a todo lo demás. Afortunadamente, su sentido común, y su raciocinio, fueron más poderosos. Sería una violación de su intimidad, algo que no podía ni permitirse ni aceptar.

A pesar de sus buenas intenciones, no pudo evitar echar un vistazo. Un rayo de luz entraba por la ventana iluminando precisamente esas páginas, como en una invitación para leerlas.

Lo primero que vio fue la fecha.

Veintiocho de septiembre de 1848.

La fecha de ayer. No había nada de extraño en ello.

Sin embargo, su expresión se volvió hosca. Su mente empezó a contar hacia atrás... buscando desesperadamente... y entonces lo encontró.

El corazón le dio un vuelco. Se le secó la boca.

Se puso la mano libre en el estómago.

En ese instante, Anne fue incapaz de procesar nada. Incapaz de pensar.

Pero en lo más profundo de su ser, supo lo que ocurría.

Iba a ser madre.

Y Simon iba a ser padre otra vez.

¿Estaba contenta? ¿Sorprendida? Quizás un poco las dos cosas, pensó temblando.

No sabría decir el tiempo que se quedó allí, inmóvil. Por fin, el traqueteo de unas ruedas acercándose a la casa llamaron su atención. Se acercó a la ventana para ver lo que ocurría.

Tuvo que frotarse los ojos varias veces. Ya no necesitaba escribir a Caro, pensó como en un sueño.

Caro estaba allí, en Rosewood.

Capítulo diecinueve

No puedo negar que el destino me ha puesto a prueba durante todos estos años. Aun así, al mandarme a mi querida Anne, no puedo evitar preguntarme... ¿Es esta la forma que tiene Dios de castigarme?

Simon Blackwell

—¡*H*ooola!

Anne corrió escaleras abajo. Abrió la puerta de par en par al escuchar el saludo burbujeante de Caro. Vagamente, vio que Simon estaba ayudándola a bajar del carruaje... no sabía que venía del pueblo. Después, todo lo demás pasó a un segundo plano porque Caro levantó la cara y la vio.

Con el sombrero en la mano, y un arco iris de lazos ondeando tras ella, subió corriendo las escaleras de la entrada principal.

—¡Annie!

Cayeron la una en los brazos de la otra. Anne reía y lloraba al mismo tiempo.

—¡Caro! ¡Ay, Caro, no puedo creer que estés aquí! Creí que ibas a quedarte en Londres hasta Navidad ¡Ah, ahora mismo iba a ponerme a escribirte!

—¡Vaya, mírate! Te digo, que no he tenido de ti sino... ¿cuántas...? ¿dos cartas en todas estas semanas? No me ha quedado más remedio que venir y comprobar con mis propios ojos cómo estabas.

Anne aún no terminaba de creérselo. Se abrazaron una vez más.

—¿Vas a Gleneden? —preguntó Anne—. ¿O a Lancashire?

—Lancashire era donde Caro y John tenían su primera residencia.

—Gleneden —dijo Caro—. Alec lleva allí casi un mes, ¿sabes? John fue la semana pasada a reunirse con él para cazar un poco. Tía Viv recibió una invitación para ir a Bath, a casa de su amiga Susan. Ah, y Aidan está pensando en renunciar a su misión. ¿No sería maravilloso tenerle en casa después de todo este tiempo? Tengo la impresión de que ha estado en la India durante años, ¿verdad? Bueno, en realidad, así es, ¿no...?

Caro seguía con su habitual forma dicharachera de hablar, diciendo varias cosas al mismo tiempo.

—Así que, ya ves, me dejaron sola en Londres. Decidí que los niños y yo podríamos muy bien unirnos a John y Alec en Escocia. Y como Yorkshire está de camino... bueno, más o menos.... ya sabes lo espontánea que soy... —Su carcajada fue exuberante—. Pensé que sería maravilloso verte de nuevo. Así que espero no ser ningún estorbo... no os molestará si pasamos la noche aquí, ¿verdad?

Por fin se detuvo. Su sonrisa penetró en los corazones tanto de Simon como de Anne.

—No molesto, ¿verdad?

—En absoluto. Estamos encantados de tenerte aquí. —Simon las había estado mirando, con una sonrisa en la cara.

Anne se sintió profundamente agradecida por su rápida y sincera respuesta.

Hasta ahora, Izzie y Jack se habían quedado de pie agarrados a la mano de la niñera. Anne se volvió hacia ellos y les ofreció los brazos. Ellos salieron corriendo y se abrazaron a ella.

Izzie estampó un húmedo y ruidoso beso en la mejilla de Anne. Jack apoyó la cabeza sobre su hombro.

Anne se rio encantada, hundiendo la nariz en el cuello suave de Izzie antes de besar a Jack en la naricita.

—Llevan todo el día nerviosos —se rio Caro—. ¡Estaban ansiosos por verte!

El conductor sacó una maleta del maletero y la metió en la casa. Anne le dijo a la criada que les mostrase el dormitorio, y Caro y los niños la siguieron.

Una vez solos, Anne se detuvo a los pies de la escalera y se dio la vuelta para mirar a Simon. Dudó, pero después le pasó ligeramente un dedo por el brazo.

—¿Estás seguro de que no te importa que se queden?

Simon clavó los ojos en la boca de ella antes de contestar. Una ligera sonrisa se dibujó en sus labios.

—Qué tontería —la reprendió—. No necesitas pedir permiso, ya lo sabes. Cualquier miembro de tu familia, toda tu familia, es bienvenida a esta casa siempre que quieran y durante el tiempo que quieran.

Más segura, Anne le sonrió... una sonrisa que le llegó al alma.

Poco después, se reunieron para tomar el té en el salón. Anne se sentó junto a Simon, cerca, pero no tanto como para que sus cuerpos se tocaran. Una criada trajo los dulces que Simon había comprado. Dos pares de ojos azules empezaron a brillar de inmediato. Jack cogió un pedazo del bizcocho que tanto le gustaba a Anne. Izzie dio un gritito y cogió una galleta de limón en cada mano.

—Izzie —dijo Caro—, una es suficiente, cariño.

—Una para mí y otra para Dolly —explicó Izzie. Miró a la muñeca que estaba sentada junto a ella en el sofá. Al oír una lógica tan aplastante, Anne estuvo a punto de caerse al suelo de la risa.

—No creo que Dolly tenga hambre todavía. —Caro levantó una ceja—. ¿Por qué no la pones en mi plato para que yo pueda guardársela? —sugirió.

Izzie apretó los labios, pero puso la pasta en el plato de su madre. Caro miró a Anne y a Simon.

—Izzie y Dolly son inseparables —explicó Caro.

Conversaron unos minutos. Los niños miraban a Simon de vez en cuando, pero no decían nada, bastante tímidos ante un extraño. Poniendo su taza de té en la bandeja, Caro recorrió la habitación con la vista y después se dirigió a Simon.

—Tienes una casa maravillosa.

Simon cruzó los tobillos.

—Gracias. Confieso que se debe en su mayor parte a la influencia de Anne.

Anne enrojeció de placer. Pasó un dedo por la taza, con la esperanza de que su prima no viese un sentido más profundo en esas palabras.

Jack se metió en la boca el último pedazo de bizcocho. Tenía los labios y las mejillas llenas del glaseado.

Anne dejó a un lado la taza.

—Jack, ven aquí, cariño. —Jack miró a Simon, después decidió, al parecer, que era seguro subirse a su regazo. Anne le secó la boca y después le limpió las manos con su servilleta.

Sentado cómodamente en sus rodillas, Jack levantó los ojos hacia ella.

—Annie —dijo.

—¿Sí, cariño?

Sus ojos azules relucían.

—¿Sabías que mamá tiene un bebé en su barriguita?

Caro abrió los ojos, sorprendida. Su boca formó una «o», bastante avergonzada... y profundamente orgullosa.

—Saltó dentro de ella —dijo Jack antes de que ninguno de ellos pudiese responder.

Caro le riñó.

—¡Jonathan Sykes!

Jack la miró como si en su vida hubiese roto un plato.

—¿Sí, mamá?

Caro miró a Anne. Ella levantó los ojos en una risa silenciosa. No era muy habitual que Caro se quedase sin habla, ¡y Anne estaba disfrutándolo!

—Jack, no... no deberías decir eso.

Él suspiró como si poseyese la sabiduría de los ancianos.

—Mamá —dijo hábilmente—. Me lo ha dicho papá.

Caro bajó el tono.

—¿Ah, sí?

Jack asintió. Parecía estar disfrutando con la conversación.

—Sí. Y cuando nazca —continuó triunfal—, tendremos un hermanito.

Izzie intervino, tirándose al suelo.

—¡No, Jack! —Con un puño en la cadera, apretó la boca con furia—. Tendremos una hermanita. Se llamará Dolly.

—¡Jack! ¡Izzie! —Caro extendió las manos, tratando de contener la risa también—. ¡No discutáis, queridos! Os prometo que será o uno u otro. Y papá y yo decidiremos el nombre, mis niños, y estoy segura de que os encantará.

Caro no se dio cuenta de que Simon había salido un momento. Anne se mordió el labio cuando le vio reaparecer detrás de ella. La cara de Caro era color rojo carmesí y, estaba segura de ello, ¡también la de ella! ¿Había Simon oído la discusión? ¡No sabía si debía de sentirse avergonzada o divertida!

La salvación llegó del modo más inesperado. De los bolsillos, Simon sacó dos palos de caramelo. Esto hizo que Izzie y Jack olvidaran su timidez. Se puso de cuclillas ante ellos y les ofreció uno a cada uno.

Jack cogió el suyo. Izzie agarró el caramelo con rapidez y se lo metió en la boca, chupándolo un momento. De repente, sus ojos se movieron con curiosidad hacia la cara de Simon. Anne contuvo la respiración al ver una expresión extraña en la cara de Simon. Entonces, de repente, Izzie se sacó el caramelo de la boca.

—¿Cómo te llamas?

Simon sonrió.

—Me llamo Simon.

—¿Tienes un perrito? —le preguntó esperanzada.

—No —dijo, pero tenemos una oveja de lana, y vacas, y un establo lleno de caballos. Ah, y dos cabras a las que les encanta que las acaricien.

Izzie se entusiasmó.

—¿Una cabra niño? —respiró—. ¿O una cabra niña?

Anne y Caro se miraron. A duras penas contenían la risa.

—Un niño y una niña. *Fred* y *Libby*. La señora Wilder, nuestra cocinera, hace queso con la leche de *Libby*. ¿Os gustaría verlas?

Los ojos de Izzie se abrieron expectantes.

—¡*Fred* y *Libby*! ¡Quiero ver a *Fred* y *Libby*! —Empezó a dar saltos, incapaz de contenerse.

Simon se puso en pie. Pareció dudar un momento, pero después extendió una mano a la niña. Izzie no se hizo de rogar y se la cogió enseguida. Simon miró a Jack.

—¿Quieres venir con nosotros, Jack?

Jack movió la cabeza arriba y abajo. Se cogió con fuerza a la otra mano. En su excitación, Izzie olvidó incluso a Dolly.

Anne respiró por fin, sin darse cuenta de que no lo había hecho hasta entonces. No podía negar sentirse aliviada. Había dudado un poco, tal vez incluso había temido que Simon se sintiese incómodo con la presencia de Izzie y Jack. Ah, sabía que no podía ser grosero con ellos a propósito. Pero la reticencia que ella había pensado que podía sentir con los niños, sobre todo con Jack, no parecía haber estado presente...

Anne siguió al trío con los ojos mientras salían del salón. Pasó un momento antes de darse cuenta de que Caro estaba hablando.

—Ahora que Jack tiene un poni —decía Caro con voz lacónica—, Izzie ha decidido que lo que más desea en este mundo es un perrito. Y John le ha prometido que tendrá uno.

Anne se rio.

—Me recuerda tanto a ti cuando eras pequeña.

—Qué raro —se rio Caro—, ¡estaba a punto de decir lo mismo de ti!

Caro siguió poniéndole al corriente de las últimas novedades de Londres. Anne escuchaba sólo a medias. Su mente estaba con Simon y los niños. Por fin puso a un lado la taza y se sacudió las migas del regazo.

—Quizá deberíamos ir a ver cómo están Izzie y Jack. —Gracias a Dios había conseguido disimular su ansiedad.

—Buena idea. —Caro la observó alegremente—. Aunque estoy segura de que están en buenas manos.

No eran los pequeños los que preocupaban a Anne... Pero no dijo nada.

Simon y los niños venían por el camino cuando Anne y Caro salieron. Simon traía a *Lady Jane* de la brida; Jack iba montado en la yegua.

Jack se puso a gritar.

—¡Mamá! ¡Annie! Miradme. ¡Estoy montando a *Lady Jane*!

Izzie venía dando saltos agarrada de la mano de Simon, golpeando la gravilla. Después de mirar a su madre y a Anne, se dio la vuelta y extendió los brazos hacia Simon.

—¡Me toca! ¡Me toca! —gritó.

Simon la cogió y la puso detrás de Jack, sujetándole la espalda cuidadosamente con una mano.

Izzie estaba radiante. Algo completamente inesperado sucedió... Simon se echó a reír con todas sus fuerzas.

A Anne se le paró el corazón en ese instante. Así era como quería verle siempre: relajado y tranquilo, y riéndose.

Los tres se detuvieron frente al pórtico de la entrada. Simon bajó a los niños de la grupa de *Lady Jane*.

—¡Mamá! —gritó Izzie—. ¡Hemos tocado a *Fred*! Pero *Libby* no nos ha dejado. Simon la siguió por el campo. ¡Pero no pudo cogerla!

Anne se rio con todas sus fuerzas al imaginar a Simon corriendo detrás de la cabra. Los labios de Caro se torcieron. Simon las miró con las cejas levantadas.

Izzie se puso a bailar delante de Simon.

—¿Puedo acariciar a *Fred* y *Libby* otra vez? —pidió—. ¿Por favor?

—Quizás antes de la cena. Si a tu madre no le importa, claro. —Miró a Caro con una sonrisa—. Supongo que necesitan un poco de diversión después de todo ese tiempo metidos en el carruaje.

—¡Ni te lo imaginas! Te aseguro que, cada pocos minutos, si no era el uno era el otro preguntándome por el tiempo que faltaba para ver a Annie. ¡No te imaginas lo mucho que te han echado de menos, Annie! —Sonrió a su prima, después miró a Simon—. Sin embargo, te lo digo de verdad: no querría que fueran una carga para ti.

—No lo son, te lo aseguro.

Caro arqueó una ceja.

—Hora de la siesta, Izzie. Y Jack, tú también. Después podréis ir.

Izzie rodeó a Simon con los brazos y chilló.

Un poco después, esa tarde, Simon, Jack e Izzie tomaron el camino de vuelta al pasto. Simon tuvo pronto que coger a Izzie y llevarla en brazos todo el camino. Jack se paraba a menudo a coger una piedra y con un rugido la tiraba por encima de la valla. Caro y Anne caminaban detrás, a cierta distancia.

—Se le dan bien los niños.

—Sí —murmuró Anne—, ¿verdad que sí?

Fue este pensamiento el que ocupó su mente esa noche. Jack e Izzie se fueron a dormir después de la cena. Simon se excusó y se fue a su despacho. Anne y Caro caminaron hacia la terraza. Estaba a punto de anochecer. Un olor a rosas inundaba el aire proveniente del jardín cercano. Muy pronto, pensó Anne vagamente, el invierno marchitaría las rosas.

Anne sabía que Caro tenía los ojos puestos en ella.

—Me alegro de verte tan bien —dijo Caro suavemente.

Si alguien las hubiese estado escuchando, hubiese pensado que era una observación casi obligada, un poco forzada. Anne detectó la pregunta que escondía.

Dejó de sonreír. Se colocó el chal por los hombros.

Y ahora Caro la miraba fijamente.

—¿Annie? —susurró. Y después—: ¡Annie! Ah, lo siento mucho. No era mi intención molestarte...

—No tienes que preocuparte, querida. —Anne hizo rodar una piedra debajo de su bota. Hizo un valiente intento por parecer normal. Pero de repente, notó cómo se le hacía un nudo en la garganta. Su autocontrol peligraba. Tenía el deseo más absurdo de llorar y desahogarse.

Porque se trataba de Caro, a la que siempre le había contado todo. Pero Anne no podía, ¡no debía!, contarle la situación actual de su relación con Simon. No podía desde luego decirle lo que acababa de averiguar hoy: que iba a tener un hijo. No, cuando ni siquiera se lo había dicho a Simon. Sobre todo cuando no podía predecir cuál sería su reacción.

Esta era una realidad brutal a la que debía enfrentarse ella sola. No, Anne no podía fingir que todo estaba bien. No podía ocultarlo.

Caro le cogió las manos.

—¿Recuerdas lo que te dije en Londres antes de que te fueras? Que por encima de todo, me gustaría que tuvieras lo mismo que tengo yo —dijo suavemente.

¿Cómo iba a olvidarlo?

—Lo recuerdo.

—No he olvidado tu respuesta, Annie. Me dijiste que algún día sería así.

Así era. Y en aquel entonces, no tenía ninguna duda al respecto.

Anne suspiró.

—Ahora ya no sé si se cumplirá —lo dijo en un tono de voz muy bajo. Dolía demasiado decirlo en voz alta.

Caro le estrechó los dedos.

—¡Annie! No digas eso. Tienes que creerlo.

—Me gustaría hacerlo. Me gustaría tanto... Pero no es tan sencillo. Simon —unas lágrimas involuntarias ahogaron sus palabras— tenía una...

—Lo sé —le dijo tranquilamente Caro—. Unos días después de que os marcharais, John recordó algo... y se lo preguntó a Alec. —Hizo una pausa—. Las cosas han cambiado, Anne. Él es diferente. Puedo verlo. Tú le has cambiado.

A Anne le temblaba la boca.

—Quizá tú puedes ver cosas que yo no.

—Quizá —dijo Caro con una leve sonrisa—. Pero tú y Simon os pertenecéis. Lo dije una vez y... bueno, sigo pensando lo mismo. Así que seca esas lágrimas, cariño. Sécate las lágrimas. Te conozco —se limitó a decir—, y sé que encontrarás el camino.

Anne no conseguía mirarla. Caro suspiró. Empezó a decir algo, y entonces, se calló de repente.

—¡Mira! —dijo Caro. Señaló por encima del hombro de Anne—. ¡Mira allí!

Anne se giró para seguir la neblina morada que flotaba sobre la copa de los árboles y que seguía hacia el oeste y se perdía en el horizonte... Justo allí empezaba a brillar una estrella. Su luz era contundente.

—La primera estrella de la noche —gimió Caro—. Pide un deseo... ¡Rápido!

—Caro...

—¡Annie!

—No se hará realidad si te lo digo...

—¡Entonces no me lo digas! —fue el murmullo ferviente de Caro—. Pide un deseo, Annie. ¡Ahora!

Anne cerró los ojos, levantando la cara al cielo...

Cuando volvió a abrirlos, una dulce sonrisa se dibujaba en los labios de Caro. ¡Ah, Caro era tan romántica! Y aun así...

Se sintió esperanzada. Sintió que la fuerza volvía a acompañarla.

Anne sonrió a su prima.

—No sé cómo lo haces, pero siempre que lo necesito, consigues hacer que me sienta mejor.

—Bueno —dijo Caro alegremente—, gracias a Dios no lo necesitas muy a menudo. Aun así lo intento.

Estirando los brazos, Anne la abrazó con todas sus fuerzas.

Y

Caro decidió que saldrían temprano para Gleneden al día siguiente. Ya de mañana, se congregaron en la puerta para despedirse. Caro y Anne se abrazaron una vez más. Izzie deslizó su mano dentro de la de Simon. Él se agachó y ella le rodeó el cuello con los brazos propinándole un sonoro beso en la mejilla. Jack estrechó después la mano de Simon como un perfecto caballero.

De rodillas, Anne abrazó a los pequeños. Jack empezó a llorar.

—Me gustaba cuando vivías con nosotros, Annie. No quiero que vivas aquí más.

Su desconsuelo le llegó al alma.

—Jack, ahora soy una mujer casada. Como tu mamá y tu papá, cariño. Ahora vivo aquí. Con Simon.

Se colgó a ella.

—Me da igual. Ven con nosotros, Annie. Ven con nosotros.

Anne le quitó el pelo de la frente.

—Amor, te visitaré pronto. ¿Qué te parece?

Sus labios rosados se abrieron de repente.

—¿Me lo prometes?

Anne le pasó el dedo por su nariz achatada.

—Te lo prometo.

Caro fue la última. Las dos tenían los ojos húmedos, las dos se resistían a decirse adiós.

Fue Anne quien finalmente se apartó, riendo agitadamente.

—¿Nos ves? Menudo par de lloronas estamos hechas.

Un último y rápido abrazo entre todos y después se marcharon. Anne les dijo adiós con la mano hasta que el carruaje desapareció de su vista, recordando sin saberlo lo mucho que había sentido la despedida el día de la boda, cuando ella y Simon dejaron Londres.

Era exactamente como le había dicho a Jack. Ésta era ahora su casa. Su vida estaba aquí, con Simon.

Las cosas habían cambiado, había dicho Caro. Él había cambiado. ¡Que él cambiase era lo que más deseaba Anne en este mundo!

Si pudiese tener la fe de Caro.

Capítulo veinte

Parece que haya pasado toda una vida desde la última vez que cortejé a una mujer. Qué raro me parece incluso pensar en hacerlo. Tengo miedo de no saber ya... Porque la mujer a la que quiero cortejar no es cualquier mujer. ¡Es mi mujer! Y no puedo evitar preguntarme... ha pasado tanto tiempo. ¿Será demasiado tarde?

SIMON BLACKWELL

*A*nne tenía aún que contarle a Simon su secreto.

No dejaba de pensar en el embarazo. Estaba eufórica. Atemorizada. Quizás hasta un poco avergonzada. Niño o niña, no le importaba. Estaba ansiosa por sentir ese cuerpecito en el hueco de su hombro. ¡Sabía que sería una sensación maravillosa y que todo sería perfecto!

¿Sentiría Simon lo mismo?

Era una pregunta que le corroía por dentro.

Se decía a sí misma que era precaución, no cobardía, lo que le hacía guardar silencio. Antes de nada, quería estar absolutamente segura. Y como había imaginado, tampoco este mes le había venido el período.

En segundo lugar, estaba el asunto de «cómo» decírselo. Anne trataba de encontrar la mejor forma de dar la noticia a Simon. En tercer lugar, quería que fuese en el momento oportuno. No quería limitarse a soltarlo de cualquier manera... ¡eso hubiese provocado una situación muy incómoda para los dos!

Rezaba para que fuese en un momento de ternura y paz, de bondad y alegría. Pero lo cierto es que no estaba segura de cómo iba a tomárselo Simon.

El comportamiento de Simon con Jack e Izzie le había dado esperanzas... ¿pero era suficiente?

No podía olvidar los reparos de Simon la noche en la que

hicieron el amor por primera vez. Él había dicho que lo cambiaría todo; en realidad, ¡era por eso por lo que ponía tantos reparos! El miedo no la dejaba descansar. ¿Seguía pensando que debían separarse después de un año?

Tampoco podía olvidar su discurso de la primera noche en Rosewood... la afirmación de que no quería hijos.

Y era esto lo que más miedo le daba de todo.

Tenía que ser sincera consigo misma. No sabía lo que Simon quería de ella... aparte de su cuerpo. Si no se contentaba con seguir como hasta ahora, al menos parecía que se había resignado a ello. La pasión que había entre ellos era real. Les dejaba a los dos sin aliento y desesperados, ansiosos. Aun así, había una parte de él que protegía con uñas y dientes.

Anne quería a este niño, era el hijo de Simon. Ésta podía ser muy bien una oportunidad para empezar una verdadera vida juntos. Para compartir sus vidas, sus esperanzas y sus sueños.

No estaba segura de qué era lo que le impedía decírselo. Por algún motivo, el momento oportuno parecía no llegar.

Y éste podría ser el punto de inflexión de su matrimonio.

¡Si al menos pudiese saber de qué forma esto afectaría a su matrimonio!

Echaba de menos la solidez de Caro. Su fe, porque en cuanto a ella, parecía haberla perdido por completo.

Una semana después de que Caro y los niños partiesen para Gleneden, Anne terminó, sin darse cuenta, en el despacho de Simon. Puso el correo del día sobre la mesa y echó un vistazo afuera. El amanecer había traído una capa baja de nubes grises. Tal vez fuese ese tiempo lo que le hacía sentirse un tanto melancólica.

Por algún motivo, era como si no pudiera irse de allí. El olor de la colonia de Simon seguía flotando en el aire. Le resultaba bastante reconfortante, y terminó sentada en el diván, sujetándose la mejilla con el puño. Se tumbaría un poco. Sólo un momento...

La casa estaba muy silenciosa y tranquila. Anne recordó de repente lo alegre que había parecido cuando los niños y Caro habían estado allí... y un recuerdo en particular se le vino a la mente.

La mañana de la partida, Anne les había acompañado escaleras abajo hasta el vestíbulo. Mientras esperaban a que llegase el carruaje, Izzie le había pedido que la cogiera en brazos. Anne la levantó y la abrazó con fuerza, sintiendo la calidez de su pequeño cuerpo.

—Baila —le había pedido Izzie—. ¡Baila, Annie!

Así que Anne se había puesto a bailar y a dar vueltas, una y otra vez, cada vez más rápido hasta que las dos terminaron mareadas y muertas de risa. En el último giro, se tambaleó pensando que iba a caerse. Unas manos fuertes la cogieron por la cintura, rescatándola...

—Ten cuidado —le había susurrado Simon.

Una sonrisa de indulgencia, casi perezosa, se había dibujado en sus labios... recordó lo increíblemente atractivo que le había parecido.

Anne no tenía pensado quedarse dormida, pero así fue. Y soñó... soñó una vez más estar girando y danzando por el vestíbulo. Pero el niño que tenía en los brazos no era Izzie, sino una hermosa niña de rizos dorados y mejillas sonrosadas.

«Baila —le pedía la niña—, baila mamá.» Levantaba la cara hacia ella, una versión delicada de las hermosas facciones de su padre. Y una vez más, Simon venía a rescatarla. Pero esta vez él reía también...

Era un sueño maravilloso... tanto, que Anne odió tener que dejarlo ir. Se aferró a él, aunque todo parecía empujarla hacia el mundo real de nuevo. Suspirando, sonriendo aún, abrió los ojos.

Le costó al principio ver a Simon sentado en el escritorio. Tenía el libro de contabilidad abierto y la pluma en la mano. Había algo que centelleaba en sus ojos; algo que le quitó la respiración. En sus labios, tenía la promesa de una sonrisa.

Anne supo que había estado observándola mientras dormía.

—Ah, hola.

—Hola. —Su sonrisa se hizo más pronunciada ahora.

Anne se incorporó lentamente.

—¿Cuánto tiempo llevas ahí?

Levantó una ceja.

—El suficiente para saber que tus ronquidos son maravillosos.

Anne frunció el ceño con total naturalidad.

—Es de muy mal gusto que te sientes ahí para ver cómo...

—¿Roncas? —terminó él, divertido.

Anne enrojeció.

Simon se rio, después se cruzó de brazos y la miró.

—¿Con qué soñabas?

Sintiéndose arrugada y despeinada, Anne se puso a colocarse el pelo con la mano.

—¿Qué?

—Sonreías mientras dormías. Supongo que estarías soñando.

Anne buscó algo que hacer con las manos... cogió una horquilla que se le había descolocado en el pelo.

—Creo... creo que estaba pensando en Caro —bajó las manos—, y en los niños.

—Son encantadores, ¿verdad? Tu sueño también debía de ser estupendo, a juzgar por la expresión que tenías.

«No te imaginas cuánto», pensó entusiasmada. Su mente empezó a hacer cábalas y se le aceleró el pulso. ¿Debía decírselo ahora? ¿Ah, pero qué le iba a decir?

«Para el verano, la casa ya no estaría tan vacía. Para el verano, Jack e Izzie tendrían un nuevo primo.»

Él movió la cabeza.

—¿Anne? ¿Ocurre algo?

Esto era absurdo, la verdad. Era su marido. ¿Por qué no podía decirle nada? De repente, sintió un gran peso en la lengua.

Algo debió decirle con la mirada. Porque sus ojos parpadearon y su sonrisa desapareció.

—¿Qué...? —dijo débilmente—, ¿estás embarazada?

Anne apretó las manos en el regazo. No lo negó ni lo confirmó. En vez de eso respondió a su pregunta con otra.

—Recuerdo que cuando vinimos aquí, dijiste que no querías hijos... Todavía no los quieres, ¿verdad?

Hubo un silencio extraño... ¡un silencio interminable!

No dijo nada. No tenía que hacerlo. Su silencio hablaba por sí mismo.

En ese momento, le odió. Le odió amargamente. Tenía que asumir que el suyo no era un matrimonio normal. Los hijos eran una consecuencia natural del matrimonio. Era natural...

¡todo el mundo lo esperaba! Cualquier mujer, cualquier esposa, querría tener hijos a los que alimentar, amar, cuidar y ver crecer. Y cualquier hombre... cualquier hombre querría hijos para que llevasen su sangre y su apellido.

Todos los hombres menos Simon.

El silencio se hizo insoportable.

Anne se quedó helada. Esto era lo que tanto había temido. Supo entonces... supo que no quería un hijo. No podría convencerle. No podría llegar hasta él. Había creído que podría hacer que la amara. Había creído que podría hacer que cuidase de ella.

Ella sólo había pensado en el futuro.

Cuando él sólo pensaba en el pasado.

No podía decirle lo del niño. Sencillamente, no podía.

—Entonces —dijo ella tranquilamente—, por eso es por lo que te niegas a darte placer, ¿verdad? ¿Por lo que te echas atrás antes de eyacular?

Se quedó frío.

Ella no podía sentir sino amargura.

—¿Qué —dijo—, creíste que no iba a darme cuenta?

Por dentro, Anne estaba conmocionada, dolida, pero no estaba dispuesta a hacérselo ver.

—Recordarás —dijo a propósito—, que algunas veces no fuiste tan cuidadoso.

—Una vez —dijo él en voz muy baja.

—Dos veces, Simon. Dos veces. —Anne se sintió casi complacida de poder recordárselo.

Un color bastante revelador le subió por el cuello.

—Creo que estaba bastante ebrio —dijo fríamente—. No puedo recordarlo bien...

—Mentiroso —dijo ella—. Mentiroso.

Sus ojos se volvieron fríos.

—Mi querida Anne, el tema de los juegos de cama no debería ser discutido...

Anne se levantó de repente.

—¡Siento no estar de acuerdo con usted, señor! Se hace... ¿y luego no se puede hablar de ello? Eres mi marido. Yo soy tu esposa. He sentido cómo temblabas de deseo. He sentido cómo temblabas de pasión, pero te niegas a dejar que me acerque a ti. Te acuestas conmigo por las noches. Te metes dentro de mí.

Pero por el día, ni siquiera eres capaz de mirarme a los ojos. Como si nada hubiese pasado. No compartes nada conmigo... excepto tu cuerpo... ¡no, ni siquiera eso!

Unas pequeñas líneas blancas aparecieron junto a la boca de Simon. Apretó los labios. Cerró con fuerza el libro de contabilidad... pero no conseguiría hacer lo mismo con ella.

Anne caminó hacia él, directamente frente al escritorio. ¿De verdad estaba tan ciego? ¿O sólo se lo parecía a ella?

—Mírame, Simon.

Él se agarró las manos y las puso sobre la tapa del libro.

—Querida, tienes toda mi atención.

Anne suspiró, un suspiro seco y agónico.

—Te conozco, Simon. Sé lo que escondes. Veo lo que escondes. Te niegas a dejar tu semilla en mí. No dejas que llegue a ti. ¿Tienes idea de cómo me afecta eso? Te engañas a ti mismo. Y me engañas a mí.

Simon apretó la mandíbula. Era cierto. Ella le conocía, reconoció con furia. Le amenazaba. Le desenmascaraba. Había encontrado la grieta de su armadura, y le atacaba precisamente ahí, donde más daño podía hacerle.

Tamborileó la tapa con los dedos.

—¿Demonios, Anne, qué es lo que estás haciendo? ¿Sabes de sobra que nunca te haría daño...?

Un gemido salió de sus labios.

—¿Cómo puedes decir eso? ¿Cómo? —Se le oscurecieron los ojos—. Dios mío —susurró—, me estás rompiendo el corazón... ¿acaso te importa?

Tensó aún más la mandíbula.

—Sé lo que piensas —hablaba en un tono muy bajo—, que no sé cómo amar.

—Vamos, Simon, creo que sabes muy bien cómo amar. Sé que es así. Creo que lo harás.

Simon suspiró. Se sentía... ah, descolocado. Lejos del mundo y de todos los que formaban parte de él.

Deslizó la vista hacia otro lado, a un punto justo más allá de su hombro. Tragó saliva.

—No puedo, Anne. —Era una verdad abrumadora y frágil. Una verdad brutal—. No sabes cómo es, no lo entiendes. Los hijos son tan frágiles. La vida es tan frágil...

—¿Y yo qué? ¿Tan egoísta eres? ¿Crees que eres el único que ha perdido gente a la que amaba? ¿El único que ha perdido un hijo? Mi madre perdió tres, Simon. Tres. Y a mi padre... me senté al borde de su cama durante casi un año para verle morir, poco a poco. Día tras día. Mi madre apenas se separaba de su lado. Cuando murió, cuando sus hijos murieron, no salió huyendo. No se escondió. Así que no te atrevas a decirme que no sé cómo es.

Anne jugueteó con los dedos.

—No quiero ser cruel. Pero se han ido, Simon. Ellie y tus hijos se han ido. Te has estado castigando por eso todos estos años. ¿Cuánto tiempo más vas a seguir castigándote? ¿Cuánto tiempo más vas a castigarme a mí? Quiero un marido. Quiero hijos. Mis propios hijos. Y los tuyos también.

Anne no iba a detenerse allí.

—Tu dolor sigue vivo. Entiérralo, Simon. Entiérralos a ellos.

Simon se sentía como si le estuvieran golpeando. La cabeza le daba vueltas, el mundo a su alrededor daba vueltas.

—Basta —dijo rudamente—, deja de hacer esto.

—¿Y si no quiero dejarlo? No puedes mandarme a mi habitación como si fuera un niño. Y desde luego no puedes castigarme.

—¡Entonces no me castigues tú a mí! —Su tono era como el hielo.

Él seguía luchando con ella, pensó Anne. Nunca hubiese imaginado que pudiera dolerle tanto. Era como un cuchillo que penetraba en su corazón. La partía en dos. Por dentro solo quería llorar. ¿Sería siempre así?

Era como si la estuviesen ahogando. Él pondría a salvo su corazón incluso aunque con ello arriesgase el de ella, y eso era más de lo que podía soportar. Sangraba por dentro. La estaba partiendo en dos. No podía decirle lo del niño. No ahora. No quería que se sintiese culpable o responsable.

No quería medias tintas. No quería las migajas. No se conformaría con eso. Conservaría su orgullo y no cedería.

Deseaba descansar la cabeza sobre su hombro, ¡pasar con él toda la noche! Ponerle la mano en el corazón, confiarse a él y sentirse segura.

Y saber que cuando se hiciese de día, él seguiría a su lado. Lo quería a su lado. Cada noche. Todas las noches.

Era todo o nada. No se conformaría con menos.

Pero su expresión era inescrutable. Podía ver cómo se echaba hacia atrás, cómo se defendía, esquivo y replegado en sí mismo. Parecía volver a donde pensó que no volvería a verle. No dejaría que lo hiciera. No esta vez.

En el pecho tenía un nudo de dolor, un nudo de impotencia y rabia.

Dio una palmada en el escritorio con la mano.

—¿Por qué eres así? —gritó—. ¿Por qué me haces callar?

Él no dijo nada, se limitó a echarse hacia atrás en la silla y a mirarla con frialdad.

—Anne, estás muy alterada. Cuando consigas aclarar un poco tu mente, seguiremos con esta discusión.

La cegó una rabia profunda.

—Mi mente nunca ha estado tan clara.

—Por el amor de Dios, Anne, por favor, escucha...

El enfado de Simon no hizo sino aumentar el de ella. De repente, su anillo de boda le pareció un peso imposible de sostener. Empezó a hacerlo girar con los dedos, una y otra vez.

—No —dijo ella, indignada—, escúchame tú. No seré una mujer a medias. No seré una esposa a medias.

Se quitó el anillo de bodas. Con todas sus ganas, lo levantó hacia él, directamente contra su pecho. Directamente contra su corazón.

—Si no me quieres, entonces, te aseguro que yo tampoco te querré.

El anillo rebotó en su pecho y después cayó al suelo.

Simon dejó escapar una maldición.

—Anne, ¿qué diablos estás haciendo? ¡Anne!

Pero Anne había dejado de oírle. Por fin, con cierta satisfacción, pudo hacer lo que había deseado hacer tantas veces...

Se dio media vuelta y salió de allí dejándole con la palabra en la boca.

Anne no bajó a cenar esa noche. No tenía la energía, ni el deseo, de enfrentarse a Simon justo entonces. No se arrepentía. De nada. Estaba cansada de luchar. Frustrada de encontrar siempre la misma resistencia. Había creído que solo era cuestión de persistencia y paciencia, que él terminaría por ceder. Nunca pensó que sería tan duro. Era absurdo pedir deseos a las estrellas, soñar todo el día con algo que nunca se cumpliría.

Había sido una estúpida.

Audrey le trajo una bandeja a la habitación. Anne picoteó sólo un poco y dejó que la criada le ayudase a desvestirse. Después pidió a la chica que se retirara y se sentó frente al tocador. ¡Dios, qué pálida estaba! Se quitó las horquillas del pelo y las apiló de cualquier modo. Dando un tirón de la peineta de marfil que le sujetaba el moño, dejó caer la cortina de pelo sobre sus hombros.

Después empezó a cepillárselo lentamente con el cepillo de mango plateado. La monotonía del movimiento consiguió calmarla un poco. La discusión con Simon la había dejado vacía. No quería pensar en las consecuencias del día. No quería pensar en mañana. No quería pensar en nada.

Tenía la mente tan abstraída que ni siquiera oyó el sonido de la puerta que conectaba los dos dormitorios.

Aunque sí le oyó acercarse.

Anne se quedó completamente quieta, con el cepillo aún en la mano. De repente, le dieron ganas de llorar, era como si tuviera un nudo en la garganta.

No podía ver a Simon, pero sabía que estaba allí. De pie en la oscuridad. De pie en las sombras, con el corazón en tinieblas.

Entonces, de repente, se puso detrás de ella. Anne vio su reflejo en el espejo. Contuvo la respiración.

Sintió sus manos fuertes y cálidas sobre los hombros.

Lentamente, le bajó las mangas del camisón, dejándola desnuda hasta la cintura.

Paralizada, Anne no podía moverse. Era como si se le hubiese parado el corazón.

Simon empezó a acariciarle los hombros y fue descendiendo las manos todo el camino hasta llegar a sus pechos, a los que rodeó con los dedos. Con las palmas presionó la carne firme y tersa, como si la reclamase para sí. Anne no podía apartar la vista del espejo, absorta con la visión de esas manos grandes sobre su cuerpo, de esos dedos que parecían aún más morenos en contraste con la blancura de su piel. Era una visión insoportablemente erótica. Él jugó con sus pezones, masajeándolos y haciendo que le temblara todo el cuerpo. Ella abrió la boca, el cepillo aún suspendido en una de sus manos.

Lo dejó caer al suelo. Anne captó un único reflejo de sus ojos, plateados y brillantes. Sin decir una palabra la cogió y la volteó para arrojarla en sus brazos. Lo primero que pensó Anne es que estaba borracho.

Pero no era así.

—Te necesito, Anne —le susurró con una voz extraña y contraída—. ¡Te necesito! —Y lo dijo con tal desesperación que a ella le dieron ganas de llorar.

Estrelló su boca contra la de ella. Reclamó su lengua en un beso tan erótico como sus manos masajeándole los pechos. Fue un beso que anuló su voluntad, que acabó con cualquier queja que hubiese podido formular. Le temblaron las piernas, se hubiese caído si no hubiese sido por su arrebatador abrazo. Se sintió atrapada no por él, sino por un deseo incontrolable que nacía de ella misma. Todo dentro de ella ardía en un fuego devastador.

Todo lo que importaba ahora era Simon. Sólo Simon importaba.

Así que le besó con un gemido ahogado. Le rodeó el cuello con los brazos. Perdió la razón, perdió el corazón. No estaba rindiéndose, no estaba claudicando. No había nada de triunfo o victoria en su abrazo, sino una desesperación pura y dura que era tan feroz como la de ella.

Unos brazos fuertes la elevaron en el aire. Apenas se dio cuenta de que la puerta que separaba sus dormitorios había quedado abierta. Sintió las mantas en su espalda, y después a Simon, tan desnudo como ella. Sus bocas se sellaron. Anne le acarició la espalda con los dedos. Le acarició las cicatrices. Él se encogió, pero sin rechazarla. Haciendo presión con la palma de la mano, lo puso boca abajo. Sus labios rozaron los bordes desiguales de las cicatrices y después besó cada rincón de esas horribles marcas hasta que una exclamación baja y ahogada salió de sus labios.

En cuanto a Simon... se dio la vuelta para celebrar la visión de sus pechos. Después le hundió la lengua en el ombligo. Con una mano, introdujo los dedos por el valle enmarañado de su sexo, haciéndola perder el sentido. Empezó a temblarle el cuerpo. Cuando pensó que no podría soportarlo más, un hombro terso y fuerte le separó los muslos. Anne le miró con los ojos muy abiertos, maravillada con la oscura cabeza que se adentraba entre sus piernas.

Era más de lo que hubiese podido imaginar. Simon le abrió el centro de su deseo con los pulgares. Y a continuación sintió una lengua que jugaba y se movía entre los pliegues, dándole un placer que nunca pensó que pudiera existir. Anne se rindió a semejante ataque, retorciéndose contra su boca... contra su lengua... hasta que por fin explotó.

Al volver a la realidad, lo primero que vio fue a Simon de rodillas entre sus piernas. Con ellas le abrió los muslos y la penetró hasta el infinito, sellándole la boca... sellándole todo el cuerpo. Anne gimió. Él la penetró aún más. Con cada movimiento, él tocaba la pared de su vientre, la pared de su alma, incluso. Anne se rindió a él por completo. Simon no le negó nada. Sujetándole las nalgas con una mano, la obligó a pegarse aún más a él, apretándola con fuerza, desbordándose a borbotones dentro de ella, una y otra vez como si no fuera a vaciarse nunca. Fue como una tormenta, y los dejó a los dos exhaustos.

Poco a poco, Simon pudo recuperar el control de sus miembros. Le acarició el pelo con los dedos. Poniéndose de lado, le rodeó la cintura con el brazo.

Se quedó dormido en unos minutos.

Capítulo veintiuno

Nunca olvidaré la primera vez que la vi... a mi querida Anne. Y nunca olvidaré el momento en el que volvió a mí.

SIMON BLACKWELL

$\acute{E}$sta era la primera vez que dormían juntos toda la noche.

Simon durmió profundamente, y no se levantó ni una sola vez.

Anne no tuvo la misma suerte, sin embargo. Excitada por los acontecimientos del día, apenas pudo pegar ojo. Su mente se debatía una y otra vez, primero en una dirección, después en otra... ¡tanto o más que sus sentimientos!

Finalmente, el amanecer trajo los primeros rayos de luz a la habitación. Simon dormía boca abajo con todas sus extremidades extendidas. Conteniendo la respiración, Anne se movió lentamente para conseguir salir de debajo de su brazo y levantarse de la cama.

Un último movimiento y pudo sacar un mechón de pelo que se le había quedado atrapado bajo su bíceps. Había sido así toda la noche; él la había rodeado con su cuerpo y había dormido con un mechón de su pelo entre sus dedos, como si capturándolo se asegurase de que no podría escaparse nunca de su lado.

Anne no estaba bastante segura de poder explicarlo, pero no quería estar con él cuando se despertase. No quería estar ni en su cama... ni en su corazón.

Esa misma mañana había tomado una decisión. Iba a hacer algo que no había hecho nunca antes...

Huir.

Se sintió bastante aliviada al ver que Simon no aparecía en

el desayuno. Estaba ya, en realidad, de vuelta en su habitación, cuando le oyó pasar el descansillo y bajar las escaleras.

Poco tiempo después hubo un golpe en la puerta.

—Adelante —dijo ella.

Simon entró. De un vistazo advirtió el baúl a medio llenar, la pequeña y ordenada pila de cosas que había sobre la cama.

El pulso de Anne se aceleró. Su comportamiento, sin embargo, fue de lo más calmado.

—Buenos días —saludó. Terminó de doblar el camisón que tenía en las manos y lo colocó sobre la cama.

Los ojos de Simon se movieron del camisón a su cara.

—¿Qué es esto, Anne?

Sintió una punzada de remordimiento al oír su tono. Puso el camisón a un lado. Colocándose la falda, se aclaró la garganta, rezando para que la calma no la abandonase.

—Estoy recogiendo algunas de mis cosas.

Él miró al baúl.

—Más de unas cuantas, diría yo.

Anne se aclaró la garganta. No tenía sentido prolongar esto. Tendría que decírselo antes o después.

—He pensado que sería una buena idea unirme a Caro y Alec en Gleneden.

Simon entornó los ojos.

—Esto es bastante repentino.

—Sí. Supongo que así es. —Por algún milagro desconocido, consiguió parecer serena.

Simon la miró un buen rato.

Anne se cogió las manos para que no le temblaran. De repente, no estaba segura de nada. Demonios, ¿por qué tenía que mirarla de esa manera? ¡Estaba haciendo que se sintiera culpable!

Él se acercó. Anne podía sentir sus ojos clavados en ella.

—¿Puedo ir contigo?

—¡No! —¡Esa era la última cosa que quería! Pero ella había hecho que pareciera un castigo...

Frustrado, Simon la miró. Respiró profundamente.

—Esto no tiene nada que ver con que quieras ver a tu familia, ¿verdad? Es por lo de anoche.

Anne sintió que estaba a punto de perder el control, le temblaba la boca. Era una locura quererle. Una locura seguir allí. Ahora que le amaba, bueno... era mucho lo que se jugaba.

«Te necesito», le había dicho. Pero Anne quería más que eso. Quería más que pasión.

Quería más de lo que él podía darle.

Tragó saliva.

—No puedo hacerlo, Simon. No puedo seguir así. Es demasiado duro. Me duele demasiado. Ten... tengo que irme. Necesito irme. Necesitamos separarnos. Creo que es lo mejor para los dos.

«Si es lo mejor, ¿entonces por qué duele tanto?», Anne trataba de no escuchar la vocecita en su interior.

Un silencio, espeso y desesperante, se cernió entre los dos.

—¿Cuánto tiempo estarás fuera? —preguntó.

La pregunta le hizo una fisura en la consciencia. Anne luchó contra ella. Tenía un peso tan hondo en el pecho que no podía respirar.

—¿Cuánto tiempo, Anne?

Se le encogió la garganta.

—¿Quieres que te lo diga? No sé cuándo volveré, Simon. No sé siquiera si volveré.

Él la buscó con la mirada.

—No quiero que te vayas —dijo.

—¡No me das ninguna razón para quedarme!

Las palabras salieron de su boca antes de poder detenerlas. Una expresión extraña cruzó por la cara de Simon. ¿Dolor? ¿Culpa? No estaba segura. Tenía los ojos llorosos, así que apenas podía ver.

Él se quedó mirándola fijamente. Anne pensó con pánico que podía atravesar sus pensamientos demasiado bien... que él veía demasiado.

—No puedes irte, Anne. No puedes. Yo... —Tenía el tono contraído, la expresión forzada—. No quiero que te vayas.

Anne no podía hablar. Oírle hablar le dolía demasiado.

—Demonios, Anne. Tú... me amas. —Su tono era poco más que un susurro—. Me lo dicen tus ojos cada vez que me miras...

No, pensó destrozada. No.

La agonía que oyó en su tono la dejó clavada en el sitio. Él le cogió la mano... le cogió el corazón mismo.

Anne se apartó, temblando, con los ojos llenos de lágrimas.

—Ya no sé a quién pertenezco. Ni siquiera sé por qué sigo aquí... —Le sorprendió oírse decir esto—. No hay nada más que decir. Así que, por favor, no me detengas. Si te importo aunque sea un poco... deja que me vaya.

Él la capturó con los ojos. El gran silencio que siguió estuvo a punto de deshacer la poca compostura que aún le quedaba.

—Tal vez tengas razón —dijo, por fin—. Tal vez sea lo mejor. —Hizo una pausa—. Pero me temo que tendrás que esperar hasta mañana. Duffy me dijo esta mañana que tenía que arreglar una de las ruedas del carruaje.

Anne asintió.

—Me iré por la mañana entonces.

Simon salió de la habitación de Anne y se encaminó a su despacho. Allí fue directamente hacia la botella de whisky. Con la botella y el vaso en la mano, se dejó caer en la silla.

Una hora más tarde, la botella y el vaso, a medio vaciar, seguían frente a él en el escritorio.

No los había tocado.

«Deja que me vaya.»

La plegaria de Anne se repetía en su mente una y otra vez, como una letanía. No podía olvidar la cara que había puesto... y no podía olvidar la noche anterior. Tenía la cara tan pálida, con sus hermosos ojos azules llenos de lágrimas y una expresión tan dolorida en ellos. Era como si esa mirada se le hubiese grabado a fuego en el alma, como una lanza dirigida al corazón.

El sentido de finalidad de sus palabras le paralizaba.

Sus lágrimas lo habían dicho todo... todo lo que ella no había podido decir.

Se le encogió el corazón. ¿Tan infeliz había sido, entonces?

«Me estás rompiendo el corazón... ¿acaso te importa?»

Se dio cuenta entonces de que se lo había robado. ¡Le había robado tantas cosas! Anne necesitaba vivir rodeada de aquellos a los que amaba... y de aquellos que la amaban a ella. Pero la única cosa que ella necesitaba era lo único que no se permitiría nunca darle.

Dios mío. Había sido tan egoísta. Ella le había dado tanto. Y él tan poco.

Pero volver a una vida sin Anne... sólo pensarlo era como hundirse en una cueva llena de oscuridad.

Había vivido perdido durante demasiado tiempo. Pero Anne... ella era como una vela en la noche. Un faro en la noche. Ella iluminaba su camino...

Iluminaba su vida.

Sintió un dolor profundo en el pecho.

¿Cuándo se había convertido en una persona tan cobarde?

¿Cómo podía dejar que se fuera? ¿Cómo?

Este pensamiento rugió en su interior, se hizo grande, hasta que le golpeó como si fuera un tambor en cada poro de su cuerpo.

El dolor le rompió por dentro. No podía soportar la idea de vivir sin Anne. Y si la perdía ahora...

Entonces sí que sabría lo que era perder algo, de verdad.

Entonces sí que sabría lo que era estar perdido para siempre.

A media tarde, Anne se cambió el vestido por uno de paseo y se puso unas botas. La casa parecía en sombras. De repente se sintió sofocada. Un paseo le sentaría bien, pensó.

El tiempo era inmejorable, bastante cálido a pesar de estar a mediados de octubre. Arriba en el cielo, el sol jugaba con las nubes: se colaba entre unas nubes blancas esponjosas, y se alejaba de ellas.

Caminando bordeó la valla en dirección norte dentro de los terrenos de Rosewood. Caminó y caminó, con la cabeza baja y sus pensamientos como única compañía. No sabía todavía cómo iba a decir a Simon, ni cuándo, que iba a ser padre. No era su intención ocultárselo. Aunque quisiera, sabía que no podría. No estaría bien. Simon podía no querer a este niño, pero aun así se merecía saber que existía.

Se tocó levemente la barriga. Por mucho que le doliese admitir que el niño que llevaba en su vientre podía crecer sin un padre, algo le decía con una seguridad pasmosa que querría a este hijo por los dos.

Y en cuanto a lo que el futuro les tuviese reservado a ella y Simon... no podía saberlo. Tampoco tenía muchas esperanzas. Por mucho que le doliese, sólo el destino podría decirlo. Quizá se divorciasen, con el escándalo que esto supondría. Quizá no. En cualquier caso, Anne sabía que no volvería a casarse.

Y estaba bastante segura de que Simon tampoco lo haría.

En Gleneden, quizás, encontraría las respuestas que necesitaba.

Un soplo de viento le golpeó el sombrero, haciendo volar los lazos. Anne se llevó la mano a la cabeza para sujetárselo y miró al cielo.

Unas nubes oscuras y amenazantes cubrían ahora el sol. Ante ella, el páramo se extendía sombrío. Al mirar por encima del hombro, vio que la casa estaba a más distancia de lo que había imaginado. No se había dado cuenta de lo mucho que había caminado.

Un inesperado torbellino de viento la hizo estremecerse. No llevaba ni chal ni chaqueta con la que cubrirse, tampoco había cogido un paraguas al salir. Ya no era cuestión de si iba a llover o no, la cuestión era saber cuándo empezaría a hacerlo. En ese momento, sintió unas gotas en la cabeza. El viento le azotó la falda. Un rayo se abrió paso entre las nubes.

¡Ay, Dios! Pensó en Simon. No le gustaría nada descubrir que había salido con este tiempo.

Y así era.

De vuelta a Rosewood, Simon entró en el dormitorio de Anne. Su criada estaba de pie junto al armario, y llevaba los brazos cargados de vestidos.

—Aggie... Audrey —rectificó—, ¿dónde está la señora?

—Creo que salió a dar un paseo, señor. Hace ya un buen rato. No creo que haya vuelto todavía. —Los ojos de la muchacha se movieron en dirección a la ventana, donde las nubes habían cubierto de repente el sol por completo.

Simon iba ya escaleras abajo. De hecho iba corriendo cuando llegó a los establos. En ese momento, un trueno hizo temblar la tierra.

Era como si se le congelase la sangre. Salió cabalgando del

establo a toda velocidad. Decir que le perturbaba descubrir que su mujer había vuelto a salir con semejante tiempo era poco. Sobre todo era ese miedo aterrador que le cegaba como la nube más negra. No estaba seguro de poder comportarse como un ser racional. No en algo así...

En realidad, todo sucedió de una forma un tanto extraña... En la cresta de la colina, por encima de la casa, se detuvo. La lluvia que caía era tan fuerte que apenas podía ver. Entonces, de repente, hubo un relámpago. Y la luz hizo que pudiera verla...

Su querida Anne... Era una silueta contra el cielo, contra la tormenta, una figura empapada y pequeña que se tambaleaba colina arriba, hacia él, con el viento azotándole la falda. Al verla, le embargó la emoción más profunda y sincera que había sentido nunca. Ella levantó la mano para saludarle...

Él levantó su corazón para entregárselo.

Estaba allí, esperándole, y él condujo a su caballo hacia ella.

—Sé lo que vas a decir. —Tenía que gritar para hacerse oír en medio de la tormenta—. Te prometí que no volvería a salir con este...

No pudo seguir hablando. Un brazo le rodeó la cintura. Un brazo que tiró de ella y la hizo ponerse de puntillas contra él, pegar sus labios a los de él. La besó sin fin. Anne tenía el pelo chorreando, en realidad, toda ella chorreaba. El viento ululaba a su alrededor, incontrolable; el cielo lloraba... como él.

Aún no había dejado de besarla, cuando pareció que de repente todo se calmaba. El viento olvidó su rabia y se convirtió en una brisa cálida que dio la bienvenida a los primeros rayos de sol.

Cuando por fin él tuvo la fuerza suficiente para soltarle la boca... y en verdad le costó toda la fuerza de voluntad que poseía... descubrió que los brazos de su mujer aún se enlazaban alrededor de su cuello, los ojos aún cerrados.

—¿Simon? —susurró.

Él le rozó la mejilla.

—¿Sí, amor?

Con un pequeño suspiro, abrió los ojos.

—¿Nos podemos ir ya?

Él le dio un beso en la comisura de los labios, sonriendo.

—¿Y a dónde quieres que nos vayamos?

—A casa —se limitó a decir ella.

—Una idea maravillosa, amor mío.

Ya en casa, Simon dejó a Anne a buen recaudo en su habitación para que se bañara y se cambiara de ropa. Audrey estaba allí, esperando. Pero antes de dejar a su mujer, le acarició la mejilla con los nudillos.

—Cuando termines —le dijo en voz baja—, tenemos que hablar.

Anne se mordió el labio.

—Lo sé.

Él tomó buena nota de su impaciencia, pero Audrey estaba a sólo unos pasos de distancia. Se limitó a pasarle con suavidad la mano por el pelo.

En su habitación, Simon se quitó la ropa mojada y se puso unos pantalones y una camisa blanca limpia. Anne seguía aún encerrada con la criada. Al oír el chapoteo del agua, decidió que tenía que hacer algo en su despacho.

Poco después volvía a subir las escaleras. Pero Anne no estaba allí. Para su sorpresa, vio que tampoco estaba en ningún otro sitio de la casa.

Desconcertado, salió al jardín. No estaba aún dispuesto a admitir que su preocupación empezaba a ser alarmante.

Como solía ocurrir a menudo después de una tormenta, se había quedado un día maravilloso. El sol de la tarde iluminaba la tierra y llenaba de color las hojas de los árboles. Las gotas de lluvia parecían diamantes. El aire era fresco y penetrante, una mezcla de hierba y tierra mojada.

Simon se detuvo en la terraza. Un segundo después, sus pasos le llevaron por el sendero que conducía a la rosaleda. No sabía muy bien por qué, ya que en raras ocasiones se aventuraba a aquella parte del jardín. Aun así, era como si una extraña fuerza le empujase.

Aguzó la vista para ver lo que había al final del camino. La estampa hizo que se le parara el corazón.

Era Anne, de rodillas frente a los tres rosales blancos en los que Ellie y los niños habían sido enterrados.

Estaba hablando... hablando con Ellie.

—Él te amaba mucho, ¿verdad? —le decía—, y pensé que si era más como tú, llegaría a quererme de la misma forma. ¿Crees que hubiésemos sido amigas? Me gusta pensar que así es. Yo también le quiero, ¿sabes? Le... le quiero tanto...

Al oír su voz temblorosa, Simon sintió que se le contraía la garganta. Dios. ¡Dios mío! No era su intención espiarla. De verdad que no. Pero ningún poder sobre la tierra podría haber hecho que se moviera de allí.

—Mi prima Caro dice que el amor sucederá cuándo y cómo tenga que pasar y que no hay nada que podamos hacer para detenerlo. Y un poco de la misma forma, creo, sé que puedo hacer... que puedo hacer que él me quiera. Pero necesita ser feliz otra vez, Ellie. Creo que tú hubieses querido eso... verle feliz otra vez... por eso he decidido que debo intentar...

En ese momento, Simon se retiró, tan silenciosamente como se había acercado. Cuando ella caminó de vuelta hacia la casa, Simon estaba de pie en la terraza. Tenía las manos a la espalda. Se dio la vuelta hacia ella.

—Ven aquí —le dijo en voz baja.

Anne dudó, después llegó hasta donde él estaba. Se quedó completamente quieta mientras él recorría con el dedo índice el borde de su mandíbula.

—¿Sabes que hubiese ido a buscarte, verdad? Vayas donde vayas, te encontraré siempre.

A juzgar por su expresión, Simon tuvo el presentimiento de que sus palabras le resultaban extrañas.

Cogiéndole la mano, le puso el anillo de bodas en el dedo. Después le llevó la mano a la altura de sus labios y le besó el anillo dorado.

—No vuelvas a quitarte esto. Nunca.

La apretó fuerte contra su mejilla, sólo durante un segundo.

Su voz parecía entrecortada. Anne parecía extrañada de sentir un calor ajeno y húmedo...

Cuando él levantó la cabeza, sus ojos resplandecían, claros, de un gris puro y suave. No había sombra en ellos, ni dudas, ni vacío. En vez de eso, parecían llenos, llenos de una ternura infinita.

Consiguió hacerle perder el control. Anne rompió a llorar.

Simon cerró la mano sobre la de ella y la atrajo hacia sí. Echando la cabeza hacia atrás, le pasó un dedo por la barbilla, obligándola a mirarle. Su voz era muy suave.

—Me dijiste que no quedaba nada por decir. Pero hay una cosa que no te he dicho. —Se inclinó de tal forma que sus labios estaban apenas rozándose—. Te quiero, Anne. Te quiero.

Anne empezó a llorar otra vez.

—Calla, amor. —La abrazó más fuerte—. Te he hecho mucho daño. Sólo espero que puedas encontrar un rincón en tu corazón para perdonarme.

Ella le hizo callar poniéndole un dedo en los labios. Sacudió la cabeza, sonriendo levemente.

—Simon —susurró—, te diré lo que hay en mi corazón. Nunca he querido a nadie tanto como te quiero a ti en este momento. Y nunca dejaré de quererte.

Se besaron como si nunca se hubieran besado antes. Simon la soltó a regañadientes, y después puso la frente contra la de ella.

—Anne —susurrró—, mi Annie... Te daré todo lo que tengo, Anne. Mi corazón. Mi casa —le besó la comisura del labio—, un hijo...

Ella le sonrió de la forma más dulce y atractiva que la había visto sonreír nunca.

—Simon —le dijo suavemente—, ya tienes uno...

Epílogo

*S*u hija nació ese mes de mayo.

Era ya más de medianoche cuando Simon llevó a Anne a su habitación. Había padecido de un molesto dolor de espalda durante todo el día, pero no fue hasta la noche cuando empezó a sentir una especie de retortijones, cuando se dio cuenta de lo que pasaba. Simon había tenido el presentimiento todo el día de que el parto estaba cerca. Justo antes de que se hiciera de noche, mandó a buscar al doctor Gardner.

Fue una buena idea, también, que hubiesen decidido no esperar.

Poco después de la medianoche, las nubes empezaron a cubrir la luna. Parecían reunirse para empezar a lanzar su fuego y su rabia contra el cielo. Y de hecho, fue una noche como la que no habían visto en mucho tiempo. Una de esas noches en las que los truenos parecen furiosos y el viento sopla salvaje y feroz estallando en una tormenta interminable. Esa noche fue como si las paredes de Rosewood Manor temblasen y se agitasen... y con ellas toda la tierra que las sostenía.

Se podría decir que era la tormenta más horrible del año.

Y esa fue la noche en la que su hija eligió venir al mundo.

Pero cuando la tormenta amainó...

Ah, cuando todo terminó, Simon pudo coger a su hija en brazos por primera vez.

Envuelta en una delicada toquilla de encaje, pensó que era la criatura más hermosa que había visto en su vida... con excepción de su madre, claro está. Tenía las facciones delicadas y finas de ella pero en miniatura... un pequeño botón como boca, un pelo como el más fino polvo de oro, y una pequeña barbilla respingona que hacía las delicias tanto de su madre como de su padre, y les hacía reír preguntándose de dónde la habría sacado.

Simon no se había movido del lado de Anne ni un instante... ¿dónde más podía haber ido? Anne cogió a la niña para abrazarla un momento y después volvió a dársela a su padre. Simon besó a Anne con un fervor que hizo que el pobre doctor Gardner se aclarase la garganta y se diese la vuelta... Después procedió a comprobar que la hija estaba perfectamente sana.

Le pareció un momento maravilloso, ése en el que la sostenía en brazos, sabiendo que estaría con él para siempre. Anne resplandecía al ponerle la niña en los brazos. Un sentimiento de amor y protección le invadió.

Sonrió con lágrimas en los ojos, con el corazón en ellos, como siempre.

Simon quería gritar al mundo que todo estaba bien. Se contentó con reír y trazar con su dedo la mejilla de la niña. Dirigió la mirada hacia el primer rayo de sol que entraba por la ventana y después volvió a mirar a su hija. Besándole la cabeza dorada, sonrió.

—Bienvenida al mundo, rayo de sol.

La llamaron Katharine, o Katie, no por nadie en particular, sólo porque les gustaba el nombre. Y porque de alguna forma era como si ese nombre se adaptase perfectamente al ser diminuto que dormía plácidamente en los brazos de su padre.

Cuatro años después, las cosas eran un tanto diferentes. Katie resultó ser un torbellino. Entre otras cosas, no había nada que le gustase más que dar vueltas con su madre.

—Baila —le pedía Katie—. ¡Baila, mamá!

Y Anne giraba una y otra vez hasta que las dos se sentían cansadas y mareadas. Y cuando estaban a punto de caerse, siempre había un par de fuertes manos para sujetarlas.

Cuando Katie se juntaba con su prima Margaret (a la que llamaban Maggie y era apenas cuatro meses mayor que Katie), el resultado era impredecible.

Parloteaban. Chillaban. Corrían detrás de las ovejas en el campo... y corrían detrás de Izzie y Jack.

Al menos, como Caro comentó un día riendo a Anne, siempre sabían dónde estaban cuando estaban juntas.

Sabían que las dos estaban tan unidas como sus madres lo habían estado... y como aún seguían estándolo.

En este preciso día de verano, Katie y Maggie se habían fijado en los baúles de sus madres. Habían decidido representar una obra en el salón. Desfilaron ataviadas con unos vestidos de escotes enormes, arrastrando los bajos. El hermano pequeño de Katie, Jameson, se paseaba por la habitación con las botas de su padre. Izzie se había presentado a todos los presentes como la «mamá». Jack estaba ocupado poniendo orden entre sus hermanos y primos.

Katie había ido a cambiarse y ponerse otro vestido. Hubo una explosión de risas desde detrás del diván en el que Simon, Anne, Caro y John estaban sentados.

Katie salió corriendo y se puso delante de ellos con los brazos levantados.

—Mamá —gritó—. ¡Mira! ¡Papá, mira!

Había decidido ponerse el corsé de su madre sobre el vestido.

Simon se agachó.

—Una aventurera, tengo que decir.

Anne no estaba segura de si debía reír o llorar. Se decantó por un gemido.

Esa misma noche, un poco más tarde, Simon tuvo que obligar a Katie y a Maggie a que volvieran a sus camas a medianoche.

Tanto Simon como Anne pensaron que la casa se quedaría horriblemente silenciosa después de enviar a los niños con Caro y John a pasar una semana en Lancashire.

Era, sin embargo, una oportunidad que ninguno de los dos quería desperdiciar, sobre todo cuando una fina capa de lluvia había empezado a caer esa noche.

La noche siguiente, ya solos, Anne le pasó la mano a Simon por el pecho.

—Creo —anunció con solemnidad— que va a llover durante al menos otros tres días.

Simon le pasó una mano bajo el camisón.

—Mmmm —se relamió con una sonrisa de picardía—, eso espero.

Anne contrajo la boca, como si nunca hubiese roto un plato.

—Supongo —susurró— que tendremos que encontrar algo con lo que pasar el tiempo en la casa. Ay, querido, ¿qué crees que podemos hacer?

La sonrisa de Simon no era mucho menos inocente.

—Ajá —dijo—, déjalo de mi cuenta.

Pasión secreta

SE ACABÓ DE IMPRIMIR
EN UN DÍA DE VERANO DE 2010, EN LOS
TALLERES DE BROSMAC, CARRETERA
VILLAVICIOSA DE ODÓN
(MADRID)